古典詩歌研究彙刊

第三二輯

龔鵬程 主編

第5冊

杜牧涉酒詩研究

周栩鵬 著

國家圖書館出版品預行編目資料

杜牧涉酒詩研究／周栩鵬 著 -- 初版 -- 新北市：花木蘭文化
事業有限公司，2022〔民 111〕
目 4+216 面；17×24 公分
（古典詩歌研究彙刊 第三二輯；第 5 冊）
ISBN 978-986-518-912-9（精裝）
1.CST：（唐）杜牧 2.CST：唐詩 3.CST：詩評
820.91   111009763

古典詩歌研究彙刊
第三二輯　第 五 冊　　　　　ISBN：978-986-518-912-9

杜牧涉酒詩研究

作　　者　周栩鵬
主　　編　龔鵬程
總 編 輯　杜潔祥
副總編輯　楊嘉樂
編輯主任　許郁翎
編　　輯　張雅淋、潘玟靜、劉子瑄　美術編輯　陳逸婷
出　　版　花木蘭文化事業有限公司
發 行 人　高小娟
聯絡地址　235 新北市中和區中安街七二號十三樓
　　　　　電話：02-2923-1455／傳真：02-2923-1452
網　　址　http://www.huamulan.tw 信箱 service@huamulans.com
印　　刷　普羅文化出版廣告事業
初　　版　2022 年 9 月
定　　價　第三二輯共 11 冊（精裝）新台幣 22,000 元　版權所有・請勿翻印

杜牧涉酒詩研究

周栩鵬 著

作者簡介

周栩鵬，男，大陸人士，籍貫廣東廣州，1993（民國 82）年生。因篤愛中華傳統文化，故自 2018（民國 107）年 9 月負笈台灣，2022（民國 111）年 1 月畢業於國立中興大學中國文學系碩士班，碩士論文即為〈杜牧涉酒詩研究〉。研究興趣主要為中國傳統詩歌。

提　　要

　　中國是詩的國度，亦是酒的國度，詩人寫詩常常離不開酒的助陣。自中國第一本詩集——《詩經》開始，其中即可見酒的身影，然當時酒是貴族享用之物，並未與詩真正結合。經兩漢而至魏晉，酒與詩得以慢慢結合。但是二者真正結合之標誌是東晉末年陶淵明的出現，其〈飲酒二十首〉塑造了飲酒寫詩的詩人形象，以表達情志，創立詩酒結合範式。有唐一代，詩酒結合的詩人益多，最著者莫過於李杜，李杜二人的涉酒詩塑造了飄逸和沉鬱之殊異形象。至於晚唐，乃有杜牧，杜牧涉酒詩中的形象則非李杜般單一，而是複雜多元，故而從杜牧涉酒詩可窺見杜牧較真實之風貌。

　　研究杜牧涉酒詩，必以文本及作者為重點研究焦點。故本文研究方法主要有二，一為文本分析法，主要以閱讀分析文本；二為知人論世法，主要結合杜牧生平進行文本分析。本文的研究進路是：第一章介紹研究動機與目的、前人研究成果、涉酒詩的定義與研究範圍以及研究方法與章節架構，以釐定研究範疇；第二章分析杜牧人生四個分期與涉酒詩關涉，通過杜牧生平研究其涉酒詩，將杜牧生涯析為布衣時期、十年幕府時期、遊宦時期及晚年長安時期四個時期；第三章探討杜牧涉酒詩所表現的志趣，可知十年幕府時期與甘露之變，乃杜牧心態變化之轉捩，在布衣時期的積極進取和風流玩世的思想大減，而代之以受挫失志等其他消極思想，志趣趨向及時行樂和歸隱歸鄉；第四章探討杜牧涉酒詩情誼內容，在志趣之外，杜牧在涉酒詩中也展現友情、愛情及其他情誼。在不得志的一面外，杜牧亦有樂於交友、風流多情等關於個人情誼的一面；第五章分析杜牧涉酒詩藝術特色，杜牧涉酒詩表達情志的方式，主要有「卒章顯志」和「以酒為喻」兩種。杜牧涉酒詩因體裁不同，風格有異，其古體詩常以文為詩，而近體詩則常靈活運用格律。

在杜牧涉酒詩的意象中，春秋二季與寺廟是杜牧至愛的時間意象和空間意象，而酒旗（酒家）意象，亦為杜牧涉酒詩之特殊景觀；第六章敘述杜牧涉酒詩對後世詩歌和詩話之影響，分為對晚唐、宋代與元明清三部分，對晚唐之影響體現為被詩人唱和、涉酒詩的本事被敷衍；對宋代之影響體現為被宋詩化用、「三生杜牧」的典故形成與襲用，及被宋人詩話進行點評；對元明清之影響方面，杜牧涉酒詩中的〈詠襪〉和〈杜秋娘詩〉資作考據的參考資料；第七章為結論，以收攝全文，提出對日後研究的展望。

總之，於杜牧涉酒詩，可窺見複雜且真實的杜牧形象，在歷史的迴廊中閃爍獨特的光芒，也在涉酒詩的歷史中留下濃墨重彩的一筆。

誌謝辭

負笈台灣以來，物換星移，匆匆三年半已經過去，我終於通過答辯，即將離開美麗的興大校園，正如我口試完後林師淑貞說：「輕舟已過萬重山」，不禁感慨系之。先是，我个揣淺陋欲投林師門下，尊師竟然收錄門牆，个但不嫌棄，反而諄諄善誘、因材施教。因此，我雖駑鈍頑劣，終能寫就論文。

回顧這幾年，尤其是撰寫論文的碩士最後階段，師長朋友助我良多。當中指導老師──林師淑貞給我無數幫助。大約 2021 年 3 月，我剛開始著手寫論文，苦思冥想，找不到方向，擬不出題目，淑貞老師引導我找興趣所在的方向，我回答：「無有不可」，尊師遂建議我研究杜牧，所以我謹遵師囑，開始閱讀杜牧的詩和相關資料；大概在 4 月，我又苦於任務太大，無以入手，尊師又鼓勵一番，給我一些往屆學長姐的論文參閱，我才得以下筆；5 月，我電腦壞了，尊師知道後借我一台電腦，讓我趁熱打鐵，繼續寫論文，可謂雪中送炭；之後尊師又給我一些杜牧的最新的學位論文以參考，讓我思路得以開闊，可謂錦上添花；交了初稿寫定以後，我頻繁請見尊師改論文，淑貞老師百忙之中仍對拙文仔細披閱，大小問題悉能指出，如是，我得到淑貞老師時常的提點鞭策，將論文逐漸增補完善好了。淑貞老師傳道受業解惑，不僅解答學術問題，而且還給我很多人生經驗，聽尊師一席話，常讓迷惘的我豁然開朗。

　　李建崑老師也給我很多幫助。在我苦於不知道如何修改初稿之時，我冒昧前往其家。建崑老師亦無任歡迎，援毛錐以見教，出佳果以相待，歡談甚洽，不覺夜深。建崑老師將很多珍貴資料也印出給我參考，以給我啟發。而且同樣地，建崑老師也和淑貞老師一樣，以親身經歷之事為例，毫無保留地教我很多人生的道理和經驗。

　　此外，台灣的其他老師、朋友及其他同學都給予我大大小小無數的幫助，我已銘記於心，心存感激。我在台灣無依無靠，倘若沒有他們的幫助，我能否寫完論文，未可知也。

　　面對眾多在台的老師、朋友、同學，別離當此際，相見在何秋？感謝各位在我生命中留過痕跡，成為我生命中珍貴的財寶。

周栩鵬　謹誌

2022 年 1 月 20 日

目

次

表目次

第一章　緒　論

　　杜牧與李商隱齊名，合稱「小李杜」，是晚唐最重要的詩人之一。他的形象在後世常表現為經世濟民和風流多情兩面，原因是，一方面杜牧有不少詩文都表現了積極參與政治的想法，如文章有〈上李中丞書〉、詩歌有〈感懷詩一首〉等；另一方面，杜牧也在詩歌中毫不諱言自己曾經有過詩酒風流的生活，如〈遣懷〉等。這些兩方面的思想往往反映在他的涉酒詩當中，飲酒能讓詩人更好並更真實地寫出真正的想法，涉酒詩常常可以反映詩人真實的一面，因此要了解杜牧真實而全面的形象可以通過研究其涉酒詩來發現。

第一節　研究動機與目的

　　中國是詩的國度。從中國第一本詩集——《詩經》的時代開始，中國詩歌經過千百年的發展，到了唐代，達到了它的巔峰時期。在這個時期，無數優秀詩人及詩篇噴湧而出。唐詩經過初唐、盛唐發展後，被後代人們認為極盛難繼了。然而到了中唐，因為朝政的革新，導致詩壇又煥發生機，又另出機杼，出現了「元白」和「韓孟」詩派，一派尚俗，一派尚怪；在晚唐，又出現了唐代最著名詩人之一的杜牧，杜牧沒有完全步武中唐詩人，而是學習了李杜等人的詩歌、韓柳等人的文章之後，

在晚唐詩壇自成一派，展示出了「不今不古，處於中間」〔註1〕的俊爽詩風。杜牧是一個詩酒風流的才子，他的詩歌常常有酒的影子。

中國不僅是詩的國度，也是酒的國度，因為詩人寫詩常常離不開酒的助陣。酒是一種特殊的飲料，人飲酒後能暫時放鬆，減少理智，或會「酒後吐真言」，因此從詩人在酒後所作的詩中就可了解到比較真實的詩人形象。不過這種酒與詩的結合並不是一蹴而就的。從《詩經》開始，酒的身影已經在詩中出現，據瞭解，「酒」字在《詩經》共出現 44 次，其中在主要反映平民生活的「國風」中僅有 3 次，其餘 41 次則集中在「雅」、「頌」之中〔註2〕，中國的酒在早期主要用於祭祀以及貴族宴飲，與文士聯繫不大。不過，酒與詩一樣，也從貴族逐漸普及到下層人士。經過兩漢的發展，不少有名有姓的詩人出現了，終於到了漢末及魏晉時期，酒與詩得以結合。如被譽為五言之冠冕的《古詩十九首》寫到，「不如飲美酒，被服紈與素」；曹操《短歌行》：「對酒當歌，人生幾何？」，還有竹林七賢等人也有寫酒的詩。不過真正將酒與詩結合的詩人當屬陶淵明，其標誌就是他的〈飲酒二十首〉，這二十首詩不僅涵蓋了人生短暫、及時行樂等古來已有的詩歌主旨，還塑造了一個詩不離酒、酒不離詩的詩人形象，陶淵明通過飲酒與作詩以表達情志、體悟「深味」，創立了詩酒結合的範式。到了唐代，同樣有不少愛飲酒的優秀詩人，如「一斗詩百篇」的李白、「酒債尋常行處有」的杜甫，李杜涉酒詩下自己的形象大致是飄逸和沉鬱。杜牧不僅詩風受李杜影響，而且也同樣愛飲酒而作詩。但是與李杜不同的是，杜牧的形象比較複雜，既有經世濟民的一面，也有風流多情的一面。

如上文所述，詩很早就已經和酒聯繫在一起，並漸漸發展成詩歌中的重要類型。對於杜牧來說，他的詩歌裡面也有很多涉酒詩。據考

〔註1〕吳在慶：《杜牧集繫年校注》（北京，中華書局，2008 年），頁 1002。
〔註2〕李軍、丁進：《論「三曹」與中國文學詩酒傳統的確立》，牡丹江，牡丹江大學學報 2015 年，第五期。

證，目前較為可信的杜牧詩歌有 430 首，其中涉及酒相關意象的詩歌有 113 首，約佔其總數的四分之一，比例如此之高。涉酒詩作為杜牧詩歌中重要的一個類別，其研究卻乏人問津。

同時，唐代的酒詩研究領域裡面，對李白、杜甫、白居易、李商隱等人的酒詩都有所涉及，例如孟修祥〈論李白的飲酒詩〉〔註3〕

杜牧常被認為有經世濟民和風流多情這兩面。例如杜牧自己在〈上李中丞書〉說到希望了解「治亂興亡之跡，財賦兵甲之事，地形之險易遠近，古人之長短得失」，體現了他經世濟民的一面；而又有很多小說如于鄴的〈揚州夢記〉將杜牧的〈遣懷〉詩加以發揮，變成一篇短篇小說，凸顯了杜牧風流多情的一面。而今人譚黎宗慕也說：「杜牧之為人，一似有雙重人格。彼一方面既欲奮壯志於霄雲，另一方面又欲繫閒情於風月。」〔註4〕因此杜牧的形象究竟是如何便有眾說紛紜。又因杜牧個性和詩風似李白，如元好問為友人寫的挽詩就提到：「牧之宏放見文筆，白也風流餘酒尊。」以杜牧和李白對舉讚美友人，而這兩句詩也以互文的方式，反映了杜牧愛酒的個性。因此本文主要研究杜牧的涉酒詩內容、形式及其影響等，以全面了解杜牧的真實形象。

第二節　前人研究成果檢視

本節主要通過前人的專書和論文檢視杜牧的研究成果，主要關注杜牧的生平、思想、形象等方面的研究。

一、專書檢視

專書主要可以分為兩類，一是關於杜牧研究的，二是關於酒文化研究的。

〔註3〕孟修祥：〈論李白的飲酒詩〉，長沙，中國文學研究 1999 年，第四期。
〔註4〕譚黎宗慕編撰：《杜牧研究資料彙編》（台北，藝文印書館，1972 年），頁 223。

（一）杜牧研究

對杜牧本人研究方面主要有繆鉞的《杜牧傳》〔註5〕以及《杜牧年譜》〔註6〕，二書是對杜牧生平較為系統全面的開山之作，二書因為成書年代久遠，部分觀點已被推翻，不過仍是研究杜牧的必讀之書；其後又有曹中孚《晚唐詩人杜牧》〔註7〕對杜牧其人及其作品進行論述；王景霓《杜牧及其作品》〔註8〕不僅介紹了杜牧及其作品，還介紹了《樊川文集》、《樊川詩集注》、《杜牧詩選》、《杜牧研究資料彙編》等四種著作；王西平、張田著有《杜牧評傳》〔註9〕，分析了杜牧對重大歷史事件的態度；馮海榮《杜牧》〔註10〕用淺白的語言簡述了杜牧生平、作品、思想、影響等內容，對研究杜牧生平經歷和心態變化有很大幫助，而且此書對杜牧生平的分期也非常值得借鑒。

注本方面有吳鷗《杜牧詩文選譯》〔註11〕，選詩多是可以繫年的作品，並將選詩譯為白話文，對幫助理解詩旨以及瞭解杜牧當時的心境有很大的參考價值，但因為只是選本，杜牧很多涉酒詩都沒有包括在其中；還有《樊川詩集注》〔註12〕，可以說是對杜牧詩最詳盡、準確的選本和注本之一，是古代對杜牧詩歌的最佳注本之一；另外還有張松輝《新譯杜牧詩文集》，該書不僅翻譯了《樊川詩集》前四卷所有詩歌以及杜牧部分佚詩，還翻譯了杜牧除了制文以外的所有文章，而且注釋也非常詳盡，本文很多對詩歌的理解都引自此書。而最重要的要數吳在慶《杜牧集繫年校注》〔註13〕，該書校勘以《四部叢刊》影

〔註5〕 繆鉞：《杜牧傳》（北京：人民文學出版社，1977年）。

〔註6〕 繆鉞：《杜牧年譜》（北京：人民文學出版社，1980年）。

〔註7〕 曹中孚：《晚唐詩人杜牧》（西安：陝西人民出版社，1985年）。

〔註8〕 王景霓：《杜牧及其作品》（長春：時代文藝出版社，1985年）。

〔註9〕 西平、張田：《杜牧評傳》（西安：陝西人民出版社，1987年）。

〔註10〕 馮海榮：《杜牧》（上海：上海古籍出版社，1991年）。

〔註11〕 吳鷗：《杜牧詩文選譯》（成都：巴蜀書社，1991年）。

〔註12〕 （唐）杜牧著，（清）馮集梧注：《樊川詩集注》（上海：上海古籍出版社，1998年）。

〔註13〕 吳在慶：《杜牧集繫年校注》（北京，中華書局，2008年）。

印明翻宋刊本《樊川文集》為底本，與景蘇園影宋本、朝鮮刻本《樊川
文集夾注》等數種書籍所收杜牧詩文來對校，非常詳盡，並附有《杜牧
研究資料》與《杜牧詩文繫年目錄》。吳在慶是當代研究杜牧的權威之
一，此書更是其近年代表作，本文所研究的杜牧詩歌文本即取自此書。

　　資料彙編方面有譚黎宗慕的《杜牧研究資料彙編》，該書按杜牧之
生平、杜牧之詩、杜牧之文等十一項分類，將歷代對杜牧的相關資料分
別嵌入，非常全面；張金海編《杜牧資料彙編》〔註14〕，則按時代順
序收錄了自唐代至清代各家各書涉及對杜牧其人、作品等等的點評，
有誤的地方編者也有指出。

　　綜合研究類專著有吳在慶《杜牧論稿》〔註15〕，該書分五個部分
杜牧疑偽詩甄辨杜牧生平行蹤、作品繫年及其詩考論杜牧的政治思想、
黨派分野及其對創作之影響杜牧詩文的淵源及藝術風格、表現手法杜
牧的文學思想及影響，對研究杜牧詩歌涉及的重大問題作出詳細論述；
胡可先《杜牧研究叢稿》〔註16〕，此書對杜牧詩文人名、杜牧交遊、
杜牧詩歌真偽等內容都有考證，對杜牧詩文很多內容都作探討考訂，
對此書之前的研究多有反駁，在當時創新性很強，對本文研究杜牧生
平有所幫助。其中，此書的〈杜牧交遊考略〉一篇，可以幫助研究杜牧
涉酒詩中維繫友情的部分。

　　另外，筆者所見最新關於杜牧的論文〈杜牧七言律詩格律研究〉
〔註17〕一文，對前人研究成果也多有陳述，可資參考。

（二）酒文化研究

　　對於酒文化等內容有何滿子的《醉鄉日月》〔註18〕，此書有七章，
分別是酒史、酒效、酒典、酒政、酒禍、酒禁和酒乘，對了解酒文化很

〔註14〕張金海編：《杜牧資料彙編》（北京：中華書局，2006 年）。
〔註15〕吳在慶：《杜牧論稿》（廈門，廈門大學出版社，1990 年）。
〔註16〕胡可先：《杜牧研究叢稿》（北京，人民文學出版社，1993 年）。
〔註17〕吳紘禎：〈杜牧七言律詩格律研究〉，桃園，國立中央大學碩士學位論
　　　　文，2021 年，頁 5～23。
〔註18〕何滿子：《醉鄉日月》（上海，上海古籍出版社，1991 年）。

有幫助。類似的還有杜景華的《中國酒文化》〔註19〕、黃清連的《酒與中國文化》等。〔註20〕

　　還有涵蓋飲食文化的，黎虎主編：《漢唐飲食文化史》〔註21〕，此書對漢唐時期飲食原料、加工方法、飲食器皿以至飲食習俗、文化都有涵蓋，其中也包括酒的內容，對於了解杜牧所處時代的飲食文化是很有幫助。

二、研究論文檢視

　　在這裡將相關研究論文分為三類，一是關於酒詩研究，二是關於杜牧詩歌研究，三是關於杜牧形象研究。

表1：酒詩研究重要論文

篇　名	作　者	出處及時間
〈從《世說新語》看魏晉名士飲酒文化的內涵嬗變〉	寧稼雨	文史哲，2018年第2期
〈從阮籍到陶潛──晉人飲酒風氣之演變〉	張叔寧	南京理工大學學報，2003年第1期
〈陶淵明酒詩研究〉	李禎	蘭州大學碩士學位論文，2013年
〈唐代飲酒詩的審美形態〉	于東新	蘭臺世界，2015年第6期

　　〈從《世說新語》看魏晉名士飲酒文化的內涵嬗變〉一文指出，從先秦兩漢到魏晉時期，飲酒活動的基本走向是社會和群體意志的色彩逐漸淡化，個人和個體意願的色彩不斷強化。論述了魏晉名士對中國詩歌與酒結合起的關鍵作用。

　　〈從阮籍到陶潛──晉人飲酒風氣之演變〉一文指出有晉一朝，從阮籍到陶潛，士人飲酒蔚為風氣。隨著時代的推移，士人飲酒的實質亦有所改變。簡言之在魏晉之交，士人飲酒以避禍；西晉及東晉初期，

〔註19〕 杜景華：《中國酒文化》（北京，新華出版社，1993年）。
〔註20〕 黃清連：《酒與中國文化》（台北，行政院文化建設委員會，1999年）。
〔註21〕 黎虎主編：《漢唐飲食文化史》（北京，北京師範大學出版社，1998年）。

士人飲酒以求名；東晉中後期，士人飲酒以達生。

〈陶淵明酒詩研究〉一文分析了陶淵明酒詩創原因，並對其酒詩的藝術特色進行了探究，探討了關於陶淵明酒詩的哲學思考，比較了屈原和阮籍不同的喝酒精神，最後分析了陶淵明酒詩的獨特成就及其對後世的影響。

表2：杜牧涉酒詩研究重要論文

篇 名	作 者	出處及時間
〈尋僧解憂夢，乞酒緩愁腸──析杜牧酒後詩中的憂生之嗟〉	趙非 曲曉明	時代文學（下半月），2009年
〈杜牧涉酒詩中的憂患意識〉	趙非 曲曉明	燕山大學學報（哲學社會科學版），2009，第四期

〈尋僧解憂夢，乞酒緩愁腸──析杜牧酒後詩中的憂生之嗟〉一文認為，杜牧詩中的憂患意識既有憂世之忠的大憂思，更有憂生之嗟的小憂患，一個指向外部社會，一個指向內在生命，共同構築了杜牧的憂思意識。杜牧的憂生許多時候出現在他的酒後詩中，與他的憂世之思交織在一起。

〈杜牧涉酒詩中的憂患意識〉一文指出通過杜牧的涉酒詩有強烈的憂患意識，使人深入窺見一個晚唐社會中文人志士的心態，和一個在風流韻事、豆蔻相思的外表下，有著強烈的關心國事、憂慮人生的文人形象。並分析了杜牧產生這種憂患意識的原因，包括社會原因和杜牧的個人原因。此文是首篇研究杜牧涉酒詩的文章，指出了杜牧涉酒詩中最為顯著的情感內容就是憂患，包括了對社會的憂世之思及對自己的憂生之嗟，給與筆者比較大的啟發。不過此文的研究範圍與本文不同，此文選材範圍僅限於杜牧的《樊川文集》，因此所得的涉酒詩只有《樊川文集》258首詩中的64首；而本文的選材範圍為《杜牧集繫年校注》，因此研究範圍為113首涉酒詩。但是此文只關注到了杜牧涉酒詩最為顯著的思想──憂患意識，而未對杜牧涉酒詩的其他情誼內容作分析，更未涉及杜牧涉酒詩的志趣、藝術特色及影響等等。

表 3：杜牧形象研究重要論文

篇　名	作　者	出處及時間
〈杜牧詩歌在晚唐五代及兩宋時期的傳播接受史研究〉	侯麗麗	福建師範大學碩士學位論文，2008 年
〈宋代詩詞中「三生杜牧」意象解讀〉	曹麗芳	《古典文學知識》，2015 年，第五期
〈「三生杜牧」的典故化与杜牧詩歌經典化〉	唐亞	《嘉興學院學報》，2019 年，第五期
〈杜牧形象之廓清與還原〉	簡秀娟	國立清華大學博士學位論文，2013 年

　　〈杜牧詩歌在晚唐五代及兩宋時期的傳播接受史研究〉一文分析了杜牧詩歌在晚唐五代與兩宋的傳播和接受情況，並分析其未能開宗立派的原因。

　　〈宋代詩詞中「三生杜牧」意象解讀〉此文探討了三生杜牧意象的來源，杜牧又何以與三生二字聯繫在一起，以及三生杜牧意象在詩詞裡中又是如何來承載作者複雜的情感內涵的等問題。

　　〈「三生杜牧」的典故化與杜牧詩歌經典化〉指出它是韻事豔詩中的杜牧形象、揚州地域文化、杜牧詩歌的閱讀體驗等多種元素的複雜混合體。三生杜牧是後人在接受杜牧過程中創造出來的典故，它的出現、使用和最終成型與杜牧詩歌經典化有著密不可分的關係。

　　〈杜牧形象之廓清與還原〉指出杜牧在史書中的形象是嚴肅的士大夫，但因筆記小說對杜牧形象加工，使杜牧在後世的形象成為了風流的浪子。經此文去偽存真，發現杜牧的形象實際比較豪邁灑脫、不拘小節，但仍是有儒家情懷的嚴肅的士大夫，杜牧的形象得以廓清與還原。

　　從上述研究諸篇中，可以了解到涉酒詩大致發展的過程，了解到杜牧涉酒詩研究狀況，以及杜牧是以何種形象存於後世的，這些都是本文論述的基礎，成為本文論述的依據。

第三節　涉酒詩的定義與研究範圍

一、涉酒詩的定義

中國詩歌很早就涉及到「酒」，可以說從《詩經》描寫的時代就有了涉酒詩。但是詩與酒並沒有很好地結合，真正的詩與酒結合卻是遲到東晉時代陶淵明才出現。何滿子指出，文學從開始就與酒有聯繫，如《詩經》、《楚辭》裡面都歌詠了酒。〔註22〕如《小雅·鹿鳴》「我有旨酒，以燕樂嘉賓之心」，《大雅·旱麓》：「清酒既載，驛牡既備。以享以祀，以介景福」；至於《楚辭》則有《九歌·東皇太一》：「至於蕙肴蒸兮蘭藉，奠桂酒兮椒漿」，《九歌·東君》：「操餘弧兮反淪降，授北斗兮酌桂漿」。

《詩經》裡面約有44篇提到酒，約佔全部詩歌七分之一，《詩經》裡面的涉酒詩多在大《雅》、小《雅》。他認為這是因為當時酒是奢侈品，因此對於大、小《雅》的作者士人夫來說才比較能喝到，因此《雅》詩詠酒較多。〔註23〕而楚辭的作者屈原、宋玉等人也是士大夫，因此他們才比較有機會接觸到酒。可見「在中國詩歌的最初階段裡，酒主要扮演著為祭祀活動、政治禮儀、宴飲酬酢服務的角色」。〔註24〕在上古時代，可能是生產力的限制，平民的創作和酒還沒有很好的結合。

黎虎認為，酒是漢唐時期最重要的飲料，〔註25〕原因是在此期間，酒的功用增多、酒的釀造技術更加進步、酒的品種日益增多、漢代開始出現酒榷等等。〔註26〕可見這段時期生產的發展，因此也為酒和詩的緊密連結提供條件。

〔註22〕何滿子：《醉鄉日月》（上海，上海古籍出版社，1991年），頁50。
〔註23〕何滿子：《醉鄉日月》（上海，上海古籍出版社，1991年），頁50～51。
〔註24〕〔韓〕金准錫：《中國古代飲酒詩研究──以陶淵明、李白、蘇軾為中心》，南京，南京大學博士學位論文，2012年，頁22。
〔註25〕黎虎主編：《漢唐飲食文化史》（北京，北京師範大學出版社，1998年），頁106。
〔註26〕黎虎主編：《漢唐飲食文化史》（北京，北京師範大學出版社，1998年），頁106～114。

　　魏晉時期，因戰爭頻繁，詩壇出現梗概多氣、慷慨悲涼的詩風，如古詩十九首等，但涉酒詩數量仍然很少。〈從阮籍到陶潛——晉人飲酒風氣之演變〉一文指出：「魏晉之交，士人飲酒以避禍；西晉及東晉初期，士人飲酒以求名；東晉中後期，士人飲酒以達生」。〔註27〕在魏晉至東晉末年陶淵明出現前，寫涉酒詩的詩人以三曹和竹林七賢為代表，三曹的涉酒詩多是為宴會應酬所寫；而竹林七賢的代表阮籍和劉伶涉酒詩並不多，喝酒是為了避禍，也與寫詩的關係並不大。

　　直到東晉末年陶淵明出現，他大量創作涉酒詩，而且在詩歌中反映了他對酒的態度、感想等等內容，酒與詩才真正結合，其標誌便是陶淵明的〈酒詩二十首〉。〈陶淵明涉酒詩研究〉指出，在魏晉時期，酒也沒有完全擺脫它作為祭品的角色，但酒作為祭祀之用的角色開始逐漸暗淡，更加注重的是其作為行樂飲用的現實作用〔註28〕。由於這段時期社會動盪，儒家思想地位受到動搖，人性得到解放，又出現了人物品評的風尚，人們開始關注自身的價值和地位，文學史迎來「文學自覺」的時代，而此時陶淵明所寫的涉酒詩也是文學自覺的反映。

　　〈從《世說新語》看魏晉名士飲酒文化的內涵嬗變〉一文指出，從先秦兩漢到魏晉時期，飲酒活動的基本走向是社會和群體意志的色彩逐漸淡化，個人和個體意願的色彩不斷強化。〔註29〕可以看出，隨著飲酒活動群體性的減弱，涉酒詩的群體性也減弱，如魏晉時期三曹的涉酒詩多是為群體宴會而作，而到了晉代，陶淵明的涉酒詩則不只是為了宴會、為了避禍而寫，更是要寫出飲酒之後對人生的思考。同時陶淵明也成為「以酒大量入詩的第一人」〔註30〕，蕭統甚至懷疑陶淵

〔註27〕 張叔寧：〈從阮籍到陶潛——晉人飲酒風氣之演變〉，南京，南京理工大學學報 2003 年，第一期。

〔註28〕 李禎：〈陶淵明酒詩研究〉，蘭州，蘭州大學碩士學位論文，2013 年，頁 6。

〔註29〕 寧稼雨：〈從《世說新語》看魏晉名士飲酒文化的內涵嬗變〉，濟南，文史哲 2018 年，第二期。

〔註30〕 王瑤：《文人與酒》（上海，上海古籍出版社，1982 年），頁 72。

明的詩歌「篇篇有酒」，因為陶淵明在詩中大量描寫酒和喝酒的狀態，以及酒後所感，同時詩中可以不出現「酒」字。〈陶淵明涉酒詩研究〉認為「陶淵明的涉酒詩之所以說是真正成熟的涉酒詩，是因為他突破了以往涉酒詩作為祭祀和宴飲的工具束縛而獨立自由出來」〔註31〕總而言之，在陶淵明之前的涉酒詩多是為了祭祀禮儀、社交宴飲而作，很少能反映作者思想的；而在陶淵明手中，涉酒詩得以抒發個人情感和想法，而且陶淵明大量創作，使得詩和酒真正結合在一起。

　　進入唐代以後，詩與酒的結合更加緊密。初唐出現了第一個能飲的名士——王績，將對現實的不滿帶進涉酒詩裡面，于東新認為王績代表了唐人飲酒詩之詩酒隱逸、風流自賞的一派〔註32〕。而到了盛唐，因為入唐國力鼎盛，社會洋溢著更為積極昂揚的氣氛，因此此時以李白為代表，寫出更有樂觀積極精神的涉酒詩，如〈將進酒〉、〈把酒問月〉等等；相比李白，杜甫在詩中的形象更為落拓，涉酒詩也有更多現實主義的精神，如〈醉時歌〉、〈醉歌行〉等等。中唐以元白為代表，「唐代中期士人的精神面貌，即年輕從政時欲有所作為，但碰壁之後就只有借酒以澆胸中之塊壘了」〔註33〕。至於處於晚唐杜牧，比較接近於元白的思想，在早年的涉酒詩中曾經反映了強烈的經世濟民的願望，但到了中晚年，實現這種願望的熱情被黑暗的社會環境慢慢消磨，因為不得志而逐漸衍生出一些消極思想。

　　本文旨在研究杜牧詩歌中的涉酒詩，因此有必要先定義杜牧哪些詩是涉酒詩。這裡所說的「酒」不僅僅單指「酒」這種飲料，還包括酒器、飲酒的狀態以及飲酒的動作等有關「酒」的一切事物，同時還包括「不飲」的詩歌，如〈不飲贈酒〉。但是不包括看似與酒有關，但實際

〔註31〕 李禎：〈陶淵明酒詩研究〉，蘭州，蘭州大學碩士學位論文，2013年，頁11。
〔註32〕 于東新：〈唐代飲酒詩的審美形態〉，沈陽，蘭臺世界2015年，第六期，頁120。
〔註33〕 于東新：〈唐代飲酒詩的審美形態〉，沈陽，蘭臺世界2015年，第六期，頁121。

是形容他物的詩歌，如〈洛陽長句二首・其二〉說的：「月鎖名園孤鶴
唳，川酣秋夢鑿龍聲」，其中「酣」形容的是川河的酣暢，與酒無關。

根據筆者統計，在上述明確是杜牧所作的 430 首詩裏面，涉酒詩
有 113 首，比例約為 26.3%，超過了四分之一，可見涉酒詩數量之多、
比例之高。

二、研究範圍

本文的研究範圍可分為對文本的研究範圍（文本範圍）和對時代
的研究範圍（時代範圍）。本文的文本範圍以《杜牧集繫年校注》為準，
時代範圍即以杜牧所生存的晚唐時代（803 年～852 年）為主。

（一）文本範圍

杜牧去世以後，其外甥裴延翰將其詩文編為《樊川文集》二十卷，
這些作品是杜牧十分之二三的作品，是杜牧焚稿後所剩下的。因為《樊
川文集》收詩不全，到了宋朝以後有好事者將《樊川別集》（簡稱《別
集》）、《樊川外集》（外集）、《樊川詩補遺》（簡稱《補遺》）、《樊川集遺
收詩補錄》（簡稱《補錄》）等放進《樊川文集》，清人馮集梧因此將上
述集子的詩歌收編在一起，並對《樊川文集》作了詳盡的註釋，編著了
《樊川詩集注》，這部書對研究杜牧詩歌詩旨有極大幫助。因此列表以
示《樊川詩集注》收杜牧詩數如下：

表 4：《樊川詩集注》所收杜牧詩集及數量表

集　名	收詩數量
《樊川文集》	241 題 267 首
《補遺》	14 題 15 首
《外集》	119 題 126 首
《別集》	57 題 60 首
《補錄》	55 題 55 首

　　筆者根據今人吳在慶《杜牧集繫年校注》對杜牧詩作了比較完整的收錄，該書收入《樊川文集》、《別集》、《外集》，將《補遺》和《補錄》等內容編作《集外詩》，包括不完整的〈七絕一首〉，並除去〈句〉、〈八六子〉、〈玲瓏山杜牧題名〉這三篇非詩之作，整理出各部份收詩數如下表：

表 5：《杜牧集繫年校注》所收杜牧詩集及數量表

集　　名	收詩數量
《樊川文集》	241 題 267 首
《外集》	119 題 126 首
《別集》	57 題 60 首
《集外詩》	79 題 81 首

　　《杜牧集繫年校注》是近年研究杜牧詩文集的集大成之作，因此，本文所有杜牧的涉酒詩文本均以《杜牧集繫年校注》為準，並且按照此書對杜牧的詩歌繫年。根據《杜牧集繫年校注》所收，目前杜牧詩總計為 531 首，據李愚墉指出，經過吳企明、胡可先、吳在慶等人的辨偽，發現其中疑似非杜牧的作品有 101 首〔註34〕，其他後收的作品很多混入許渾等人之作，因此只有 430 首比較確定是杜牧之作。其中 113 首涉酒詩，這裡面有 81 首是可繫年的，42 首是學界暫未能繫年的，分別見附錄一和附錄二。

（二）時代範圍

　　杜牧字牧之，生於唐德宗貞元十九年（803 年），歿於唐宣宗大中六年（852 年），享年 50 歲。杜牧家世顯赫，他是西晉名將杜預十六世孫，也是《通典》的作者、唐朝著名宰相杜佑的之孫。當時流傳「城南韋杜，去天尺五」的俗語，來形容長安韋姓和杜姓家族的顯貴，而杜牧就屬於這一支杜姓。然而在杜牧小時候，父親杜從郁和祖父杜佑就去

〔註34〕 李愚墉：《杜牧詩歌研究》，上海，復旦大學博士學位論文，2007 年。

世了。不過家道中落的杜牧依然憑藉進士及第進入仕途,杜牧自己也說「某世業儒學,自高、曾至於某身,家風不墜」。〔註35〕

杜牧在大和二年(828年)26歲及第後,在長安任職不到半年,就去了幕府為官,度過了十年幕府生涯,衍生出不少風流事蹟,成為後世詩文小說作者大做文章的材料。之後杜牧赴京為官兩年多,在會昌二年(842年)出任黃州刺史,度過兩年;會昌四年(844年)九月,杜牧被調到池州擔任刺史,又度過三年;會昌六年(846年)三月,杜牧被調睦州三年,這三次擔任地方刺史,度過七年的經歷被杜牧自己歸納為「三守僻左,七換星霜」。〔註36〕杜牧之後於大中二年(848年)秋被任命為考功員外郎、知制誥,於當年十二月抵達長安任職,然而在長安不過兩年杜牧卻請求外放出任湖州,在大中四年(850年)秋抵達湖州,只過了一年杜牧就被升官,不得不調回長安,於是他在大中五年(851年)秋又到了長安,次年寫下〈自撰墓誌銘〉,度過人生最後的時光。杜牧的一生都處於一個動盪的年代,處於安史之亂後的中晚唐時代,然而他沒有像同時代大多數的詩人那樣在詩歌中透露出日落西山、氣息奄奄的詩風。

安史之亂是唐朝由盛轉衰的轉捩點,也是區分初盛唐和中晚唐的分水嶺。中晚唐時期又很多政治問題,其中比較突出的有三:藩鎮割據、宦官專權、牛李黨爭。在朝廷外,有藩鎮割據的問題。因為安史之亂叛軍的殘餘勢力沒有被完全清除,很多降將被朝廷冊封的節度使,成為割據一方的藩鎮。藩鎮不僅相互攻伐,而且會對抗中央,甚至聯合對抗中央;在朝中,宦官勢力從安史之亂開始坐大,宦官後來還可以掌握軍隊,甚至操縱皇帝的廢立,雖然皇帝也不甘於被操控而誅殺宦官,但最後卻釀成甘露之變的失敗;與宦官專權相伴的牛李黨爭問題也嚴重影響朝政。大致上牛黨是新興的庶族地主,而李黨則是沒落的門閥世族,他們針對削藩與否等問題展開針鋒相對的攻訐。

〔註35〕 吳在慶:《杜牧集繫年校注》(北京,中華書局,2008年),頁860。
〔註36〕 吳在慶:《杜牧集繫年校注》(北京,中華書局,2008年),頁988。

　　杜牧出生和成長於這樣的社會環境中，當然會受到其影響，不過杜牧懷有經世濟民之心，希望能解決部分問題。杜牧對割據的藩鎮深惡痛疾，曾經獻策打擊藩鎮；而且杜牧也反對宦官專權，批評了李訓、鄭注消滅宦官計劃的不周；同時，杜牧沒有明顯朋黨思想，自己雖然受到牛僧儒禮遇，但也同時為李德裕削藩出謀劃策。

第四節　研究方法與章節架構

　　本節分述關於本文主要研究方法及章節安排。

一、研究方法

　　本文的研究方法主要有二，一是文本分析與模擬創作法，主要是以閱讀、朗讀和模擬創作加深對目標文本的理解；二是知人論世法，主要是結合目標文本作者杜牧的生平分析文本。

（一）文本分析與模擬創作法

　　文本分析可以分為閱讀和朗讀。首先從閱讀原典入手，以《杜牧集繫年校注》及其注釋為準，結合諸家譯注本，如《杜牧詩文選譯》、《新譯杜牧詩文集》等書，再加本人理性分析，從原典中把握杜牧涉酒詩的內容和思想。《杜牧集繫年校注》是近年研究杜牧的集大成之作，上文已有說明。但此書並無翻譯，因此通過閱讀此書的文本以及注釋，輔以諸家的譯注，綜合分析，就可以集各家所長，盡可能地知道杜牧涉酒詩表達的思想。然後將杜牧所有涉酒詩摘取出來，通過每天朗讀這些詩，代入詩人的時代、身份、遭遇、心態，來深刻地涵泳體味詩歌當中的音律、內容、手法、思想。雖然地有南北，時有古今，但是也可以藉著朗讀，爭取比較準確地接收詩人想表達的東西。

　　俗話說，熟讀《唐詩三百首》，不會吟詩也會吟。有了閱讀和朗讀杜牧的涉酒詩的基礎，因此也有了模擬創作的想法與能力；模擬創作之後，也就能更好地理解杜牧寫涉酒詩的音律、內容、手法、思想等。本人通過閱讀、朗讀和模擬創作，尤其是模擬創作，可以更好地理解詩歌

及其作者，因為在實際創作詩歌的過程中，會涉及到詩歌的方方面面，如思考詩歌的立意如何精警、謀篇如何巧妙、遣詞如何貼切、用韻如何合規等等，所以筆者就會不斷學習以求寫得佳什，也從而更好地理解杜牧詩歌的寫法，更好地分析杜牧詩歌的詩旨。所以即使筆者與杜牧「蕭條異代不同時」，但當筆者學習寫詩後亦能加深對杜牧涉酒詩的理解。

（二）知人論世法

知人論世最早由孟子提出，孟子說：「頌其詩，讀其書，不知其人可乎？是以論其世也」，原來指的是研究一個人，且以此來研究當時的社會環境，並不涉及學術研究。而這個概念後來被學者運用於學術研究，強調要結合作家身份和社會環境對作品分析，從此此法一直被運用。章學誠也說：「不知古人之世，不可妄論古人之辭也。知其世矣，不知古人之身處，亦不可以遽論其文也」，更說明了知人和論世對分析作品缺一不可。拋開社會環境和作家的個人背景，將無法準確得知作品傳達的意思。可見，知人論世是研究作家作品的基礎和重要手段。

因此本文對古籍主要參考了杜牧所撰文章，以及《舊唐書》、《新唐書》等官方史書，兼採《本事詩》、《唐摭言》等筆記小說，對今人著作主要參考繆鉞的《杜牧年譜》、馮海榮《杜牧》、吳在慶《杜牧集繫年校注》等書及文章，分析杜牧所處的晚唐時代，爬梳杜牧人生經歷與軌跡，作為杜牧涉酒詩研究的基礎，在第二章杜牧五十年的人生分為四個階段，分別為布衣時期、十年幕府時期、遊宦時期以及晚年長安時期，以此將各個階段的杜牧的志趣和情誼展現出來，並分析其情志嬗變。同時也用知人論世法分析具體的涉酒詩，以期以時代背景和杜牧當時的狀況來合理分析每一首詩，盡可能地避免臆測揣度、減少主觀推斷，提高論文的嚴謹性。

二、章節架構

本文共七章。第一章為緒論，主要闡述本文的研究動機與目的、本文對前人研究成果的檢視、對涉酒詩的定義與研究範圍、研究方法

和章節安排。第二章闡述了涉酒詩與杜牧的生涯，將杜牧的生涯分為四個時期，一是布衣時期，二是十年幕府時期，三是遊宦時期，四是晚年長安時期，並介紹杜牧在各個時期創作重要的涉酒詩，以闡明各時期杜牧心態變化。第三章闡述了杜牧涉酒詩表現的志趣，杜牧志在經世濟民，早年躊躇滿志，但是因為甘露之變等的種種原因，使得他受挫失志，所以他也因受挫失志而想到及時行樂和歸隱與歸鄉。因此本章分為三節，一是關於杜牧的躊躇滿志與受挫失志的反差，二是杜牧的受挫失志後的及時行樂，三是受挫失志後的歸隱與歸鄉。第四章闡述了杜牧涉酒詩表現的情誼內容，杜牧在涉酒詩中主要寄託了友情、愛情以及其他情誼，本章將會以兩節分別論述。第五章分析了杜牧涉酒詩的藝術特色，本章共四節。前兩節主要論述杜牧涉酒詩表達情感的手法，主要有兩點，一是卒章顯志，二是以酒為喻。第三節通過分析涉酒詩中的古體詩和近體詩兩種體裁，分析其不同的表現方式；第四節分析了杜牧涉酒詩中的意象，包括時間意象、空間意向以及酒旗（酒家）意象。第六章闡述了杜牧涉酒詩對後世詩歌和詩話的影響，分為三節，分別闡述杜牧涉酒詩對唐、宋、元明清的詩歌和詩話的影響。第七章為結論，主要是收攝全文，及提出對未來研究的展望。

第二章　涉酒詩與杜牧的生涯

　　馮海榮《杜牧》〔註1〕一書是較早對杜牧生涯分期的一本專著，此書對杜牧生涯作了八個分期，一是家世和青少年時代，二是十年幕府生涯，三是赴京途中，四是出任黃州刺史，五是調赴池州，六是更遷睦州，七是重返長安與出守吳興，八是晚年生活。而本文以此為參考，稍作調整，將杜牧的生涯分為四個時期，一是布衣時期，二是十年幕府時期，三是遊宦時期，四是晚年長安時期。

　　杜牧，字牧之，是晚唐著名詩人，與李商隱合稱「小李杜」，詩名直追杜甫，《新唐書》說：「牧於詩，情致豪邁，人號為小杜，以別杜甫云」〔註2〕。杜牧不僅善於寫詩，撰文也是一流，同時是個很有抱負的人，《舊唐書》說：「牧好讀書，工詩為文，嘗自負經緯才略」。〔註3〕雖然杜牧能詩能文，且有抱負，但是其生涯卻不太順利。

第一節　布衣時期（1～25歲）

　　本文將杜牧出生至及第之前的時間定為布衣時期，時間是西元803年至827年，即杜牧出生至25歲。在杜牧還沒及第之前，他就已經寫有著名的〈感懷詩一首〉，該詩作於唐文宗大和元年（827年），詩

〔註1〕馮海榮：《杜牧》（上海，古籍出版社，1991年），頁1。
〔註2〕宋‧歐陽修等：《新唐書》（北京，中華書局，1975年），頁5097。
〔註3〕五代‧劉昫等：《舊唐書》（北京，中華書局，1975年），頁3986。

歌題目下面的注表示當時滄州正用兵,也就是朝廷討伐橫海節度使(治所在滄州)李同捷之事。唐文宗大和元年(827年)是杜牧及第前一年,當時杜牧二十五歲,已經展示出對時政的關心。該詩以美酒喻唐朝開國之君之功德,功德惠及萬民,使人民享樂於其中,沉醉在明時盛世(「德澤酌生靈,沉酣薰骨髓」),不知干戈為何物。但是天下承平日久,玄宗後期醞釀出安史之亂。雖然大唐平了亂,但是河朔之地的藩鎮安史叛軍殘餘勢力一直不能斬草除根(「蟠聯兩河間,爐萌終不弭」)。因此這些藩鎮相互勾結聯姻、情同手足甚至使公然稱帝做出一系列的僭越行為。杜牧痛心於唐王朝為何自安史之亂七十年還不能根本解決藩鎮問題,以致「夷狄日開張,黎元愈憔悴」,杜牧認為安史之亂以來唐憲宗是最賢明的君主。詩歌寫到到了聖明的唐憲宗登基之後,這位「元和聖天子」英明如湯、武,又勤儉節約,還任用賢能,陸續消滅了不少節度使,大唐又實現了短暫的統一。但是好景不長,唐憲宗死後,藩鎮又繼續反叛。杜牧感歎收復藩鎮之困難,失去藩鎮之容易。最後杜牧表白心跡,希望朝廷君王能平定藩鎮,而自己只能借酒消愁,寫下這篇詩歌聊以自慰。他說:「往往念所至,得醉愁蘇醒。」〔註4〕說明杜牧常常想念國家能夠平定藩鎮而振興,但是他也知道這並非易事,況且自己也只是「關西賤男子」大聲疾呼也沒人管,因此只能飲酒買醉,以避免神志清醒的時候過於壯懷激烈。然而不說出心聲也難受,說出來卻也無濟於事,無人相助。只能寫下此詩,燒給同樣關懷國家的賈誼。

　　這是杜牧最早一篇繫年詩歌,也是最早的一首涉酒詩,從這首詩就可以一窺杜牧早年關心國事和經世濟民的思想。

第二節　十年幕府時期(26～36歲)

　　杜牧在及第後不久就從京城去到沈傳師的洪州幕府任職,開啟了

〔註 4〕吳在慶:《杜牧集繫年校注・卷一》(北京,中華書局,2011 年),頁291。所引詩文皆同出此書,若下文再引,則盡以夾注列出頁數。

大概十年斷續的幕府生涯，時間為西元 828 年至 839 年，即杜牧的 26 至 37 歲。杜牧在唐文宗大和二年（828 年）十二月首次入沈傳師之幕為官，至唐文宗開成四年（839 年）春離開崔鄲幕中，這大約十年是杜牧斷斷續續的幕府生涯。而唐文宗大和九年（835 年）夏杜牧首次結束幕府為官的經歷，同年冬天發生了甘露之變。因此大致以大和九年（835 年）為界，將這十年分為前後兩段，前段為大和二年（828 年）十二月至大和九年（835 年）夏，這段時期杜牧主要在沈傳師與牛僧孺幕中；後段為大和九年（835 年）夏至開成四年（839 年）春，這時杜牧主要在洛陽擔任監察御史以及在崔鄲幕中。

一、前期（26～33 歲）

這段時期杜牧共有二十三首可繫年的詩歌，其中有十一首涉酒詩，分別為：〈及第後寄長安故人〉、〈贈沈學士張歌人〉、〈送工侍御赴夏口座主幕〉、〈隋苑〉、〈牧陪昭應盧郎中在江西宣州，佐今吏部沈公幕，罷府周歲，公宰昭應，牧在淮南縻職，敘舊成二十二韻，用以投寄〉、〈贈別二首〉、〈遣懷〉、〈張好好詩〉、〈兵部尚書席上作〉、〈洛中二首〉、〈洛中送冀處士東遊〉。這段時期主要反映了杜牧積極進取和風流多情的一面，反映前者的有〈及第後寄長安故人〉；反映後者的有：〈贈沈學士張歌人〉、〈隋苑〉、〈贈別二首〉、〈遣懷〉、〈張好好詩〉、〈兵部尚書席上作〉。

大和二年（828 年）春天，進士及第後的杜牧寫下了〈及第後寄長安故人〉。因為當年吏部關試改在東都洛陽，所以杜牧當時身在洛陽，他和其他及第的三十多人通過關試，於是騎馬回長安慶祝，因此杜牧希望長安的故人準備多點酒，以慶祝自己及第，並表示自己已經將春色帶回長安了。杜牧寫到：「秦地少年多辦酒，已將春色入關來」，杜牧成功及第，向仕宦之路近了一大步，為實習經世濟民的理想也近了一大步。

而在大和八年（834 年），當沈傳師已到吏部任職，當年同在沈幕

的同事盧弘止現在在昭應，而杜牧在牛僧孺淮南幕府中，杜牧對之甚是懷念，因此寫下〈牧陪昭應盧郎中在江西宣州，佐今吏部沈公幕，罷府周歲，公宰昭應，牧在淮南縻職，敘舊成二十二韻，用以投寄〉，詩中先寫了杜牧的思念之情，又讚美了沈傳師的政績，羨慕沈能入朝為官受到重用，同時有佳人相伴，所以肯隻身久留在京城。而作為沈傳師的「諸生」盧弘止和杜牧則分道揚鑣，尚未在朝中任要職，而詩的最後寫到：「相逢好大笑，除此總雲浮」，則轉失落為放曠，依然洋溢著積極的精神。

在沈傳師幕府中，杜牧認識了其歌女張好好，並且有一段很好的感情。因為沈傳師赴京，杜牧就離開沈傳師宣州幕府，去到牛僧孺揚州幕府擔任掌書記，於是杜牧在揚州有很多風流韻事。因此杜牧在沈傳師和牛僧孺幕府中也留下了反映其風流多情的一面。

大和六年（832年）春，杜牧聽了沈傳師弟弟沈述師的歌妓張好好唱歌，寫下〈贈沈學士張歌人〉，詩中寫到，張好好正值青春年華，沈傳師教導她，讓她在客人面前唱歌，她唱功非常了得，聲音清脆，斷聲時如裂玉斷絲，流動時如行雲流水，節奏流暢，而且表現情感的時候，楚楚動人。詩最後幾句寫到：「吳苑春風起，河橋酒旆懸。憑君更一醉，家在杜陵邊。」（頁289），使得杜牧醉倒在張好好身邊。

到了牛僧孺幕中時，杜牧被牛僧孺的侍婢定子吸引，因此寫下〈隋苑〉一詩。詩歌寫杜牧看到牛僧孺的漂亮侍婢，「紅霞一抹廣陵春，定子當筵睡臉新」（頁1287）飲酒之後臉泛紅暈，睡覺之初花冠不整的樣子非常動人。杜牧便感慨隋煬帝當年為了尋歡作樂來到揚州不知道是為了哪個美人，暗指定子非常美麗，即使隋煬帝破國亡家都找不到。

杜牧即將從揚州離開到朝中任職之前，〈贈別二首〉。杜牧在揚州有不少風流事跡，這兩首詩就是寫杜牧和揚州妓女依依分別之際所作。第一首寫了初見妓女之時，她才十三四歲，含苞待放，繁華的揚州卻無人及她。第二首則到了分別之際，多情的杜牧喝了酒也沒有什麼歡情：「多情卻似總無情，唯覺樽前笑不成。」杜牧和揚州某妓兩人徹夜長

談，蠟燭一滴滴地燃燒，露出燈芯，跟人一樣有心，也好像跟兩人一樣都有離愁別恨淚流不止，終於兩人依依不捨直到天明才離去。古代交通和通訊不發達，生離幾乎等於死別，離別就很難相見了。

　　杜牧又作〈遣懷〉，對在揚州的三年生活進行反思，開頭兩句說到：「落魄江湖載酒行，楚腰腸斷掌中輕。」《杜牧集繫年校注》引胡鳴玉《訂偽雜錄》卷一云：「乃知落魄為放蕩失檢之意，非淪落不堪也」〔註5〕，可知杜牧在揚州期間常常放蕩不羈，攜酒冶遊，非常快樂。後面兩句寫幾年來好像一場大夢，醒來只有一場空，在眾青樓中得到了薄倖寡情的名聲。杜牧似乎不是在譴責自己的放蕩，同時也沒有悔改之心，而是有自嘲和調侃的意味。

二、後期（33～36歲）

　　大和九年（835年），杜牧從揚州被召回長安，因為朝中的南衙北司之爭激烈異常，所以杜牧預感到凶多吉少，於是借口有病，提出辭退，當年便以監察御史分司東都（洛陽）。〔註6〕在洛陽，杜牧碰到被拋棄的落魄的張好好，因此寫下〈張好好詩〉以表同情；在兵部員外的宴席上寫下〈兵部尚書席上作〉。在洛陽，杜牧繼續展現了其風流的一面。如〈張好好詩〉寫到，杜牧來到洛陽，見到了三年前在宣州沈述師身邊的張好好，昔日大官身邊的佳人，而今卻成為了當壚賣酒女子，仿佛白居易見到琵琶女一般，於是杜牧寫下〈張好好詩（并序）〉，該詩首先回顧了杜牧初見張好好時她才十三四歲，無論是身材、樣貌、才藝都令沈傳師驚歎，並得到沈傳師的厚賞。杜牧也愛上了張好好，經常與之外出遊玩，非常快樂。然後張好好跟杜牧一樣，隨著沈傳師從洪州遷任宣州，身不由己，以至於沈傳師為他弟弟沈述師納張好好為妾，好好也只能接受。張好好成為沈述師妾後，再也不能和杜牧相會，而時光荏苒。二人幾年沒見，張好好跟沈述師及其身邊的幕僚已經沒有交集。張

〔註5〕吳在慶：《杜牧集繫年校注》（北京，中華書局，2011年），頁1217。
〔註6〕馮海榮：《杜牧》（上海，古籍出版社，1991年），頁37。

好好和杜牧曾經「身外任塵土，樽前極歡娛」，現在張好好是「婷婷為當壚」，從放肆喝酒到努力賣酒，境況大不如前，卻反過來關心杜牧的遭遇。兩人互訴衷腸，淚灑秋風。此詩描寫了張好好美好的身姿和技藝，懷念了和張好好遊玩的歡樂，以及為張好好曲折的經歷而悲傷。

另一首〈兵部尚書席上作〉，《杜牧集繫年校注》引《本事詩》說，當時兵部尚書李願設宴但不敢邀請身為監察御史的杜牧，杜牧托人告知李願自己想來，李願不得已而補發請柬邀請杜牧，杜牧喝了幾杯，竟發狂言要求李願把美女紫雲贈予自己，引得李願及眾妓大笑而回首[註7]（「偶發狂言驚滿坐，三重粉面一時回」）。從這首詩和《本事詩》的故事也可以看到杜牧風流多情的一面。

到了開成元年（836年）春天，杜牧有〈洛中二首〉，其二寫春色動人，一派生機而此時杜牧：「多把芳菲泛春酒，直教愁色對愁腸。」（頁1307）把落花放到杯中，吞花飲酒，使落花的愁色直對自己的愁腸。這顯然是春天落花帶來的春愁。在洛陽，杜牧開始在詩中表現一些愁情。

然而，雖然杜牧僥倖避開了甘露之變，他的思想和情緒卻受到極大的震動，發生了遽變。[註8]這一年發生的「甘露之變」是杜牧文學創作的轉捩點，使他的心態由經世報國變為全身遠禍。[註9]而且，杜牧正被卑官薄宦和有志難展的苦惱煎熬著，加上身邊還帶著重病的弟弟，心情更加不好。[註10]在宣州，杜牧寫了很多涉酒詩表達不滿。重返宣州之後，杜牧更加多涉酒詩寫到消極的情緒。如在〈杜秋娘詩並序〉中發出了「女子固不定，士林亦難期」的喟歎；又在〈大雨行〉中，通過描寫前後兩次觀雨的經歷，表達了衰老的痛苦；在〈書懷寄盧歙州〉表達了懷才不遇的苦悶（「可惜當年鬢，朱門不得游」）。因此在這

[註7] 吳在慶：《杜牧集繫年校注》（北京，中華書局，2011年），頁1349。

[註8] 吳在慶：《杜牧集繫年校注》（北京，中華書局，2011年），頁40。

[註9] 胡可先：〈杜牧大和九年行跡思想新探〉，南京，南京師範大學學報2002年，第三期。

[註10] 馮海榮：《杜牧》（上海，上海古籍出版社，1991年），頁45。

段時期，雖然杜牧還有表現其風流多情的一面，但杜牧的心態已經發生變化，積極進取的心態漸漸被削弱。

第三節　遊宦時期（37～46 歲）

　　杜牧在唐文宗開成四年（839 年）春結束了十年的幕府生涯後，度過了一段短暫的赴京任職的時間，之後就開始了七年的遊宦時期，也就是西元 841 年至 848 年，即杜牧 39 至 46 歲。這段時期主要分為杜牧赴京途中與京城任職，以及分別在黃州、池州和睦州擔任刺史，共四個時期。此時期杜牧的心態較之前更加鬱結。

一、赴京途中與京城任職時期（37～40 歲）

　　開成四年（839 年）春，杜牧踏上去長安的道路。〔註 11〕杜牧一路欣賞沿途風景，有所擺脫鬱悶的心情，有些涉酒詩就反映這種心情。

　　如〈途中作〉寫到杜牧行走在南陽道上，路程綿綿，山脈連連，此時風定雨霽，氣候回暖，欣賞枝上殘存的花兒，當要飲酒行樂，不要浪費即將逝去的春光：「殘花不 醉，行樂是何時？」（頁 497）可以看出，杜牧希望飲酒及時行樂。

　　路過商山，杜牧寫下〈商山麻澗〉，詩歌寫到這天天氣很好，杜牧經過商山山澗的一片人家居住的地方，野外鳥鹿略過，村裡牛雞回巢。農家父老飲酒休息，女兒簪花玩耍，非常融洽快樂，而杜牧想到自己漂泊的行旅、奔波的生計，於是在溪邊的沙地書寫心跡（「征車自念塵土計，惆悵溪邊書細沙」）。杜牧看到美好的鄉村生活，好像對宦遊有所反思。

　　杜牧在長安時請假到了潯陽看望弟弟杜顗，在潯陽寫下〈冬至日寄小姪阿宜詩〉，在詩中介紹了自己的家世，又告誡了小姪阿宜許多事情，又說自己潦倒不得志，而把希望寄託在阿宜身上，叮囑阿宜要記住杜牧所說的話。通過寫給阿宜的信表達了自己狀況潦倒的鬱悶，但對

〔註 11〕馮海榮：《杜牧》（上海，上海古籍出版社，1991 年），頁 50。

阿宜充滿期待（「我若自潦倒，看汝爭翱翔」）。

　　杜牧還寫了〈奉和門下相公送西川相公兼領相印出鎮全蜀詩十八韻〉讚美崔鄲和李德裕，希望得到提攜。

　　可見杜牧在長安雖然覺得潦倒，但是也恢復了一點進取之心。

二、黃州刺史時期（40～42歲）

　　唐武宗會昌二年（842年）春，杜牧開始擔任黃州刺史。這個時期，杜牧非常憤懣，寫下很多表達失意的詩歌。如〈郡齋獨酌〉寫到，杜牧有著澄清天下的志向，但他也知道這個想法不切實際，所以自己都笑自己太過荒唐。無奈之下只能以醉忘憂，但願當今天子真的能恢復太平盛世吧（「醺酣更唱太平曲，仁聖天子壽無疆」）。

　　又〈雪中書懷〉寫到，如果杜牧自己受到朝廷徵召，一定全力以赴，食其肉寢其皮。有人對杜牧說，這是朝中大臣的責任，你（杜牧）身份卑微，不應該參與。向來說超越自己等級地位的話之人，常常都會陷入危機。抒發完一肚子的怨氣，於是杜牧想到春天就好好飲酒（「行當臘欲破，酒齊不可遲。且想春候暖，甕間傾一卮」），不要去理其他事情，擺出自暴自棄的樣子。

　　〈雨中作〉表示杜牧想到「一世一萬朝，朝朝醉中去」這樣頹廢地生活。又如在〈齊安郡晚秋〉，杜牧想到以前的英雄為了成就不世之功業展開激烈戰鬥，但是這些功業都是虛名而不得長久，他們拼命爭奪的地方如今成為了釣魚翁輕鬆端坐釣魚的地方，非常諷刺，讓杜牧反思爭功奪利的意義何在，產生消極的退隱思想。

　　不僅是詩歌，杜牧在文章中也有有所反映痛苦的心情。大中五年（851年）時，杜牧在〈祭周相公文〉回憶會昌二年（842年）被外放黃州的痛苦：「會昌之政，柄者為誰，忿忍陰汙。多逐良善。牧實忝幸，亦在遣中」。〔註12〕文中所說的「柄者」，即是李德裕。〔註13〕杜牧認

〔註12〕吳在慶：《杜牧集繫年校注》（北京，中華書局，2009年），頁909。
〔註13〕吳在慶：《杜牧集繫年校注》（北京，中華書局，2009年），頁911。

為自己是「良善」，所以被握著權柄的人排擠，而且去到的是大澤和葭葦之地。

在涉酒詩和文章表現出的種種消極思想，或許暗示著杜牧認為自己處於人生最低點。

三、池州刺史時期（42～44歲）

會昌二年（842年）九月，杜牧開始擔任池州刺史。從涉酒詩反映的情感看來，杜牧在池州心情有所好轉。而且這個時期，杜牧和遠道而來的張祜結識，並一起飲酒登山，使得杜牧非常開心。杜牧作了〈九日齊山登高〉，杜牧認為只要酩酊大醉來歡度佳節，不要登到高處痛惜時光飛逝（「但將酩酊酬佳節，不用登臨恨落暉」）。古往今來的自然規律正是如此，何必要像齊景公那樣在牛山望遠而淚落霑衣。此詩洋溢著與朋友相聚的喜悅、及時行樂的豁達，以及對於人事代謝的自然規律的瞭然。

不過這段時間，杜牧涉酒詩思想的主流是思鄉之情。如〈登九峰樓〉寫杜牧登上九峰樓看到長江在落日的餘暉下閃閃耀眼，江邊的山高低起伏長著秋花。月亮出來，江邊的牧牛和打漁者吹笛唱歌，落日漸漸西斜，鷺和鴛在江邊覓食。杜牧想到自己到異鄉擔任刺史常沉湎於酒，自己還不如杜陵的芳草有家可依（「為郡異鄉徒泥酒，杜陵芳草豈無家」）。撓著自己的白頭髮常常倚著高樓的柱子慨歎，不知道何日才能揚帆歸家。杜牧登高望見長江，不僅歎息白髮已生，也自然想起乘船而歸，因此在此詩中表達了衰老而功業未成以及對歸家的渴望。

又如〈池州春送前進士蒯希逸〉寫到，自己在外為官，不能入京，等於不能歸家，何況還要舉起離觴餞別好友（「有家歸不得，況舉別君觴」），是兩重的傷心。杜牧在此詩中表達了自己不得志和別離的傷心，以及不得歸家的無奈。

又如〈題池州弄水亭〉則在描寫完種種美景後，最終發出「信美非吾土」的感歎，直接表明強烈的思鄉之情。

四、睦州刺史時期（44～46歲）

會昌四年（844年）九月，杜牧開始擔任睦州刺史。這段時期涉酒詩的感情仍然延續著思鄉之情，如〈睦州四韻〉寫到，杜牧所在的睦州在嚴子陵釣台邊，這裡的山水實在可愛。這裡的村落在山林中若隱若現，溪流遍佈各地。幽鳥在樹林間鳴叫，野外的輕煙飄入樓中。殘春時節，杜牧一個長安之客，就在山間花前飲酒而醉（「殘春杜陵客，中酒落花前」）。表達了杜牧對於擔任睦州刺史、身居下流的不滿，以及隱隱的思鄉之情。

又如〈昔事文皇帝三十二韻〉，杜牧在反思和懺悔了文宗朝自己在朝中噤若寒蟬的行為，希望當今皇帝唐宣宗能夠讓杜牧回鄉，即是回京任官。此詩表達了杜牧對當年鄭注、李訓等奸臣宦官把持朝政的痛恨、對武宗皇帝新政的期盼、以及希望回京的期待，於是杜牧在詩末寫到：「祝堯千萬壽，再拜揖餘樽」。

這段時期杜牧因為已經擔任偏僻之地的刺史多年，因而也陷入了比較痛苦的境地，他在〈上吏部高尚書狀〉說：「三守僻左，七換星霜。拘攣莫伸，抑鬱誰訴。每遇時移節換，家遠身孤，弔影自傷，向隅獨泣」。〔註14〕說明自己外放多年的不得志，且無人傾訴的慘狀。

第四節　晚年長安時期（47～50歲）

唐宣宗大中三年至（849年）至大中六年（852年）是杜牧晚年時期，即杜牧的47至50歲間。杜牧晚年強烈要求從睦州返回長安，在朋友幫助下終於重返長安任職，而不久後杜牧又強烈請求外放任職，杜牧也如願出守湖州；但在湖州不久，杜牧又被召回長安擔任考功郎中、知制誥等職位，最後在長安官至中書舍人而離世。

杜牧卒年有大中六年（852年）和大中七年（853年）等不同的說法，但考辨何者為是非本文重點，姑採吳在慶的說法，以大中六年

〔註14〕吳在慶：《杜牧集繫年校注》（北京，中華書局，2009年），頁988。

（852 年）為杜牧卒年。

一、重返長安與出守湖州時期（47～49 歲）

　　杜牧在大中三年（849 年）春再次擔任京官。杜牧回長安的慾望非常強烈，但是回到以後沒多久，杜牧在大中三年十一月突然上書，請求外放杭州刺史，但宰相白敏中不同意。於是杜牧第二年又三次上書要求外放湖州刺史。〔註 15〕可見此時的杜牧仍然覺得不得意，從涉酒詩中也可以看出。如〈長安雜題長句六首·其三〉，寫到雨停了的京城的大路像澄江那樣乾淨明麗，大海波濤般的山間霧氣生於千峰之間。南苑裡面錦雉在芳草中睡覺，夾城中皇帝一行出門。長安的青年騎馬佩玉，少女頭上簪著桃花。曲江景色優美，遊人盡皆陶醉，杜牧身為京城一介小官只得甘於貧賤。

　　〈長安雜題長句六首·其四〉寫到，「期嚴無奈睡留癖，勢窘猶為酒泥慵」、「偷釣侯家池上雨，醉吟隋寺日沉鐘」在壓抑的形勢下，杜牧只想多睡覺和喝酒，或者偷偷釣魚和去佛寺醉吟。表達了在朝任職的不如意。

　　而到了湖州以後，杜牧心情有所好轉，涉酒詩中少了一些抱怨的想法。在〈早春贈軍事薛判官〉、〈代吳興妓春初寄薛軍事〉與〈茶山下作〉中都表達了及時行樂的思想。

　　不過杜牧也知道自己身體狀況已經不好，因此也因衰老而悲傷。在〈題茶山〉中聯繫到王羲之三月三日所作的〈蘭亭集序〉的思想，產生對人生壽命終會化作塵土的感慨；而在〈和嚴惲秀才落花〉表達了杜牧對時光流逝的感慨，以及人老不能復年少的悲傷。

二、晚年生活時期（49～50 歲）

　　杜牧雖然擔任重要的中書舍人一職，但是絲毫不能引起他的興趣，他考慮較多的不是功名和富貴，而是怎樣過一個清閒的晚年。他拿出

〔註15〕馮海榮：《杜牧》（上海，上海古籍出版社，1991 年），頁 82。

多年的積蓄，對樊川別墅進行一番修葺。〔註16〕此時杜牧詩作也減少了。

而此時杜牧只有一首涉酒詩：〈華清宮三十韻〉。此詩分別寫了唐玄宗前後期治國的不同，以及楊貴妃生前死後唐玄宗的變化。表達了杜牧對唐玄宗治國前後變化的感慨和惋惜，以及對盛世的懷念。

大中六年（852年）冬天，杜牧寫了〈自撰墓誌銘〉，不久就度過人生最後的時光。

總的來看，杜牧在十年幕府時期就展示了其積極進取和風流多情的一面，但是隨著年齡增長，和職務的遷調，杜牧長期不得志以致進取之心有所減弱，而心情也在被不斷打擊。從涉酒詩展現的感情來看，杜牧的失意之情在黃州時期跌至低谷，而開始慢慢回升，直至擔任湖州刺史回到了一個小高峰，因為杜牧在晚年對實現抱負已經不抱希望。

本章小結

筆者參考馮海榮《杜牧》〔註17〕一書對杜牧一生的分期，而稍作修改，對杜牧的仕宦生涯分了四個時期，一是布衣時期（1～25歲），二是十年幕府時期（26～36歲），三是遊宦時期（39～46歲），四是晚年長安時期（47～50歲）。通過杜牧的涉酒詩來觀照這四個時期杜牧心境的變化，可以發現，杜牧受到祖父杜佑的影響以及憑藉良好的家風，在布衣時期所作的《感懷詩一首》中就展現了經世致用的思想。在十年幕府時期，杜牧先後入沈傳師與牛僧孺幕，先後在洪州與宣州（沈傳師幕）及揚州（牛僧孺）擔任幕僚，後來又擔任監察御史分司東都洛陽，在這十年期間杜牧展現了積極進取和風流玩世兩個面，其後經過了甘露之變，杜牧心境發生了轉變，積極進取和風流玩世的思想大大減少，而代之以受挫失志等其他消極思想。之後雖然杜牧也一度入京任職兩

〔註16〕馮海榮：《杜牧》（上海，上海古籍出版社，1991年），頁87。
〔註17〕馮海榮：《杜牧》（上海，上海古籍出版社，1991年）。

年，但是受到李德裕排擠而得到「三守僻左，七換星霜」的遭遇，開啟了杜牧的遊宦時期。所謂的「三守僻左，七換星霜」就是在這段時期內，杜牧謫守了三座偏僻的城市（黃州、池州和睦州），度過了七個年頭。杜牧在黃州尤為憤懣，思鄉之情開始醞釀；而杜牧到了池州愁苦之心有所緩解，而思鄉之情愈熾，一直延續到在睦州之時；杜牧在睦州聞知宣宗繼位，於是又燃起了對回朝任職的慾望。在分期最後一個時期——晚年長安時期，杜牧回京之後，不到一年，因為種種原因，竟然多次要求外放地方，並得到允許擔任湖州刺史。此時可以看出，杜牧幾乎不再有進取之心。杜牧最後一次調任，是被調回朝中擔任重要的中書舍人一職，最終在長安結束了一生。

第三章　杜牧涉酒詩表現的志趣

　　杜牧的涉酒詩的內容很豐富，從中可以看到杜牧比較全面和真實的形象，因為他的涉酒詩表現了其眾多思想，其中比較重要的是反映其不得志的心境的。雖然杜牧也有一些表現其躊躇滿志的篇章，但主基調還是不得志。他的志向和不得志的痛苦主要表現在〈郡齋獨酌〉和〈感懷詩一首〉等詩，杜牧不得志的表現有很多，例如對擔任的官職不滿、有時故作頹唐、有時只希望做一個小官等等。因為不得志，杜牧又衍生了其他消極思想，比較常見的是及時行樂的思想，還有歸隱的思想。杜牧因為不得志而早衰，早衰因而想到了及時行樂，不過因為逐漸衰老和得病，杜牧也有節制飲酒的時候；因為不得志，杜牧也想過歸隱，歸隱既包括歸鄉，也包括退隱，而對於杜牧來說，歸鄉和退隱兩者常常是二合為一的。

第一節　躊躇滿志與受挫失志的反差

　　杜牧的〈上李中丞書〉自述：「某世業儒學，自高、曾至于某身，家風不墜，少小孜孜，至今不息……」，在〈答莊充書〉自述：「凡為文以意為主，氣為輔，以辭彩章句為之兵衛」等內容，可知杜牧受到良好家風的熏陶，從小有著儒家積極入世的思想，有著積極的、經世的一面。除了杜牧的自述，還有不同人物對杜牧也有相似的評價。劉昫等人所撰的《舊唐書》寫道：「牧好讀書，工詩，為文嘗自負經緯

才略」。〔註 1〕可見《舊唐書》指出了杜牧認為自己具有經天緯地、整頓乾坤的能力，擁有非凡的抱負；歐陽修和宋祁所撰的《新唐書》寫道：「牧剛直有奇節，不為齷齪小謹，敢論列大事，指陳病利尤切至。少與李甘、李中敏、宋祁善，其通古今，善處成敗，甘等不及也。牧亦以疏直，時無右援者」。〔註 2〕相比《舊唐書》，《新唐書》對杜牧思想的描述更加豐富。引文指出，杜牧剛正不阿而有崇高的氣節，不拘泥與小事而敢於議論國家大事，指出國家社會問題直截了當。杜牧年少時和李甘、李中敏、宋祁這些剛直之臣友好相處，而杜牧在他們之中是最為了解歷史和歷代的成敗只因的。而且杜牧也因為太過剛直坦率，以至於在當時（得罪別人後）沒有人敢援助他。

不過杜牧也如同大多數中晚唐詩人一樣，躊躇滿志只是一時的，而受挫失志則是常態。

一、涉酒詩中的躊躇滿志思想

杜牧的祖父杜佑官至宰相，幫助唐憲宗實現大唐中興的偉業，而且著有《通典》，以助帝王行教化。因此杜牧對祖父十分崇拜，受到爺爺杜佑的影響非常大，「他繼承祖父杜佑作《通典》那種經邦致用的傳統」，〔註 3〕並以家世家風為自豪，從而對國家大事非常關心，也希望能為國出力，實現人生理想。所以杜牧希望為官以實現自己的抱負。因此杜牧對進士考試下了功夫，進士及第使他非常開心，可見他是有積極進取的一面的。如〈及第後寄長安故人〉：

東都放榜未花開，三十三人走馬回。

秦地少年多釀酒，已將春色入關來。（頁 1209）

〈及第後寄長安故人〉這首詩寫出了及第的快樂，杜牧已經迫不及待寫信通知家鄉的朋友，多多準備酒水等待自己歸鄉慶祝。

〔註 1〕五代・劉昫等：《舊唐書》（北京，中華書局，1975 年），頁 3988。
〔註 2〕宋・歐陽修等：《新唐書》（北京，中華書局，1975 年），頁 5097。
〔註 3〕胡可先：〈寂寞詩壇之知音——李商隱贈杜牧的兩首詩發覆〉，徐州，徐州師範學院學報 1995 年，第三期。

　　杜牧在 26 歲就年少及第，最主要可能靠的是行卷，所謂行卷，就是把自己的文學作品投向禮部以外社會上有名望的人，以期得到他們的揄揚和推薦，以影響主司的視聽〔註4〕。杜牧可能是積極地向社會名流投遞自己的〈阿房宮賦〉，獲得極大的名聲。據《唐摭言》說，當時的太學博士吳武陵讀過杜牧的〈阿房宮賦〉後，向當時的主考官崔郾推薦杜牧，並在崔郾面前朗誦了一遍，崔郾也覺得嘖嘖稱奇，於是就答應了吳武陵讓杜牧及第。即使旁人說杜牧「不拘細行」〔註5〕，但是崔郾也以答應了吳武陵為由，不理旁人。杜牧也在〈上宣州崔大夫書〉說：「往年應進士舉，曾投獻筆語，亦蒙極稱於時」，這裡說的「投獻筆語」可能就包括〈阿房宮賦〉。可見杜牧此時積極入世，希望考取功名來以實現抱負。

　　借樂府舊題來表現自己的進取之心，如〈少年行〉：

　　　　官為駿馬監，職帥羽林兒。兩綬藏不見，落花何處期。

　　　　獵敲白玉鐙，怒袖紫金錘。田竇長留醉，蘇辛曲讓岐。

　　　　豪持出塞節，笑別遠山眉。捷報雲臺賀，公卿拜壽卮。（頁 629）

〈少年行〉是樂府舊題，常常用來表達少年意氣和建功立業的決心。杜牧也遵循了這種寫法，詩中描寫的是領兵的一位少年，他一身華美的裝備，權貴也對他有禮，與他把酒推杯，不醉不歸。他豪爽地持節出塞，對美人一笑而別，得勝歸來後，各位大臣都舉酒祝賀。表達了杜牧對建功立業的豪邁之情，從「怒」、「豪」、「笑」等字即可看出豪爽又無畏的瀟灑精神，此詩刻畫了一個「功名只向馬上取」的少年英雄，字裡行間都洋溢著積極昂揚的高蹈意氣。

　　杜牧也曾有過極其豪邁積極的時候，尤其是他寄語於後輩的時候，如〈寄杜子二首・其一〉：

〔註4〕傅璇琮：《唐代科舉與文學》（西安，陝西人民出版社，2003 年），頁 249。

〔註5〕（五代）王定保撰，姜漢椿校注：《唐摭言校注》（上海：上海社會科學院出版社，2003 年），頁 118。

不識長楊事北胡，且教紅袖醉來扶。狂風烈焰雖千尺，豁得

平生俊氣無。（頁 1272）

這首詩展現了杜牧平生的俊氣。詩歌寫到，杜牧不認識〈長楊賦〉而效仿北方胡虜徒手與野獸搏鬥，而且豪爽地飲酒大醉，醉得要人來扶。即使狂風把烈火吹得千尺高，也比不上心中俊爽豪邁之氣那樣高。

又如在〈冬至日寄小姪阿宜詩〉中展示對自己顯赫家世的自豪：

我家公相家，劍佩嘗丁當。舊第開朱門，長安城中央。

……

大明帝宮闕，杜曲我池塘。

雖然杜牧對自己家世很自豪，但他的積極進取之心很快受到打擊，因此受挫失志。

二、涉酒詩中的受挫失志思想

多數中國古代士大夫在順境時會昂揚奮發，充滿積極入世的儒家精神；而當身處逆境就投向道家的懷抱，安時而處順。對古代文人來講，不如意事常八九，因此常常借酒消愁。酒因為其能使人沉醉特殊的功用，使得古代文人借助酒的力量獲得心靈的解脫。杜牧因為家風的傳承等因素的影響，在入仕初期就抱有遠大的志向。因此無法實現志向的情況是十之八九的。因此就常常飲酒以緩解無法實現志向的痛苦。

（一）涉酒詩直接表明志向

杜牧直接表明志向的主要有〈郡齋獨酌〉、〈感懷詩一首〉和〈冬至日寄小姪阿宜詩〉，同時也表明了他的不得志。

《新唐書》說：「牧於詩，情致豪邁，人號為小杜，以別杜甫云」〔註6〕，《新唐書》的說法並不全面，杜牧能有「小杜」這個稱號，當然不只是因為作詩水平高。杜牧不僅因為詩歌成就高而能獲得「小杜」的稱號，還有就是上文所說的，也因為他和杜甫都有著經世濟民的思

〔註6〕宋・歐陽修等：《新唐書》（北京，中華書局，1975年），頁5097。

想和抱負。杜甫〈奉贈韋左丞長二十二韻〉中寫的:「致君堯舜上,再使風俗淳」,這句詩常常被後人引用,以概括杜甫憂國憂民之心;同樣地,杜牧這首〈郡齋獨酌〉的「平生五色線,願補舜衣裳」一句詩,也常被後人用來概括杜牧的志向和抱負。雖然後人常有「平生五色線,願補舜衣裳」來概括杜牧的志向,如有學者認為「平生五色線,願補舜衣裳。絃歌教燕趙,蘭芷浴河湟。腥膻一掃灑,兇狠皆披攘。生人但眠食,壽域富農桑」這幾句詩是杜牧的社會理想,將杜牧的理想歸納為兩個,一是定邦國,二是樂萬民〔註7〕。但是筆者認為杜牧的志向還可以細分為三:一是「平生五色線,願補舜衣裳」,在朝中輔助明主;二是「絃歌教燕趙,蘭芷浴河湟。腥膻一掃灑,兇狠皆披攘」,平定燕趙,收復河湟,一統天下,三是使得「生人但眠食,壽域富農桑」,讓百姓安居樂業,無憂無慮。總之,上述幾句詩即是杜牧的志向。

　　杜牧作〈郡齋獨酌〉於會昌二年(842年),本年杜牧40歲。杜牧自從及第後經歷了輾轉地方和兩都的仕宦生涯,之後回京穩定地任職了三年多。因為武宗繼位,李德裕當權,杜牧在841年冬被排擠出朝,外放黃州擔任刺史。抱負不得施展,使得杜牧很失落,因此寫下此詩。此詩可分成四段,從開頭到「敢問當壚娘」,可看作第一段;從「我愛李侍中」到「意氣橫鞭歸故鄉」可作第二段;從「我愛朱處士」到「一徑出脩篁」可作第三段;從「爾來十三歲」到最後可作第四段。

　　〈郡齋獨酌〉第一段寫到:

　　前年鬢生雪,今年鬚帶霜。時節序鱗次,古今同鴈行。
　　甘英窮西海,四萬到洛陽。東南我所見,北可計幽荒。
　　中畫一萬國,角角棊布方。地頑壓不穴,天迴老不僵。
　　屈指百萬世,過如霹靂忙。人生落其內,何者為彭殤?
　　促束自繫縛,儒衣寬且長。旗亭雪中過,敢問當壚娘。(頁64
　　~65)

[註7] 魏峨:〈杜牧思想框架論〉,商丘,商丘職業技術學院學報2004年,第一期。

杜牧說「前年鬢生雪，今年鬚帶霜」並不全然，他在 835 年寫的〈張好好詩〉已經說自己：「少年生白鬚」。乃是因為前年被貶，今年現在更為悲痛，所以才這樣寫。下面用誇張的手法，從空間和時間寫描寫天高地迥、天長地久的宇宙，以宇宙之大，說明人之渺小，引出「人生落其內，何者為彭殤」之感慨，說明一個人在世界中微不足道，也說明了自己即使年老也無所畏懼，也要向賣酒娘買酒痛飲，以說出心中的抱負。

　　〈郡齋獨酌〉第二段杜牧舉出李侍中的例子表明自己的志向：

　　　　我愛李侍中，標標七尺強。白羽八札弓，脛壓綠檀槍。

　　　　風前略橫陣，紫髯分兩傍。淮西萬虎士，怒目不敢當。

　　　　功成賜宴麟德殿，猿超鶻掠廣毬場。三千宮女側頭看，相排

　　　　踏碎雙明璫。旌竿裊裊旗煇煇，意氣橫鞭歸故鄉。（頁 65）

杜牧希望自己能像李侍中那樣領兵打仗，平定藩鎮，衣錦還鄉；又希望能像朱處士那樣隱居鄉村，和親戚雞犬相聞。即使要面對貪官污吏，繳完稅便可以無憂無慮生活。當年拜訪朱處士的時候，朱處士竟然不知道自己身邊正在發生討伐藩鎮的戰爭，可見他不問世事，生活何其愜意。

　　〈郡齋獨酌〉第三段杜牧朱處士的例子表明自己的志向：

　　　　我愛朱處士，三吳當中央。罷亞百頃稻，西風吹半黃。

　　　　尚可活鄉里，豈唯滿囷倉？後嶺翠撲撲，前溪碧泱泱。

　　　　霧曉起鳧鴈，日晚下牛羊。叔舅欲飲我，社甕爾來嘗。

　　　　伯姊子欲歸，彼亦有壺漿。西阡下柳塢，東陌繞荷塘。

　　　　姻親骨肉舍，煙火遙相望。太守政如水，長官貪似狼。

　　　　征輸一云畢，任爾自存亡。我昔造其室，羽儀鸞鶴翔。

　　　　交橫碧流上，竹映琴書牀。出語無近俗，堯舜禹武湯。

　　　　問今天子少，誰人為棟梁？我曰天子聖，晉公提紀綱。

　　　　聯兵數十萬，附海正誅滄。

　　　　謂言大義小不義，取易卷席如探囊。犀甲吳兵鬭弓弩，蛇矛

　　　　燕騎馳鋒鋩。豈知三載幾百戰，鈎車不得望其牆。

答云此山外，有事同胡羌。誰將國伐叛，話與釣魚郎。

溪南重迴首，一徑出脩篁。（頁 65）

杜牧回想拜訪朱處士的事，已經過去十三年，自己在洛陽輕狂放蕩，在長安不夠盡職盡責，還未能像李侍中那樣平定藩鎮，像朱處士那樣退隱江湖，因此現在只能「尋僧解憂夢，乞酒緩愁腸」，找僧人指點解夢，借酒來緩解憂愁。未實現抱負的時候，則不顧妻子兒女。而杜牧此時表明自己的志向：「平生五色線，願補舜衣裳。絃歌教燕趙，蘭芷浴河湟。腥膻一掃灑，兇狠皆披攘。生人但眠食，壽域富農桑」，希望在朝中輔助君主，平定燕趙，收復河湟，天下歸一，百姓安居樂業，無憂無慮，這樣自己就可以退隱江湖。

〈郡齋獨酌〉最後一段視角從回憶回到了現在：

爾來十三歲，斯人未曾忘。往往自撫己，淚下神蒼茫。

御史詔分洛，舉趾何猖狂！闕下諫官業，拜疏無文章。

尋僧解憂夢，乞酒緩愁腸。豈為妻子計，未去山林藏。

平生五色線，願補舜衣裳。絃歌教燕趙，蘭芷浴河湟。

腥膻一掃灑，兇狠皆披攘。生人但眠食，壽域富農桑。

孤吟志在此，自亦笑荒唐。江郡雨初霽，刀好裁秋光。

池邊成獨酌，擁鼻菊枝香。醺酣更唱太平曲，仁聖天子壽無

疆。（頁 65～66）

然而杜牧想到自己現在只是一個黃州刺史，這樣的大志實在荒唐。秋雨初霽，杜牧心情稍平復，因此欣賞秋光，飲著菊花酒，唱著太平曲，祝願當今天子長壽百歲，得以好好治理天下。杜牧看似衷心祝願皇帝長壽使天下太平，實際心中充滿著無法輔助皇帝、無法實現抱負的無奈，只能祈求聖明天子能長壽而治理好天下了。

此詩以感慨飲酒作開頭，又以飲酒作結。杜牧憑藉酒來抒懷，又因為抒懷之後憤懣不已而繼續飲酒，來讓自己的心情稍稍平復。

又有杜牧早年所作的〈感懷詩一首〉。如果說〈郡齋獨酌〉是說明了自己的志向，那麼此詩可以說是將「平生五色線，願補舜衣裳。絃歌

教燕趙，蘭芷浴河湟。腥膻一掃灑，兇狠皆披攘。生人但眠食，壽域富農桑」的志向具體化。翁方綱評論此詩說：「小杜〈感懷詩〉為滄州用兵作，宜與〈罪言〉同讀。〈郡齋獨酌〉詩，意亦在此」。〔註8〕

　　此詩寫了大唐從開國至今的歷史。首先簡要交代了唐高祖、唐太宗創業治國的偉績，讓百姓安居樂業，也就是杜牧所希望實現的狀況。又交代了現在藩鎮割據的根源，即是安史之亂。然後描述了安史之亂結束後，七十年來藩鎮的不臣之舉，以及朝廷治理無方的狀況，使得民不聊生。雖然有唐憲宗造就元和中興，但是憲宗死後，藩鎮又死灰復燃。杜牧痛心自己不是官員，不能施展自己的抱負，也無人幫助，憂愁至極因此痛飲，〈感懷詩一首〉裡面就有提到，今將〈感懷詩一首〉分作三段，第一段寫到：

> 高文會隋季，提劍徇天意。扶持萬代人，步驟三皇地。
> 聖云繼之神，神仍用文治。德澤酌生靈，沉酣薰骨髓。
> 旄頭騎箕尾，風塵薊門起。胡兵殺漢兵，屍滿咸陽市。
> 宣皇走豪傑，談笑開中否。蟠聯兩河間，燼萌終不弭。
> 號為精兵處，齊蔡燕趙魏。合環千里疆，爭為一家事。
> 逆子嫁虜孫，西鄰聘東里。急熱同手足，唱和如宮徵。
> 法制自作為，禮文爭僭擬。壓階螭鬥角，畫屋龍交尾。
> 署紙日替名，分財賞稱賜。刳隍歛萬尋，繚垣疊千雉。
> 誓將付孱孫，血絕然方已。九廟仗神靈，四海為輸委。
> 如何七十年，汗赩含羞恥。韓彭不再生，英衛皆為鬼。
> 凶門爪牙輩，穰穰如兒戲。累聖但日吁，閫外將誰寄。
> 屯田數十萬，堤防常懔懔。急征赴軍須，厚賦資凶器。
> 因隳畫一法，且逐隨時利。流品極蒙尨，網羅漸離弛。
> 夷狄日開張，黎元愈憔悴。邈矣遠太平，蕭然盡煩費。
> 至於貞元末，風流恣綺靡。（頁34～35）

〔註 8〕 吳在慶：《杜牧集繫年校注》（北京，中華書局，2011 年），頁 45。

詩歌前面的部分，寫出了杜牧志向中要解決的問題：朝中沒有良臣、國家不統一、百姓生活艱難這三種狀況。從「韓彭不再生」到「閫外將誰寄」，寫的是朝廷沒有能臣，天子無人輔助的狀況；從「蟠聯兩河間」到「繚垣疊千雉」寫的是藩鎮做出的各種不臣行為，反映了國家不統一的狀況；從「屯田數十萬」到「黎元愈憔悴」，因為府兵制的破壞和官員的冗雜，使得百姓負擔變重，指出了百姓生活艱難的狀況，因此〈感懷詩一首〉第二段寫到：

> 艱極泰循來，元和聖天子。元和聖天子，英明湯武上。
> 茅茨覆宮殿，封章綻帷帳。伍旅拔雄兒，夢卜庸真相。
> 勃雲走轟霆，河南及平盪。繼於長慶初，燕趙終舁繦。
> 攜妻負子來，北闕爭頓顙。故老撫兒孫，爾生今有望。
> 茹鯁喉尚隘，負重力未壯。坐幄無奇兵，吞舟漏踈網。
> 骨添薊垣沙，血漲滹沱浪。祇云徒有征，安能問無狀。
> 一日五諸侯，奔亡如鳥往。取之難梯天，失之易反掌。
> 蒼然太行路，翦翦還榛莽。（頁35）

雖然出現了元和中興的局面，但是憲宗死後、穆宗繼位以後，河朔三鎮又叛亂，以往收復藩鎮何其困難，現在丟失又何其簡單。

〈感懷詩一首〉第三段寫到：

> 關西賤男子，誓肉虜杯羹。請數係虜事，誰其為我聽。
> 蕩蕩乾坤大，瞳瞳日月明。叱起文武業，可以豁洪溟。
> 安得封域內，長有扈苗征。七十里百里，彼亦何常爭。
> 往往念所至，得醉愁蘇醒。韜舌辱壯心，叫閽無助聲。
> 聊書感懷韻，焚之遺賈生。（頁35）

在結尾處杜牧大聲疾呼，即使自己是個無官爵的「關西賤男子」，也越俎代庖「願補舜衣裳」；杜牧感歎「安得封域內，長有扈苗征」在自己國土中常常有討伐叛亂的戰爭，表達了要統一國家的渴望；寫到叛亂和百姓生活的關係時，杜牧痛心「夷狄日開張，黎元愈憔悴」，對逆賊猖獗而百姓遭殃的情況極其憤懣。報復不能實現，憂愁則無法排解，杜

牧害怕自己因頭腦清醒而憂心忡忡，因此杜牧只好求諸酒醉。讓酒去麻痺自己憂愁的肝膽，以免醒來面對愁緒。因此這首涉酒詩以大篇幅敘述和議論為最後醉酒作鋪墊。

杜牧垂垂老矣之時，對不能實現志向的失落仍然耿耿於懷，希望小姪子阿宜能替自己實現志向，有〈冬至日寄小姪阿宜詩〉，今將其分為三段，第一段寫到：

> 小姪名阿宜，未得三尺長。頭圓筋骨緊，兩眼明且光。
> 去年學官人，竹馬繞四廊。指揮群兒輩，意氣何堅剛。
> 今年始讀書，下口三五行。隨兄旦夕去，斂手整衣裳。
> 去歲冬至日，拜我立我旁。祝爾願爾貴，仍且壽命長。
> 今年我江外，今日生一陽。憶爾不可見，祝爾傾一觴。
> 陽德比君子，初生甚微茫。排陰出九地，萬物隨開張。
> 一似小兒學，日就復月將。勤勤不自已，二十能文章。
> 仕宦至公相，致君作堯湯。（頁80～81）

此詩先描寫了阿宜近來的狀況，然後杜牧兩次舉杯飲酒以莊重表達了對阿宜的祝福，希望阿宜「仕宦至公相，致君作堯湯」，表明了杜牧希望阿宜能代替自己輔助君王的志向。而第二段寫到：

> 我家公相家，劍佩嘗丁當。舊第開朱門，長安城中央。
> 第中無一物，萬卷書滿堂。家集二百編，上下馳皇王。
> 多是撫州寫，今來五紀強。尚可與爾讀，助爾為賢良。
> 經書括根本，史書閱興亡。高摘屈宋艷，濃薰班馬香。
> 李杜泛浩浩，韓柳摩蒼蒼。近者四君子，與古爭強梁。
> 願爾一祝後，讀書日日忙。一日讀十紙，一月讀一箱。
> 朝廷用文治，大開官職場。願爾出門去，取官如驅羊。
> 吾兄苦好古，學問不可量。晝居府中治，夜歸書滿床。
> 後貴有金玉，必不為汝藏。崔昭生崔芸，李兼生窟郎。
> 堆錢一百屋，破散何披猖。今雖未即死，餓凍幾欲僵。
> 參軍與縣尉，塵土驚劻勷。一語不中治，笞箠身滿瘡。（頁81）

此段杜牧介紹了自己顯赫的家世，以及祖父杜佑的偉績，作為輔助君王的範例。並告訴阿宜讀書的方法和類型，說明讀書可以為官，指出讀書的重要性。之後舉出阿宜父親杜悰與崔昭和李兼的後代作對比，說明不讀書的下場：

> 官罷得絲髮，好買百樹桑。稅錢未輸足，得米不敢嘗。
>
> 願爾聞我語，歡喜入心腸。大明帝宮闕，杜曲我池塘。
>
> 我若自潦倒，看汝爭翱翔。總語諸小道，此詩不可忘。（頁 81）

此段最後杜牧說自己潦倒不得志，把希望寄託在阿宜身上，叮囑阿宜要記住杜牧所說的話。

因此可以看出，杜牧兩次舉杯而引出下文大幅對阿宜的祝福，可見舉杯極其莊重嚴肅，表達了杜牧誠摯的祝福和教誨。

（二）涉酒詩表達微詞

自己不能實現輔助君主的志向，常常舉杯祝福皇帝，希望君主能治理好天下，如〈寄內兄和州崔員外十二韻〉：

> 歷陽崔太守，何日不含情。恩義同鍾李，壎篪實弟兄。
>
> 光塵能混合，擘畫最分明。台閣仁賢譽，閨門孝友聲。
>
> 西方像教毀，南海繡衣行。全橐寧回顧，珠算肯一根。
>
> 只宜裁密詔，何自取專城。進退無非道，徊翔必有名。
>
> 好風初婉軟，離思苦縈盈。金馬舊遊貴，桐廬春水生。
>
> 雨侵寒牖夢，梅引凍醪傾。共祝中興主，高歌唱太平。（頁 572）

此詩是寫給繼妻之兄崔員外的，開頭先表達了對崔員外的思念，讚美了崔員外秉公守法的行為。又疑惑崔員外處理問題得當，應該到朝中任職而不應該只來管理一城，而自己也只能擔任睦州刺史，杜牧藉此表達雙方同病相憐、不得實現抱負的無奈。因此最後只好在困苦中舉起酒杯，祝願皇帝治理好天下，委婉地表達自己在太平之世的不得志。

如〈昔事文皇帝三十二韻〉，此詩可分作三段，第一段如下：

> 昔事文皇帝，叨官在諫垣。奏章為得地，齲齒負明恩。

金虎知難動，毛鸞亦恥言。掩頭雖欲吐，到口卻成吞。

照膽常懸鏡，窺天自戴盆。周鍾既窊樞，黥陣亦癥痕。

鳳闕觚稜影，仙盤曉日暾。雨晴文石滑，風暖戟衣翻。

每慮號無告，長憂駭不存。隨行唯踽踽，出語但寒暄。（頁 303）

第一段從開頭至「出語但寒暄」，首先回憶了文宗朝在京任職的經歷，
杜牧懺悔當時因為害怕小人而在朝中噤若寒蟬。第二段寫到：

宮省咽喉任，戈矛羽衛屯。光塵皆影附，車馬定西奔。

億萬持衡價，錙銖挾契論。堆時過北斗，積處滿西園。

接棹隋河溢，連蹄蜀棧刓。灕空滄海水，搜盡卓王孫。

鬥巧猴雕刺，誇趨索掛跟。狐威假白額，梟嘯得黃昏。

馥馥芝蘭圃，森森枳棘藩。吠聲嗾國獍，公議怯膺門。

竄逐諸丞相，蒼茫遠帝閽。一名為吉士，誰免吊湘魂。（頁 303）

第二段從「宮省咽喉任」到「誰免吊湘魂」描述了小人氣焰囂張把持朝
政的狀況（以合理化自己不敢發聲的行為）。最後第三段寫到：

間世英明主，中興道德尊。昆岡憐積火，河漢注清源。

川口堤防決，陰車鬼怪掀。重雲開朗照，九地雪幽冤。

我實剛腸者，形甘短褐髡。曾經觸蠆尾，猶得憑熊軒。

杜若芳洲翠，嚴光釣瀨喧。溪山侵越角，封壤盡吳根。

客恨縈春細，鄉愁壓思繁。祝堯千萬壽，再拜揖餘樽。（頁 303）

第三部分從「間世英明主」到結尾，描寫了當今皇帝登基使得朝政煥然
一新的狀況，又敘述了自己潦倒和思鄉的狀態。最後舉起酒杯，祝願皇
帝壽比南山。此詩作於大中元年或二年（847 年或 848）春，唐宣宗登
基不到兩年，杜牧希望宣宗能把自己調回朝中。「他（唐宣宗）一上台，
便盡量否定武宗的一切政治措施。武宗信任李德裕，他馬上罷免李德
裕的相位，讓他出為荊南節度使，並逐漸清除其黨參與要政。於此同
時，宣宗又詔令牛僧孺、李宗閔等牛黨人員北遷」。〔註9〕杜牧在武宗

〔註 9〕孫琴安：《唐詩與政治》（上海，上海人民出版社，2003 年），頁 227。

上位以後被外放，此時武宗朝已被宣宗朝代替，杜牧厭倦了「三守僻左，七換星霜」的生活，因此作此詩，略發牢騷，希望得到援引回朝。杜牧在此詩懺悔並合理化了自己的行為，透露出自己不得志的思想，以舉杯祝壽的形式委婉地表達自己的不滿。

上述〈寄內兄和州崔員外十二韻〉和〈昔事文皇帝三十二韻〉，都用舉杯祝酒的形式向皇帝表明對職位略有微詞。

杜牧很隱晦地表達自己所擔任官職的不滿，如〈初冬夜飲〉：

> 淮陽多病偶求歡，客袖侵霜與燭盤。砌下梨花一堆雪，明年誰此憑闌干。（頁 422）

此詩首句用西漢汲黯的典故，當時汲黯多病，漢武帝卻堅持讓他擔任淮陽太守。杜牧自比身不由己的汲黯，不得不在地方鎮守一州郡。杜牧心情鬱悶，於是拿起酒杯和燭盤，在燭光的照耀中欣賞台階下盛放的梨花，思量自己明年還會不會要在此憑欄看花。此詩表達了杜牧對不居朝中要職，不能實現抱負的無奈。

又有同是開成三年（838 年）所作的〈書懷寄盧歙州〉，即可見杜牧因不能任要職的無奈：

> 謝山南畔州，風物最宜秋。太守懸金印，佳人散畫樓。
> 凝缸暗醉夕，殘月上汀州。可惜當年鬢，朱門不得游。（頁 1280）

此詩乃作於開成三年（838 年），是杜牧寄予曾經的同事盧弘止的。當時杜牧在崔鄲宣州幕中，適逢放假，於是杜牧跟著崔鄲欣賞風景，佳人相伴而飲，但是杜牧對此並不關心，而感歎自己正值壯年卻不能跟隨達官權貴任職，覺得可惜。

可見〈初冬夜飲〉和〈書懷寄盧歙州〉兩首詩都輕微地表現了杜牧在目前職位不得志的愁情。

有時候因為官職太清閒，感到無聊，如〈宿長慶寺〉：

> 南行步步遠浮塵，更近青山昨夜鄰。高鐸數聲秋撼玉，霽河千里曉橫銀。紅蕖影落前池淨，綠稻香來野徑頻。終日官閒

無一事，不妨長醉是遊人。（頁 1260）

杜牧為官閑來無事，於是作為遊人南行去欣賞風景，在優美的景色下飲酒行樂，體現了杜牧的閒情逸興，還帶有一絲身處閒職而不能實現抱負的牢騷。

有時候因為官職清閒，覺得時光空度，如開成三年（838 年）所作的〈宣州開元寺南樓〉：

小樓才受一牀橫，終日看山酒滿傾。可惜和風夜來雨，醉中虛度打窗聲。（頁 1172）

杜牧在崔鄲的宣州幕府中時，到了開元寺遊玩，他終日飲酒欣賞風景，只可惜晚上因為下雨而不能欣賞，飲酒之後只好聽著雨聲睡覺，好像虛度了遊玩的光陰。而實際上，杜牧對擔任清閒而不能實現抱負的官職更覺得虛度光陰，此詩也透露出一點無奈之感。

杜牧懷才不遇而孤芳自賞，故自比於梅花；而且他很喜歡對梅飲酒，如〈寄內兄和州崔員外十二韻〉的「梅引凍醪傾」，再看這首〈梅〉：

輕盈照溪水，掩斂下瑤臺。妒雪聊相比，欺春不逐來。

偶同佳客見，似為凍醪開。若在秦樓畔，堪為弄玉媒。（頁 425）

此詩描寫了梅花美麗的外表，和高傲的內涵，杜牧有幸看到，而藉此拿出冬天釀好的酒來喝，杜牧覺得弄玉不需要吹簫，用梅花足以成為吸引鳳凰的媒介。此詩表達了杜牧對梅的讚美，或許暗示自己可以躋身「鳳凰池」（中書省）。

杜牧也埋怨舟車勞頓，〈并州道中〉：

行役我方倦，苦吟誰復聞。戍樓春帶雪，邊角暮吹雲。

極目無人跡，回頭送雁群。如何遣公子，高臥醉醺醺。（頁 1312）

杜牧或許在赴任途中，經過并州。杜牧感到疲倦，但是無人聽他的抱怨。看著邊地的景色，和北飛的大雁，遊宦的離愁油然而生，為了排遣憂愁，杜牧喝酒喝得大醉醺醺。

（三）涉酒詩中故作頹唐

杜牧也會在詩中表達頹唐的思想，如〈雪中書懷〉：

臘雪一尺厚，雲凍寒頑癡。孤城大澤畔，人疏煙火微。

憤悱欲誰語，憂悒不能持。（頁 112）

這首詩感情有三層。在第一層，杜牧寫到，在隆冬時分，臘雪厚得一尺，不僅天氣寒冷，而且自己身處雲夢澤旁的黃州，非常偏僻，人煙稀少，無法訴說自己的痛苦。不僅渲染了氣候環境的惡劣，還加上人煙稀少，讓杜牧受到自然環境和人文環境的煎熬。在這一層，杜牧直接表達了自己的憂憤。

然後是第二層：

天子號仁聖，任賢如事師。凡稱曰治具，小大無不施。

明庭開廣敞，才儁受羈維。如日月纔昇，若鸞鳳葳蕤。

人才自朽下，棄去亦其宜。（頁 112）

第二層寫到，當今天子是仁聖之君，任用賢人像侍奉老師。法令井然，大小之獄，皆有法可依。聖明的朝廷廣開門路，有才之人都能得以任用。朝政像日月之初升，像鳳凰之美麗。我杜牧是才能低劣之人，被拋棄也不是不可以。在這一層，杜牧表面是讚美了皇帝的聖明，任用了賢能之人；杜牧自貶才能低下，說自己理應被外放，展示出「不才明主棄」的諷刺態度。

然後是第三層：

北虜壞亭障，聞屯千里師。牽連久不解，他盜恐旁窺。

臣實有長策，彼可徐鞭笞。如蒙一召議，食肉寢其皮。

斯乃廟堂事，爾微非爾知。向來躐等語，長作陷身機。

行當臘欲破，酒齊不可遲。且想春候暖，甕間傾一卮。（頁 112）

第三層寫到，此時回紇入侵，朝廷徵發許、蔡、汴等六藩鎮的軍隊討伐它。此兩軍糾纏很久都難分難解，恐怕有其他軍隊在旁邊虎視眈眈。杜牧以一刺史的身份指出破敵對策，希望讓他說完再受鞭笞。如果杜牧自己受到朝廷徵召，一定全力以赴，對敵人食其肉寢其皮。杜牧為國獻

計，思想又變得比較積極。但是杜牧又想了想，這是朝中大臣的責任，你（杜牧）身份卑微，不應該參與。向來越俎代庖之人，常常都會陷入危機。在這一層，杜牧先寫到說出令他憂憤的原因，希望盡一己之力為國家效力，即使會受懲罰；但是後面筆鋒一轉，寫到杜牧明白了越俎代庖去建言獻策，不但不能實現抱負，反而會讓自己深陷危機，因此還是放棄這種做法而自暴自棄。因此最後要把握立春到來之前，好好釀酒，不可推遲。憧憬春暖花開之後，可以好好飲一杯酒，不問政事，不再牽掛自己的抱負。

杜牧在潦倒的時候發洩了憤慨的心情，表面稱讚皇帝唯才是用，而實際上批判皇帝沒有重用自己，反而把自己外放；表面上勸說自己不要越俎代庖犯言直諫，提出治國方針，實際上自己可以不顧後果去上書。杜牧故作墮落，妄自菲薄，不理國事。

如〈雨中作〉：

賤子本幽慵，多為俊賢侮。得州荒僻中，更值連江雨。

一褐擁秋寒，小窗侵竹塢。濁醪氣色嚴，皤腹瓶罌古。

酣酣天地寬，悄悄愁劉伍。但為適性情，豈是藏鱗羽。

一世一萬朝，朝朝醉中去。（頁 116～117）

此詩也是杜牧任黃州刺史時所作。杜牧能 28 歲及第，本就說明其資質不會太差，而在此詩故意說自己資質駑鈍，杜牧頹唐的心情已經略微顯現了。杜牧被外放到偏僻的黃州，更加遭遇霏霏淫雨，以及秋雨後的秋寒，心情跌至低點。因此不得不飲酒消愁，酒酣以後，覺得天地變得寬敞了，但是並不是變得心胸寬廣了，而是更加頹唐。想成為了竹林七賢那樣的狂飲的人，不是要退隱，而是抒發性情，「縱意所如」，任憑自己的心情繼續頹唐下去。希望像他們一樣，剩下的人生都天天醉酒，不理政事。

〈鄭瓘協律〉借描寫鄭瓘指出了自己頹唐落拓之態：

廣文遺韻留樗散，雞犬圖書共一船。自說江湖不歸事，阻風中酒過年年。（頁 562）

鄭瓘先生有像玄宗時代鄭虔一樣的遺韻，有才卻不合世用而得以保存

自身，他把雞犬和圖書放在一條船，離京而去。他說了自己離開朝廷在
外而還未致仕，就像船在風雨中飄搖，自己落拓地飲酒過了一年又一
年。杜牧不僅表達對鄭璀才情的讚美，還描寫了其在風中醉酒頹唐落
拓的生活，以此自況。

只求爛醉如泥，如〈醉後題僧院〉：

> 離心忽忽復悽悽，雨晦傾瓶取醉泥。可羨高僧共心語，一如
> 攜稚往東西。（頁450）

杜牧失去了實現抱負的心而覺得空虛，在天暗下雨的時候心情更糟糕，
所以借酒消愁，只求爛醉如泥。飲酒不是因為沒有實現志向而憂愁，而
是因為已經失去了實現志向的慾望，所以單純只是想喝得爛醉如泥。
希望可以和高僧談心指點，杜牧將會像一個小孩一樣跟隨高僧東奔西
走。表達了杜牧頹唐的境況，希望得到高僧指點擺脫此困境。

（四）涉酒詩表現卑微的志向

杜牧有時會透露出放棄大志，而轉向卑微志向的想法。如〈新轉
南曹未敘朝散初秋暑退出守吳興書此篇以自見志〉：

> 捧詔汀洲去，全家羽翼飛。喜拋新錦帳，榮借舊朱衣。
> 且免材為累，何妨拙有機。宋株聊自守，魯酒怕旁圍。
> 清尚寧無素，光陰亦未晞。一杯寬幕席，五字弄珠璣。
> 越浦黃柑嫩，吳溪紫蟹肥。平生江海志，佩得左魚歸。（頁407）

此詩寫於大中四年（850年），杜牧從朝中即將出守湖州。從題目中的
「見志」就可知道，此詩是表明詩人志向的。杜牧的志向從早年時的
「平生五色線，願補舜衣裳。絃歌教燕趙，蘭芷浴河湟。腥膻一掃灑，
兇狠皆披攘。生人但眠食，壽域富農桑」，變為晚年的「佩得左魚歸」，
即是從輔助君王匡扶社稷變為擔任一州刺史。

此詩先寫杜牧接到外任的聖旨，非常高興。以往出守黃州，杜牧
描述成「大澤蒹葭風，孤城狐兔窟」和「孤城大澤畔」；現在要到「汀
洲」，杜牧也全家高興，「喜」和「榮」寫出了杜牧難得的真正的喜悅。

外任可以避免因才得禍，現在應該拋去熱衷進取的機心。甘於擔任一州刺史，免去不必要的麻煩。這樣高尚的志向是素來就懷有的，而現在時日尚多，可以施展抱負。飲酒一杯，頓時覺得心胸舒暢「寬於一天下」，因此寫下這首真情實感的五言詩。杜牧想到吳越之地的特產，已經非常想要上任。因此最後表達了要擔任一州刺史的平生志向。

此詩是杜牧晚年真實的想法，因為知道原本的志向實現不了，所以希望安安穩穩當一個地方刺史，遠離朝中的爭鬥，存身遠害。從「且免材為累，何妨拙有機」的「且免」和「何妨」就可以看出杜牧對擔任一州刺史的樂意，從「宋株聊自守，魯酒怕旁圍」的「聊」和「怕」，可以看出杜牧害怕麻煩，甘於擔任一州刺史。正如杜牧晚年在大中三四年間所作的〈上河陽李尚書書〉：說「某多病早衰，志在耕釣，得一二郡，資其退休，以活骨肉。亦能作為歌詩，以稱道盛德，其餘息心亦已久矣」。〔註10〕

又如〈自遣〉：

> 四十已云老，況逢憂窘餘。且抽持板手，卻展小年書。
>
> 嗜酒狂嫌阮，知非晚笑蘧。聞流寧欸吒，待俗不親踈。
>
> 遇事知裁剪，操心識卷舒。還稱二千石，於我意何如。（頁281）

此詩作於會昌二年（842年），當時杜牧40歲，在黃州。此詩則覺得自己四十歲已經算老，何況現在身處窘境，不如手中放下象笏，拿起老莊之書。脫離流俗，潛心靜默。對刺史一職也並不在意。杜牧感到過去做錯事情很多，現在不會像阮籍那樣狂飲。杜牧對於自己的處境有清楚的認識，也不痛飲以致爛醉，流露出安貧樂道的想法。

又如〈獨酌〉（長空碧杳杳）：

> 長空碧杳杳，萬古一飛鳥。生前酒伴閑，愁醉閑多少。
>
> 煙深隋家寺，殷葉暗相照。獨佩一壺遊，秋毫泰山小。（頁123）

長空一片青碧，人生短暫得好像落在其中的飛鳥，一飛而過。杜牧的人

〔註10〕吳在慶：《杜牧集繫年校注》（北京，中華書局，2011年），頁886。

生中，飲酒常常陪伴著清閒，憂愁醉了以後空閑還剩多少。杜牧獨自帶著一壺酒去遊玩，去到紅葉相映的隋寺，領悟到萬物並無差異的道理，即使泰山也像秋毫一樣小。杜牧像劉伶一樣帶一壺酒去遊玩，領悟到〈齊物論〉的道理，對物體大小之別已經看透，對生命長短也並不介懷，人生修短隨化，總有閒適的時候。

　　杜牧尤其是想多多睡覺。例如在大中二年（848 年），杜牧 46 歲在睦州所作的〈上刑部崔尚書狀〉說：「某比於流輩，疎闊慵怠⋯⋯仍有嗜酒多睡，廁於其間」（頁 991），反映了杜牧對官場的厭倦。

　　如〈醉眠〉：

　　　秋醪雨中熟，寒齋落葉中。幽人本多睡，更酌一樽空。（頁 302）

秋天做的酒已經成熟，書齋外面紛紛落葉，杜牧半日已經常常睡覺，現在喝完一瓶酒，更不知睡到何時。杜牧把自己寫作「幽人」，說明他對幽靜閒適生活的喜愛。他愛睡覺，更有秋雨營造舒適的睡眠環境，以及「秋醪」來增加睡意，令他不知道睡到何時了。說明杜牧對本職的不滿，只希望多多睡覺，好好喝酒。

　　又如〈長安雜題長句六首・其四〉：

　　　束帶謬趨文石陛，有章曾拜皂囊封。

　　　期嚴無奈睡留癖，勢窘猶為酒泥慵。

　　　偷釣侯家池上雨，醉吟隋寺日沉鐘。

　　　九原可作吾誰與，師友琅琊邴曼容。（頁 178）

此詩作於大中四年（850 年），杜牧在長安。詩歌寫到，杜牧曾經秘密上書，不過杜牧認為自己為官就是一個錯誤。自己喜歡睡覺卻無奈在朝中太嚴厲，形勢困窘仍然因為飲酒而變得慵懶。喜歡冒雨去王侯之家偷偷釣魚，日樓去隋寺聽鐘醉吟。如果晉卿大夫復活，我杜牧應該會跟從邴曼容一樣，不做六百石以上大官。此詩寫出自己愛睡覺愛飲酒的本性，無拘無束到處遊玩，「無奈」和「猶為」體現了形勢緊迫而杜牧依然不能控制自己睡覺飲酒的頹唐狀態，希望做一個小官，能有多點時間睡覺飲酒、釣魚吟詩。

　　杜牧在〈長安雜題長句六首‧其四〉也提到：「九原可作吾誰與，師友琅琊邴曼容」，表明自己要效法邴曼容，不做六百石以上的大官，甘於平凡。

　　杜牧也勸說不得志的朋友甘於平凡，借送別來發揮，如〈長安送友人遊湖南〉：

> 子性劇弘和，愚衷深褊狷。相捨罷謔中，吾過何由鮮。
>
> 楚南饒風煙，湘岸苦縈宛。山密夕陽多，人稀芳草遠。
>
> 青梅繁枝低，斑筍新梢短。莫哭葬魚人，酒醒且眠飯。（頁108）

杜牧認為朋友性情寬大和藹，不像自己個性褊急狷介；杜牧表示自己犯錯很多，今天就和朋友在鬧市中告別。暗示了杜牧認為朋友應該比自己心態更好，更能面對被貶不得意的遭逢。

　　杜牧想象友人在湖南的生活，烽煙繚繞，水岸曲折，夕陽殘照，綿綿芳草，楚地的風物令人悲傷，但是千萬不要自比屈原而悲傷，而要好好吃飯，多多飲酒，酒足飯飽後多多睡覺。表達了對友人的同情和祝福，希望朋友面對逆境能夠自適，甘於過平凡的生活。

　　可見，〈新轉南曹未敘朝散初秋暑退出守吳興書此篇以自見志〉、〈自遣〉、〈醉眠〉、〈長安雜題長句六首‧其四〉和〈長安送友人遊湖南〉這幾五首詩都表現了杜牧退而求其次的想法，希望擔任一個小官，可以多點喝酒睡覺。

第二節　失志而及時行樂

　　杜牧因為不得志，而覺得自己非常衰老。面對衰老，杜牧有兩種情況會選擇及時行樂，一是面對像青春一樣的花朵的時候，二是在重陽佳節的時候。另一方面，杜牧也比較節制，有時則因為衰老或生病而減少飲酒，甚至停酒。

一、因不得志而覺衰老

　　杜牧因為不得志，而覺得自己與以前相比非常衰老。如〈大雨行〉：

東垠黑風駕海水，海底捲上天中央。三吳六月忽悽慘，晚後
點滴來蒼茫。

錚棧雷車軸轆壯，矯躩蛟龍爪尾長。神鞭鬼馭載陰帝，來往
噴灑何顛狂。

四面崩騰玉京仗，萬里橫牙羽林槍。雲纏風束亂敲磕，黃帝
未勝蚩尤強。

百川氣勢苦豪俊，坤關密鎖愁開張。（頁 148）

此詩注明開成三年（838 年）在宣州開元寺作，此時杜牧第二次入宣州
幕府。

此詩前半部分，自開頭至「坤關密鎖愁開張」，用多種誇張的手法
形容大雨之狂，突出了這場大雨的奇壯和罕見：

大和六年亦如此，我時壯氣神洋洋。東樓舉首看不足，恨無
羽翼高飛翔。盡召邑中豪健者，閣展朱盤開酒場。奔觥槌鼓
助聲勢，眼底不顧纖腰娘。今年閏葉鬢已白，奇遊壯觀唯深
藏。景物不盡人自老，誰知前事堪悲傷。（頁 148）

後半部分從「大和六年亦如此」開始至結束，可再分為兩部分，第一部
分是回憶了大和六年（832）年也曾看到如此壯觀的大雨，不過當時看
的時候年輕力壯，神氣洋洋，召集宣州的豪傑一齊飲酒觀雨；第二部分
是現在開成三年（838 年）的狀況，現在還在宣州幕府，不過雙鬢已白，
看到如此奇景則想躲起來，以免睹景傷情。

此詩通過兩次次觀雨的經歷，而對比前後兩次入宣州幕府時杜牧
的狀況，以表達杜牧壯志未酬而身先衰老的痛苦。第一次觀雨的時候
身體是有「壯氣」、精神是「神洋洋」；對雨是「看不足」，對美女是「不
顧」。而且杜牧要召集豪傑一齊看，並且一起飲酒，規模大得稱得上是
「酒場」，當時飲酒何其快樂。而第二次觀雨的時候因為「鬢已白」，而
不想再看，躲起來「深藏」，因為前後身體狀態的不同，以致對觀雨態
度的不同；而對身體狀態不同的悲傷，乃是因為現在與當時一樣，還是
在宣州擔任幕僚。從大和六年的「開酒場」到現在人老不能飲酒，以前

後不同的飲酒狀態表現了衰老的跡象。

　　杜牧覺得朋友已經飛黃騰達，自己頭髮空白而自己卻比不上他們，也因此失落。如〈寄內兄和州崔員外十二韻〉：

　　　　金馬舊遊貴，桐廬春水生。雨侵寒牖夢，梅引凍醪傾。（頁 572）

此詩作於杜牧任睦州刺史時，杜牧看到在金馬門（朝中）的朋友都已經變得顯貴，自己還在擔任睦州刺史不得回朝。還被寒雨驚醒，因此借酒消愁。

　　又如〈陝州醉贈裴四同年〉的自嘲：

　　　　淒風洛下同羇思，遲日棠陰得醉歌。自笑與君三歲別，頭銜
　　　　依舊鬢絲多。（頁 1253）

此詩作於 837 年，當時杜牧身為分司東都的監察御史從洛陽去同州迎眼科醫生，途中經過陝州。杜牧與裴素同年登賢良方正、能直言極諫科，關係是比較好的。杜牧寫三年前在洛陽見裴素時是監察御史，三年後重逢，頭銜依舊，沒有升職，但是白髮卻多了。杜牧飲酒之後面對同年的顯達、自己的潦倒和華髮早生只好苦笑。

　　又如〈題桐葉〉開頭寫到：

　　　　去年桐落故溪上，把筆偶題歸燕詩。江樓今日送歸燕，正是
　　　　去年題葉時。

　　　　葉落燕歸真可惜，東流玄髮且無期。（頁 282）

此詩作於會昌二年（842 年），杜牧 40 歲。去年杜牧在長安，在一塊桐葉上題了一首〈歸燕〉詩，而轉眼過去一年，現在被外放黃州，目送燕子南飛，正是去年題詩於葉上之時。桐葉落，燕南飛固然讓人惋惜，但是這也是年復一年都會見到的事情，不像自己的黑髮如同東流水一般去了就無歸期。杜牧對於外放黃州，失去實現抱負的機會，而且感到時間的白白流逝，覺得十分無奈。對時間流逝的無情感到悲傷，以桐葉和歸燕將過去和現在串聯起來，用過去和現在作對比，產生對時間流逝的感慨。

　　唐代的宮怨詩無論從數量還是質量來說，都是歷代之最。而且宮

怨詩發展到中唐後，還對前代的宮怨詩有創新，不僅對女主角刻畫得更加真實，甚至還有多位女性出現，總之，宮怨詩在中晚唐取得了非凡的成就。而杜牧則是這段時期宮怨詩的好手，常以宮女不受寵來表示不得志，以宮女衰老代指自己衰老，如〈洛中二首〉：

> 柳動晴風拂路塵，年年宮闕鎖濃春。一從翠輦無巡幸，老卻
> 蛾眉幾許人。
> 風吹柳帶搖晴綠，蝶繞花枝戀暖香。多把芳菲泛春酒，直教
> 愁色對愁腸。（頁 1307）

第一首寫春天來了，然而後宮將春色鎖在深宮，猶如將宮女深鎖一樣。宮女雖然是皇帝的侍從，卻很多沒有機會被臨幸，讓她們白白衰老。第二首寫大好春光來到，蝴蝶戀上了花的香味，但是春天過後花便凋零。杜牧幻想花朵如果知道自己會凋零也一樣會發愁吧，於是把花瓣放到酒中，讓愁花對著愁腸。杜牧感歎像宮女一樣無法見到君王，懷才不遇，於是服食鮮花以慰愁腸。

除了以宮女自比，類似的還以妓女自比，如〈代吳興妓春初寄薛軍事〉：

> 霧冷侵紅粉，春陰撲翠鈿。自悲臨曉鏡，誰與惜流年。（頁 419）

杜牧以吳興妓自比，說明自己盛裝打扮卻無人欣賞，沒有人可惜自己流年空度，只能夠對鏡自憐。以描寫刻畫妓女的形象，反映杜牧自己的現狀。

二、飲酒以及時行樂

杜牧因失志而覺衰老，因衰老而欲及時行樂。

如〈池州送孟遲先輩〉，此詩可分為三段：

> 昔子來陵陽，時當苦炎熱。我雖在金臺，頭角長垂折。
> 奉披塵意驚，立語平生豁。寺樓最騫軒，坐送飛鳥沒。
> 一樽中夜酒，半破前峰月。煙院松飄蕭，風廊竹交戛。
> 時步郭西南，繚徑苔圓折。好鳥響丁丁，小溪光汃汃。

籬落見娉婷，機絲弄啞軋。煙溼樹姿嬌，雨餘山態活。

仲秋往歷陽，同上牛磯歌。大江吞天去，一練橫坤抹。

千帆羨滿風，曉日殷鮮血。歷陽裴太守，襟韻苦超越。

鞭鼓畫麒麟，看君擊狂節。離袖颭應勞，恨粉啼還咽。（頁 129

～130）

從開頭到「恨粉啼還咽」為第一段。杜牧先交代了和孟遲的交情，宣州
裡面有陵陽山，因此以此借代宣州，杜牧當時在宣州曾經和孟遲有唱
和。杜牧雖然被崔鄲賞識而在其幕中任職，但是並不得意。後來碰到孟
遲先輩，對他超凡的話語很驚歎。於是杜牧與孟遲欣賞美麗的風景，一
起飲酒。杜牧受到朝廷任命回京任職，路過和州，又跟姐夫和州刺史裴
儔相聚，同看孟遲擊鼓。一起上牛渚山暢飲，以欣賞長江的美景。

第二段寫到：

明年忝諫官，綠樹秦川闊。子提健筆來，勢若夸父渴。

九衢林馬撾，千門織車轍。秦臺破心膽，黥陣驚毛髮。

子既屈一鳴，余固宜三刖。慵憂長者來，病怯長街喝。

僧爐風雪夜，相對眠一褐。暖灰重擁瓶，曉粥還分缽。

青雲馬生角，黃州使持節。秦嶺望樊川，只得回頭別。

商山四皓祠，心與摽蒲說。大澤蒹葭風，孤城狐兔窟。

且復考詩書，無因見籩笏。古訓屹如山，古風冷刮骨。

周鼎列瓶罌，荊璧橫抛搬。力盡不可取，忽忽狂歌發。

三年未為苦，兩郡非不達。秋浦倚吳江，去楫飛青鶻。

溪山好畫圖，洞壑深閟閱。竹岡森羽林，花塢團宮纈。

景物非不佳，獨坐如轞線。丹鵠東飛來，喃喃送君札。

呼兒旋供衫，走門空踏襪。手把一枝物，桂花香帶雪。（頁 130）

第二段從「明年忝諫官」到「桂花香帶雪」。本段寫到第二年杜牧到長
安任職，剛好孟遲上京赴考，孟遲到處拜訪貴人卻沒有成果，因此考試
落榜，孟遲沒有中舉，則杜牧作為推薦者也理應受罰。孟遲在京住在寺
院，杜牧和他在風雪之夜一起睡覺，早上起來分粥而食，暖酒而飲。之

後杜牧突然受到「青睞」（實為被排擠），被任命為黃州刺史。那時的杜牧不捨地離開樊川，希望能得到上天的眷顧，在黃州面對大澤和狐兔，不能成為朝廷的大官，自己如同周朝寶鼎而被放在和普通瓶子一起，如和氏璧一樣被拋棄，有時會因此狂歌。杜牧也只能自嘲在黃州的三年任職不算苦，擔任黃州和池州刺史並非不顯達。現在在池州可以欣賞美好的風景，並非不好，但是一個人在這裡被束縛。忽然受到孟遲的來信，匆匆忙忙來取信。

第三段寫到：

> 喜極至無言，笑餘翻不悅。人生直作百歲翁，亦是萬古一瞬中。
>
> 我欲東召龍伯翁，上天揭取北斗柄，蓬萊頂上斡海水，水盡到底看海空。
>
> 月於何處去，日於何處來？跳丸相趁走不住，堯舜禹湯文武周孔皆為灰。
>
> 酌此一杯酒，與君狂且歌。離別豈足更關意，衰老相隨可奈何。（頁 130）

第三段從「喜極至無言」到結尾。本段寫到，然而歡喜過後唯有無言和不悅，因為想到人生苦短，即使長命百歲，在歷史長河中也只是一個瞬間。杜牧希望有龍伯國的人，能上天拿下北斗，把海水舀到蓬萊山上，看看海底空了以後，月亮會沉到哪裡，太陽會從何處升起。然而這些事情都辦不到，日月運行停不住，即使歷史上在賢能之人也做不到，都會死去。所以此時和孟遲痛飲酒，聊發疏狂且高歌，離別之事並不足惜，但是衰老一直相隨卻令人無可奈何！

杜牧介紹了自己任職的各個時期，以及當時和孟遲的交往，寫了杜牧和孟遲在三個時期一起飲酒的經歷。首先是在崔鄲的宣州幕府，當時杜牧「頭角長垂折」，並不得意，而在那時結識了孟遲，聽到他的話而感到豁達，此時是杜牧失意而一起飲酒；第二個時期是在長安任職，剛好碰到孟遲赴舉落榜，於是杜牧和他在寺廟住了一晚，此時是孟

遲失意而一起飲酒；第三個時期是被外放擔任黃州和池州刺史之時，杜牧以反語寫黃州和池州的美好生活，實際潦倒不已。一日有幸得到孟遲的信才喜出望外，知道孟遲上京赴考，路過池州，於是杜牧為他餞別。

　　杜牧回顧跟孟遲多年的交情和期間種種的相互攙扶經歷，寫到屢次跟孟遲重聚，因此覺得離別並不足惜；但是這些經歷都已經轉瞬而過，說明時間之快如跳丸，即是長命百歲也不過一瞬間，而且沒有人能逃過一死，終究會化作灰塵，因此要勸說孟遲及時行樂，再次一起痛飲！

　　有時因為不能及時行樂而憂愁，如〈湖州正初招李郢秀才〉：

　　行樂及時時已晚，對酒當歌歌不成。

　　千里暮山重疊翠，一溪寒水淺深清。

　　高人以飲為忙事，浮世除詩盡強名。

　　看著白蘋芽欲吐，雪舟相訪勝閑行。（頁459）

此詩是杜牧49歲時在湖州任上所作，詩寫杜牧想及時行樂但是時機已晚，春秋已高，想對酒當歌都唱歌不成。此時和李郢隔著重重山水，又想到在浮世中的高人都離不開酒杯，除了詩名以外其他都是虛名，而盼望和李郢對酌。看著春天快要來到，白蘋即將吐芽，希望李郢可以像王子猷那樣雪夜來訪（李郢亦有和詩）。

　　杜牧提醒自己行樂要及時，對酒乃當歌。並且說明高人都會飲酒及時行樂，並且寫詩來記錄行樂之事，以說明及時行樂的合理性。還舉王子猷的例子出來，證明像王子猷這樣有魏晉風度的高人，就是把握時機、及時行樂的最佳範例。晉書說王子猷「王子猷居山陰。夜大雪，眠覺，開室，命酌酒。四望皎然，因起彷徨，詠左思《招隱》詩。忽憶戴安道；時戴在剡，即便夜乘小船就之。經宿方至，造門不前而返。人問其故，王曰：『吾本乘興而行，興盡而返，何必見戴？』」

　　王子猷想見戴安道是「忽憶」，也就是說這個想法突然而來的，所以也可能是突然而去的。王子猷想見戴安道當然是很期待和快樂的，

因此他為了把握見友人的快樂，冒著大雪連夜乘船出發。而這個快樂，想不到在見友人的路上就被王子猷得到了，所以王子猷才說：「吾本乘興而行，興盡而返」。這個「興」就是快樂，王子猷的目的是得到快樂，見戴安道是得到快樂的手段，王子猷在訪戴途中就已經得到了快樂，所以無須多此一舉而見戴。

因此將雪夜訪戴的故事聯繫到此詩，杜牧想說春天已過，及時行樂而不得，所以希望希望李郢能像王子猷一樣把握快樂，即使在冬天也可以及時行樂，快快與杜牧相見。

（一）對花而飲

杜牧因及時行樂而飲酒，而方式就有對花而飲和重陽而飲兩種。

杜牧常將美麗的花朵視作短暫的青春，花朵成為了青春的代名詞。為了把握青春，杜牧常常面對花朵而飲酒行樂。

如〈醉題〉：

　　金鑷洗霜鬢，銀虯敵露桃。醉頭扶不起，三丈日還高。（頁 605）

前兩句把霜鬢和露桃相對，一白一紅形成強烈對比，也將青春和花朵聯繫在一起。杜牧用鑷子來對付白髮，用酒杯來對付露井桃花，面對白髮，鑷子拔除；面對桃花，飲酒作樂。表明了杜牧對衰老的抗爭，拔除白髮並不實際，但是對花飲酒則為良策。於是杜牧為了及時行樂而喝酒，以致次日頭昏腦漲，睡到太陽升起三丈高。

〈和嚴惲秀才落花〉：

　　共惜流年留不得，且環流水醉流杯。無情紅艷年年盛，不恨
　　凋零卻恨開。（頁 1142）

如上一首詩〈醉題〉提到，杜牧知道拔掉白髮來對抗流年是不實際的，於是採取飲酒行樂的方式，與其抗拒時間的流逝，不如在時間的流逝中享受。因此這首詩也寫到杜牧不恨花朵凋零，而恨它凋零了又能重開，而且年年都開得一樣紅艷，自己的青春根本無法和它比！所以杜牧要效仿蘭亭雅集曲水流觴的飲酒方式，還有及時行樂的思想。

如〈寓題〉：

　　把酒直須判酩酊，逢花莫惜暫淹留。假如三萬六千日，半是

　　悲哀半是愁。（頁 1330）

杜牧深感人生總是被悲哀和憂愁籠罩，因此見到花朵要暫留欣賞，花
開堪折直須折，同時要喝酒喝得酩酊大醉。因為人生百歲，其中一半是
悲一半是愁，不飲酒不知為歡幾何。

　　又如〈早春贈軍事薛判官〉：

　　雪後新正半，春來四刻長。晴梅朱粉艷，嫩水碧羅光。

　　弦管開雙調，花鈿坐兩行。唯君莫惜醉，認取少年場。（頁 518）

春天到來，各種花都開了，因此杜牧勸朋友要珍惜少年時光，要一醉方
休。此詩作於大中五年（851 年）正月，當時杜牧已經 49 歲，身體頗
為虛弱。杜牧和薛判官面對著春雪初融生機勃勃的美好景象，杜牧勸
說朋友一定要在這個少年聚會之處飲酒而醉。

　　又如〈茶山下作〉：

　　春風最窈窕，日曉柳村西。嬌雲光占岫，健水鳴分溪。

　　燎巖野花遠，戛瑟幽鳥啼。把酒坐芳草，亦有佳人攜。（頁 414）

此詩是大中五年（851 年）杜牧在湖州所作，春風吹拂，一派生機，杜
牧面對漫山遍野的紅花當然要把酒行樂，若還有如花的美眷陪伴，則
更開心。

　　又如〈對花微疾不飲呈坐中諸公〉：

　　花前雖病亦提壺，數調持觴興有無。盡日臨風羨人醉，雪香

　　空伴白髭鬚。（頁 1234）

面對美麗的花朵，杜牧即使有病，也帶著酒壺，隨時準備及時行樂；只
可惜自己有微疾，所以自己只得到了花香，而坐看別人喝酒，羨慕不
已。此詩寫出了杜牧想飲酒的強烈慾望，以及不能及時行樂的惋惜。

　　以女子的口吻勸薛判官及時行樂，如〈代吳興妓春初寄薛軍事〉：

　　霧冷侵紅粉，春陰撲翠鈿。自悲臨曉鏡，誰與惜流年。

　　柳暗霏微雨，花愁黯淡天。金釵有幾隻，抽當酒家錢。（頁 419）

同樣是春天時節，杜牧寫了一首代言體的詩歌，借吳興妓之口說出及時行樂的想法。此詩寫吳興妓獨自欣賞春色，而無人相伴，朱顏辭鏡，空度流年，也如同花朵獨開，無人欣賞，使得花也發愁。因此拿下頭上的金釵，來換買酒錢，飲酒及時行樂，才對得起鮮花和青春，不讓時間白白流逝。

如〈途中作〉：

綠樹南陽道，千峰勢遠隨。碧溪風澹態，芳樹雨餘姿。

野渡雲初暖，征人袖半垂。殘花不一醉，行樂是何時。（頁 497）

杜牧從宣州幕府回長安，途中作此詩。即將春盡之時，花朵又經過風吹雨打，「更能消幾番風雨」呢？所以杜牧對著枝頭僅剩的花朵，如同要把握剩餘的光陰，反問自己現在不及時行樂，要到何時才行樂？

又如〈洛中二首〉：

柳動晴風拂路塵，年年宮闕鎖濃春。一從翠輦無巡幸，老卻
蛾眉幾許人。

風吹柳帶搖晴綠，蝶繞花枝戀暖香。多把芳菲泛春酒，直教
愁色對愁腸。（頁 1307）

〈洛中二首〉的第一首雖不是涉酒詩，但宜與第二首一起看，前一首寫春天的到來，而春風卻不度深宮，宮女得不到皇帝的臨幸，浪費了大好青春而空老；第二首接著第一首的詩意，寫杜牧想到宮女的遭遇，所以面對春光和花朵，喝酒行樂，還將花和酒一起服下，及時行樂之心非常明顯。

面對殘花，杜牧會覺得悲傷，但是也會及時行樂，如〈惜春〉：

春半年已除，其餘強為有。即此醉殘花，便同嘗臘酒。

悵望送春杯，殷勤掃花帚。誰為駐東流，年年長在手。（頁 125）

杜牧感歎時間像東流的水，知道誰也不能能使東流之水停下來，使年光永遠在自己手中。春天過半，春節也已經結束，餘下似有還無的一點點春色，也就是枝頭上的殘花。因此杜牧對著枝頭上殘餘的花，品嘗去年十二月釀造的臘酒，以此一醉。舉起酒杯而送春歸，就在飲酒之間，

花朵或許已經掉落了很多，因此杜牧喝完酒就拿起掃帚打掃落花。杜牧能把握最後的春光，面對殘餘的花朵，惆悵地飲酒行樂。

又如〈題茶山〉：

山實東吳秀，茶稱瑞草魁。剖符雖俗吏，修貢亦仙才。

溪盡停蠻棹，旗張卓翠苔。柳村穿窈窕，松澗渡喧豗。

等級雲峰峻，寬平洞府開。拂天聞笑語，特地見樓臺。

泉嫩黃金涌，牙香紫璧裁。拜章期沃日，輕騎疾奔雷。

舞袖嵐侵澗，歌聲谷答回。磬音藏葉鳥，雪艷照潭梅。

好是全家到，兼為奉詔來。樹陰香作帳，花徑落成堆。

景物殘三月，登臨愴一杯。重遊難自剋，俯首入塵埃。（頁 411）

此詩也作於大中五年（851 年），是杜牧任湖州刺史在茶山監督採茶時所作。這首詩先敘述湖州紫筍茶的名貴，描寫了採茶者一行經過重重山路到達茶園，採摘茶葉完畢，以歌舞慶祝了一番。然而杜牧看到採摘完茶葉以後，茶花落了一地的景象，讓杜牧感歎春色將盡，不知道明年春天是否還能再次來這裡採茶。杜牧因為面對的是三月春末的景象，殘花滿地，於是悲從中來，悲愴地舉杯而飲。

（二）重陽而飲

除了對花而飲，杜牧還把握節日飲酒，尤其在重陽節常常飲酒。

杜牧認為行樂要及時，又因為唐代逢重陽節，官員可放假一天〔註11〕，在重陽節飲酒就很合「時」了，所以杜牧常常在重陽節飲酒行樂。

最典型莫過於如著名的〈九日齊山登高〉：

江涵秋影雁初飛，與客攜壺上翠微。

塵世難逢開口笑，菊花須插滿頭歸。

但將酩酊酬佳節，不用登臨恨落暉。

古往今來只如此，牛山何必獨沾衣。（頁 371）

此詩作於唐武宗會昌五年（845 年），杜牧 43 歲，在池州。朱三錫評此

〔註11〕 王穎樓：《隋唐官制》（成都，四川大學出版社，1995 年），頁 119。

詩：「提壺登高，正所謂及時行樂也」〔註12〕，道出了杜牧的心意。杜牧知道「塵世難逢開口笑」，在世俗之人心中，是很難開懷大笑的，不要可惜日落太快，不必痛心壽命太短、終有一死，因此藉著這個難得的佳節，一定要摘取菊花，同時喝得酩酊大醉。

又如〈九日〉：

　　金英繁亂拂闌香，明府辭官酒滿缸。

　　還有玉樓輕薄女，笑他寒燕一雙雙。（頁 622）

此詩無法繫年，但亦無妨說明杜牧在重陽及時行樂。面對著盛放的菊花，香味洋溢，身為刺史的杜牧今大放假，得以好好飲酒，歡度佳節。再加上美人相伴，樂不可支，即使一雙雙的燕子也比不上自己的快樂。

　　大中二年（848 年）九月初，杜牧自睦州赴京任職，途中作了兩首詩，其一是〈夜泊桐廬先寄蘇臺盧郎中〉：

　　水檻桐廬館，歸舟繫石根。笛吹孤戍月，犬吠隔溪村。

　　十載違清裁，幽懷未一論。蘇臺菊花節，何處與開樽。（頁 405）

當時杜牧在桐廬暫歇，杜牧表示與盧簡求睽違多年，很久沒有傾訴心事。最後兩句杜牧問盧簡求，這次重陽節要去哪裡飲酒呢？暗示自己想和朋友一起飲酒作樂。

　　杜牧自睦州赴京任職途中作的兩首詩其二〈秋晚早發新定〉其中兩句寫到：

　　解印書千軸，重陽酒百缸。（頁 402）

此詩作於 848 年晚秋，此時杜牧即將離開睦州，得以結束七年苦悶的刺史生涯，赴京任職。杜牧解下刺史之印，將會在回京路上度過重陽節，希望到時會有一副悠閒輕鬆的樣子，打算一邊悠閒快樂地看書，一邊飲酒來過節。

　　杜牧有時因失落而轉為及時行樂，如〈郡齋獨酌〉：

〔註12〕吳在慶：《杜牧集繫年校注》（北京，中華書局，2008 年），頁 376。引朱三錫《東嵒草堂評訂唐詩鼓吹》卷六。

孤吟志在此，自亦笑荒唐。江郡雨初霽，刀好裁秋光。

池邊成獨酌，擁鼻菊枝香。（頁 64）

杜牧作為一個小小的黃州刺史，有匡扶社稷的大志實在荒唐，所無法實現志向。因此轉而欣賞秋雨初霽的景色，欣賞秋光，飲菊花酒以行樂。

又如〈題桐葉〉：

江畔秋光蟾閣鏡，檻前山翠茂陵眉。樽香輕泛數枝菊，檐影斜侵半局棋。

休指宦遊論巧拙，只將愚直禱神祇。（頁 282）

杜牧已經厭倦了宦遊的生活，對著秋日下的山水美景，想學陶淵明那樣對著菊花以飲酒行樂。

上文可見，杜牧常飲酒及時行樂，尤其是面對象徵著青春的花朵的時候；另外，杜牧也會把握重陽節放假之時，好好行樂一番。

三、節制飲酒

因為衰老生病，杜牧不只是想著及時行樂，他通常都能夠克制自己，減少飲酒，甚至停酒。大約以 37 歲前後為界，杜牧因為年老生病，對飲酒由無度變為節制。

首先，杜牧唐文宗開成四年（839 年）春 37 歲〈往年隨故府吳興公夜泊蕪湖口今赴官西去再宿蕪湖感舊傷懷因成十六韻〉寫的「雙鬢雪飄然」，最早提到鬢髮變白的詩句；杜牧唐武宗會昌二年（842 年）40 歲作的〈郡齋獨酌〉說到「前年鬢生雪，今年鬚帶霜」，「前年」是唐文宗開成五年（840 年），此處或許是筆誤，又或許「前年」解作以前的時候；而在本年，杜牧鬚鬢也變白了。再有，杜牧開成三年（838 年）36 歲寫的〈書懷寄盧歙州〉寫到：「可惜當年鬢，朱門不得游」，「當年」解釋為壯年，「當年鬢」就是壯年的鬢髮，那麼意思就是黑髮。說明杜牧 36 歲時，鬢髮還沒變白。可見，鬚鬢變白反映了杜牧的衰老，杜牧因此有節制地飲酒。

（一）節制之前

在大約 37 歲之前。杜牧飲酒相對沒有節制。

杜牧 36 歲所作〈大雨行〉寫到：「大和六年亦如此，我時壯氣神洋洋。東樓聳首看不足，恨無羽翼高飛翔。盡召邑中豪健者，闊展朱盤開酒場。奔觥槌鼓助聲勢，眼底不顧纖腰娘」，杜牧回憶大和六年，自己 30 歲的時候身體很好，「壯氣神洋洋」，當時飲酒是「奔觥」，張松輝將「奔」解釋為快速，「奔觥」即是快速飲酒。〔註13〕

杜牧 37 歲之前常用觥來飲酒。觥是酒器，一般來說比酒杯要大。如〈自宣州赴官入京路逢裴坦判官歸宣州因題贈〉就回憶了以往的飲酒狀況，此詩寫到：「我初到此未二十，頭腦鉛利筋骨輕。畫堂檀板秋拍碎，一引有時聯十觥」，表明三十歲前身體強壯，一下有時連飲十觥之多，可見當時杜牧會因為身體好而狂飲；再有上文提到的〈大雨行〉回憶 30 歲飲酒時也是用觥；還有〈題禪院〉所寫：「觥船一棹百分空」指出杜牧把像船一樣的觥的酒喝得空空如也，也表示杜牧飲酒之多。37 歲之後，杜牧極少提到用觥飲酒。

杜牧 37 歲時還作〈自宣城赴官上京〉表示有一段長時間飲酒的經歷，此詩寫到：「瀟灑江湖十過秋，酒杯無日不淹留」，同時還有上文提到的〈題禪院〉：「觥船一棹百分空，十歲青春不負公」，都表明了杜牧過了十年天天飲酒的生活，雖然十年未必是實指，但也說明是一段長時間。

可見大約在 37 歲之前杜牧飲酒不但快速，而且大量，甚至長時間天天喝。

（二）節制之後

大約在 37 歲和之後，杜牧飲酒相對節制了。杜牧隨著年齡的增長而減少飲酒，而且生病時更會停酒。

〔註13〕 張松輝注譯，陳全得校閱：《新譯杜牧詩文集》（台北，三民書局書局，2002 年），頁 71。

　　杜牧 40 歲作〈自遣〉一詩,說:「嗜酒狂嫌阮」、「遇事知裁剪」
可見杜牧厭惡阮籍一連醉六十日那種沒有節制的飲酒方式,對飲酒的
態度有所轉變,更加懂得裁剪節制。

　　因為衰老,面對自己的白髮,對飲酒猶豫不決,有所顧忌。〈早秋〉
寫到:「尊酒酌未酌,晚花嚬不嚬。銖秤與縷雪,誰覺老陳陳。」〈早秋〉
一詩雖然無法繫年,但從「縷雪」一詞可以知道杜牧此時已經有白髮,
可見其衰老,因此此詩必定作於 37 歲後。

　　如杜牧 42 歲所作〈寄浙東韓乂評事〉有幾句寫到:「一笑五雲溪
上舟,跳丸日月十經秋。鬢衰酒減欲誰泥,跡辱魂慚好自尤」兩人不知
不覺已經多年不見,相比多年前,現在杜牧雙鬢斑白,要減少飲酒。這
幾句表明,因為「鬢衰」而「酒減」,身體衰老,酒量也要減少。

　　杜牧將近 37 歲的時候,因為生病,甚至停酒。〈許秀才至,辱李
蘄州絕句,問斷酒之情,因寄〉:「暫因微疾須防酒」,杜牧即使遇到小
小的「微疾」也不鬆懈,也要提防飲酒。

　　又有〈對花微疾不飲呈坐中諸公〉,此詩雖無法繫年,但已知杜牧
40 歲鬍鬚變白,因此此詩必定作於 40 歲或其後。此詩寫到:

> 花前雖病亦提壺,數調持觴興有無。盡日臨風羨人醉,雪香
> 空伴白髭鬚(頁 1234)

杜牧有微疾,但是還是很想飲酒。他把酒壺帶到筵席上,已經做好飲酒
的準備,甚至拿起酒杯了,「興有無」體現了杜牧若有若無的飲酒興致,
體現了他猶豫不決之心,但是杜牧最後還是克制住了。雖然羨慕別人
能喝酒、醉酒,但是自己還是堅持沒有喝,嘴邊只有風吹來的白花的香
味。雖然「空」字體現了杜牧可惜的心態,但是杜牧還是保持了克制。

　　又如〈題禪院〉:

> 觥船一棹百分空,十歲青春不負公。今日鬢絲禪榻畔,茶煙
> 輕颺落花風。(頁 450)

此詩雖無法繫年,但已知杜牧 37 歲鬢髮已白,因此必定作於 37 歲及
以後。杜牧回顧曾經多年的飲酒生活,對比今天衰老戒酒飲茶的狀態。

「觥船」指的是巨大的酒杯，表明了以往飲酒量之大，「十歲」表明時間之長；而「輕」字體現了杜牧現在心態之輕鬆平和，對比之強烈，可以知道杜牧現在常喝茶，而少喝甚至不喝酒，可見杜牧的節制。

又有〈春日茶山病不飲酒因呈賓客〉：

> 笙歌登畫船，十日清明前。山秀白云膩，溪光紅粉鮮。
>
> 欲開未開花，半陰半晴天。誰知病太守，猶得作茶仙。（頁 416）

此詩作於大中五年（851 年），杜牧 49 歲，擔任湖州刺史監督採茶，自己帶病，於是乾脆停酒飲茶，更快樂地自封「茶仙」，對於不能飲酒絲毫不介意。

杜牧一次少有的生病還痛飲的經歷，在 37 歲赴京時作〈自宣州赴官入京路逢裴坦判官歸宣州因題贈〉提到。此詩是杜牧自宣州赴京任職途中碰到友人時所作，因為杜牧和友人相逢而決定痛飲一番。杜牧因為「重遊鬢白事皆改」，而「雲罍看人捧，波臉任他橫」，其實從 37 歲這個時候開始常常只看別人喝酒，而自己「對酒不敢起」。只不過碰到裴坦，「逢君還眼明」，才痛飲一番。

杜牧大概以 37 歲前後為界，飲酒從此較為節制。37 歲前飲酒速度快、分量大、時間久；而 37 歲後因為衰老而飲酒有所節制，會減少飲酒，甚至停酒，以茶代替。

第三節　失志而歸隱與歸鄉

唐代隱逸之風很盛。晚唐隱逸是衰落期，動蕩的時局、科舉的失意、官場的沉淪下僚，是晚唐文人隱居避禍全身的主要因素，而且他們仕進既不能，退隱又不甘。〔註14〕杜牧就是因為官場不得志，所以對官場厭倦，產生歸隱之情。可見杜牧雖然如此，但是實際也沒有退隱。

〔註14〕李紅霞：《唐代隱逸風尚與詩歌研究》，西安，陝西師範大學博士學位論文，2002 年，頁 2。

晚唐詩人的懷鄉詩數量多於初唐、盛唐和中唐的每一個時期。晚唐懷鄉詩前期以李商隱、杜牧為代表，他們銳意進取卻潦倒不遇，他們的懷鄉詩既抒發了深切的故鄉之思，又表現了在出仕與歸鄉的矛盾中進退維谷的苦痛抉擇。〔註15〕表明了杜牧面對出仕與歸鄉難以選擇，因此出仕的對立——歸隱，和歸鄉則常常是一體的。

杜牧因不能實現抱負，因此萌生歸隱之意與歸鄉之心，而這兩者常常是同時兼有的。

一、歸隱

因為不能實現抱負，杜牧因而產生歸隱的念頭。

唐文宗開成四年（839年），當時杜牧從宣州赴長安任職，而裴坦相反，從長安歸宣州。杜牧從宣州赴京前作了三首詩。如其中有一首為〈宣州送裴坦判官往舒州時牧欲赴官歸京〉表達了在官場的不得意，和對前途的迷茫，該詩寫到：「君意如鴻高的的，我心懸旆正搖搖」。馮海榮解釋為：裴坦剛中進士不久自然春風得意，像鴻雁一樣高飛；杜牧十多年來輾轉各幕府，寄人籬下，事業無成。對比之下，杜牧悵然若失。〔註16〕

因此難怪杜牧面對裴坦會寫下另一首詩，即是從宣州赴京前的第二首詩〈自宣州赴官入京路逢裴坦判官歸宣州因題贈〉：

> 敬亭山下百頃竹，中有詩人小謝城。城高跨樓滿金碧，下聽
> 一溪寒水聲。
> 梅花落徑香繚繞，雪白玉璃花下行。紫風酒旆掛朱閣，半醉
> 遊人聞弄笙。
> 我初到此未三十，頭腦釭利筋骨輕。畫堂檀板秋拍碎，一引
> 有時聯十觥。

〔註15〕 李春霞：《唐代懷鄉詩研究》，哈爾濱，哈爾濱師範大學博士學位論文，2012年，頁59。
〔註16〕 馮海榮：《杜牧》（上海，上海古籍出版社，1991年），頁48。

老閑腰下丈二組，塵土高懸千載名。重遊鬢白事皆改，唯見
東流春水平。

對酒不敢起，逢君還眼明。雲疊看人捧，波臉任他橫。

一醉六十日，古來聞阮生。是非離別際，始見醉中情。

今日送君話前事，高歌引劍還一傾。江湖酒伴如相問，終老
煙波不計程。（頁 151）

杜牧第一部分從「敬亭山下百頃竹」到「半醉遊人聞弄笙」，首先描寫
宣州美麗的風景和人民；第二部分即是從「我初到此未三十」到「唯見
東流春水平」，回憶了前後兩次來宣州的經歷，初次來的時候三十不足，
身體強壯，飲酒一下能連喝「十觥」，對於為官成名都不在意；而第二
次重來宣州的時候兩鬢已經變白，想法都已經改變，對著酒杯也不敢
拿起，只看別人喝酒。然而看到裴坦則兩眼見光，要和裴坦相飲大醉，
一連醉六十日，在離別之際痛飲一番，才見到真正的情誼；第三部分從
「對酒不敢起，逢君還眼明」到最後，寫了在最後離別之前，杜牧再飲
一杯，告訴裴坦說，若果江湖上的好友問起我，就說我日後一定不計路
途遙遠隱居深處而終老。

　　此詩寫到杜牧三十歲前本就是「塵土高懸千載名」，雖然現在已經
年老，但是歸隱之心並沒改變，依然是「終老煙波不計程」，只要有適
合隱居的地方，就不計遠近前往。面對之前失意的經歷和未知的前途，
杜牧已經厭倦了官場生活，表達了素來淡泊名利的心境，和最終歸隱
的旨趣。

　　從宣州赴京，杜牧還寫了從宣州赴京前的第三首詩，〈自宣城赴官
上京〉：

瀟灑江湖十過秋，酒杯無日不遲留。謝公城畔溪驚夢，蘇小
門前柳拂頭。

千里雲山何處好，幾人襟韻一生休。塵冠掛卻知閑事，終擬
蹉跎訪舊遊。（頁 361）

杜牧回憶了曾經飲酒放蕩的生活，而今即將入京為官，因此感慨千里

的路途究竟哪裡風景最好，又有幾人能堅定不移、一以貫之為實現抱負而努力？杜牧厭倦了官場，認為棄官對他只是一件平常事，日後一定會浪費時期回到曾經去過的地方再遊玩。杜牧不知道回朝之後會怎樣，不知道能否堅持去實現志向，因此產生辭官歸隱的想法。

　　另外還有〈秋晚早發新定〉：

　　　解印書千軸，重陽酒百缸。涼風滿紅樹，曉月下秋江。

　　　巖壑會歸去，塵埃終不降。懸纓未敢濯，嚴瀨碧淙淙。（頁 402）

此詩作於大中二年（848 年），杜牧即將離開睦州赴京任職。杜牧解下刺史之印，來看看千軸書；希望到了重陽節，拿出百缸酒。迎著秋日的涼風，欣賞明月照耀的秋江。杜牧最終都會歸隱山林，而絕不操勞世俗之事。杜牧心想，因為這裡是嚴子陵歸隱垂釣的嚴陵瀨，所以不敢在這裡洗纓帶（表示不要認真為官）。從「會」字和「終」字，都可以看出杜牧將來要歸隱的堅定決心。

　　又如〈齊安郡晚秋〉：

　　　柳岸風來影漸疏，使君家似野人居。雲容水態還堪賞，嘯志
　　　歌懷亦自如。

　　　雨暗殘燈棋散後，酒醒孤枕雁來初。可憐赤壁爭雄渡，唯有
　　　蓑翁坐釣魚。（頁 369）

杜牧在黃州極其苦悶，自己的黃州刺史宅像野人的居所一樣簡陋。不過還好有雲朵和江水值得欣賞，可以面對此風景長嘯抒懷，恢意自如。有時候和朋友飲酒下棋結束後，酒醒只有自己望著南來的大雁，在此任職根本就是投閒置散，無法實現抱負。不過，想到當年三國主公為了實現各自的志向，在赤壁開戰。無論成功也好，失敗也好，最終也煙消雲散，一切歸於平靜，最終這裡變成釣魚翁休閒釣魚的地方。

　　此詩前四句先寫自己的不得意，然後因為可以欣賞風景和歌嘯而歸於自如；後四句又寫秋來而憂愁，最終又因見到釣魚翁而對功名釋然。情感兩起兩伏，而杜牧終於失去了實現志向的慾望，轉而期望歸隱，成為嚴子陵一樣的漁翁。

又如〈贈宣州元處士〉：

> 陵陽北郭隱，身世兩忘者。蓬蒿三畝居，寬於一天下。
>
> 樽酒對不酌，默與玄相話。人生自不足，愛嘆遭逢寡。（頁154）

此詩讚美了隱居的元處士。在宣州北郭隱居的元處士是個崇尚道家之人，他所居的草蘆雖小，但是思想博大得如天下一般。杜牧也效仿元處士，默默學習玄妙的道理，暫停下了手中的酒瓶而不喝，默默看道家書籍，於是悟到人生自然會有很多不足，有很多事情不會如願，但是人民卻都愛感歎沒有遇到機會實現抱負。杜牧描寫的元處士是個和莊子一樣身世兩忘的人，他隱居之處雖然狹窄簡陋，但是心胸境界寬於天下〔註17〕。元處士正是杜牧所崇拜之人，因此杜牧以他為榜樣而隱居。

以上，都可見杜牧的歸隱之心。

二、歸鄉

因為不能實現抱負，杜牧也產生歸隱的念頭。

如〈池州春送前進士蒯希逸〉：

> 芳草復芳草，斷腸還斷腸。自然堪下淚，何必更殘陽。
>
> 楚岸千萬里，燕鴻三兩行。有家歸不得，況舉別君觴。（頁377）

此詩是杜牧在池州任上所作，詩中描寫了春天來了的景象，看到春天的景象，杜牧有兩層的傷心。一是看到吹風吹又生的芳草，就像心中的愁思一樣生長，而且又看到夕陽殘照，更令人落淚；二是看到北歸的候鳥返回，自己卻不能歸家，本來已經痛苦，而且現在還要接受送別友人的離愁。杜牧在外擔任池州刺史並不得志，本來就思鄉而不得歸，何況更要送別去長安的蒯希逸。〔註18〕

又如〈題池州弄水亭〉：

> 弄水亭前溪，颭灧翠綃舞。綺席草芊芊，紫嵐峰伍伍。

〔註17〕吳在慶：《杜牧集繫年校注》（北京，中華書局，2011年），頁155～156。

〔註18〕馮海榮：《杜牧》（上海，上海古籍出版社，1991年），頁70。

螭蟠得形勢，翬飛如軒戶。一鏡奫曲堤，萬丸跳猛雨。

檻前燕雁棲，枕上巴帆去。叢筠侍修廊，密蕙媚幽圃。

杉樹碧為幢，花駢紅作堵。停樽遲晚月，咽咽上幽渚。

客舟耿孤燈，萬里人夜語。漫流胃苔槎，饑鵁曬雪羽。

玄絲落鉤餌，冰鱗看吞吐。斷霓天帔垂，狂燒漢旗怒。

曠朗半秋曉，蕭瑟好風露。光潔疑可攬，欲以襟懷貯。

幽抱吟九歌，羈情思湘浦。四時皆異狀，終日為良遇。

小山浸石稜，撐舟入幽處。孤歌倚桂巖，晚酒眠松塢。

紆餘帶竹村，蠶鄉足砧杵。膡泉落環珮，畦苗差篡組。

風俗知所尚，豪強恥孤侮。鄰喪不相舂，公租無詬負。

農時貴伏臘，簪瑱事禮艐。鄉校富華禮，征行產強弩。

不能自勉去，但愧來何暮。故園漢上林，信美非吾土。（頁 142）

杜牧在池州任上建了弄水亭，此時張祜來到池州拜訪杜牧。此時從開頭到「杉樹碧為幢，花駢紅作堵」描寫了春天時節弄水亭外溪水美麗的風景；從「停樽遲晚月，咽咽上幽渚」到「斷霓天帔垂，狂燒漢旗怒，」描寫了夏天的景色，杜牧晚上在亭子裡飲酒等待明月出來，來看溪中的人和事，看到流落異鄉的人在舟中夜語，好像看到了自己的影子；早上會看到漁人以鵁鳥捕魚，黃昏看到火燒般的晚霞；而「曠朗半秋曉，蕭瑟好風露」到「四時皆異狀，終日為良遇」則寫了秋天的美景，並概括了四時的樂趣；「小山浸石稜，撐舟入幽處」到最後則描寫了池州的風俗人情，雖然杜牧在此「孤歌倚桂巖，晚酒眠松塢」，好不快活，同時又將池州治理得整整有條。這裡很美好，幾乎不捨得勸自己離開，又只能怪自己來得太遲了，雖然治理得不錯，但不能和漢代廉范的政績相比。杜牧認為這裡再好，終究不是故鄉！在詩歌最後，杜牧只兩句就將前面所描述的一切美好都抹殺。杜牧明確表示自己家鄉是「漢上林」，這裡再美好也「非吾土」，暗用王粲〈登樓賦〉的典故〔註19〕表達了強

〔註19〕 吳在慶：《杜牧集繫年校注》（北京，中華書局，2011 年），頁 145。

烈的思鄉之情。

又如〈登九峰樓〉（張祜有和詩）：

> 晴江灩灩含淺沙，高低遠郭滯秋花。牛歌漁笛山月上，鷺渚
> 鵁梁溪日斜。
>
> 為郡異鄉徒泥酒，杜陵芳草豈無家。白頭搔殺倚柱遍，歸棹
> 何時聞軋鴉。（頁 1189）

此時杜牧擔任池州刺史，登上池州的九峰樓，看著秋江上的牧童漁夫，秋日漸漸西斜，感慨自己為了為官流落異鄉，生出思鄉之情，大有「白頭搔更短」之感，不知道何日才能歸家。「為郡異鄉徒泥酒」，正正表明了杜牧為了擔任一州刺史要流落異鄉，產生的思鄉之情無法消弭，只能求助於酒。

以上，可見杜牧的歸鄉之情。但杜牧純粹寫歸隱或歸鄉的涉酒詩只是少數，更多的是表達歸隱兼歸鄉之情的作品。

三、歸隱兼歸鄉

杜牧涉酒詩的歸隱和歸鄉之情常常是合而為一的，如〈題桐葉〉：

> 去年桐落故溪上，把筆偶題歸燕詩。江樓今日送歸燕，正是
> 去年題葉時。
>
> 葉落燕歸真可惜，東流玄髮且無期。笑筵歌席反惆悵，明月
> 清風愴別離。
>
> 莊叟彭殤同在夢，陶潛身世兩相遺。一九五色成虛語，石爛
> 松薪更莫疑。哆哆不勞文似錦，進趨何必利如錐。錢神任爾
> 知無敵，酒聖於吾亦庶幾。江畔秋光蟾閣鏡，檻前山翠茂陵
> 眉。樽香輕泛數枝菊，簷影斜侵半局棋。休指宦遊論巧拙，
> 只將愚直禱神祇。三吳煙水平生念，寧向閒人道所之。（頁
> 282）

此時杜牧尚未實現抱負，見到自然物候的循環變化，明白人的衰老卻不會逆轉。杜牧對於彭殤壽命的差別已經不在乎，知道長生不老是虛

幻的，自然萬物都會泯滅。不想再在官場遭受讒言，不再對富貴趨之若
鶩，金錢對於別人來說是萬能的，就好像美酒對於杜牧一樣。杜牧只希
望像陶淵明那樣與世相遺，隱居於三吳之地，欣賞湖光山色，喝菊花
酒，下下棋，不問世事。

　　杜牧去年在京任職，現在突然就被外放黃州，想到去年今日題詩
的事，感到空度流年而頭髮已白。所以有了和陶潛一樣的歸隱心理，感
慨「進趨何必利如錐」，不再努力奮進汲汲於富貴。現在「休指宦遊論
巧拙」，不想再提宦遊的好處壞處。因為上文提到的〈自宣州赴官入京
路逢裴坦判官歸宣州因題贈〉所說「終老煙波不計程」，所以此詩也寫
道「寧向閒人道所之」，不需要告訴閒人自己要歸隱何處。

　　杜牧有兩個別墅。第一個是在長安的樊川別墅。他在〈上知己文
章啟〉寫到：「有盧終南山下」，「盧」指的就是杜家在終南山下的樊川
別墅。〔註20〕第二個是在陽羨的別墅。杜牧在〈許七侍御棄官東歸，瀟
灑江南，頗聞自適，高秋企望，題詩寄贈十韻〉寫過：「他年雪中櫂，
陽羨訪吾盧」，杜牧在「吾盧」下自注：「於義興縣，近有水樹」。所謂
義興縣在常州，常州就在三吳之地。杜牧又有〈李侍郎於陽羨里富有泉
石，牧亦於陽羨粗有薄產，敍舊述懷因獻長句四韻〉一詩，此詩題目就
直接指出杜牧在陽羨有產業，很可能就是指陽羨的房產。因此杜牧要
歸隱的地方很可能就是陽羨，因此他要歸隱就是歸鄉。

　　又如〈睦州四韻〉：

　　　州在釣臺邊，溪山實可憐。有家皆掩映，無處不潺湲。

　　　好樹鳴幽鳥，晴樓入野煙。殘春杜陵客，中酒落花前。（頁 401）

此詩寫睦州在嚴子陵釣台旁邊，杜牧覺得那裡的山水實在可愛。從在
這裡的人家被山水草木遮掩，都有隱居的味道，到處都是潺潺的溪水，
確實適合像嚴子陵一樣釣魚。殘春時節，離鄉別井的杜陵旅客（杜牧）
在落花前喝醉酒。此詩描寫了遠望嚴子陵釣台的風景，暗示了杜牧想

────────────

〔註20〕吳在慶：《杜牧集繫年校注》（北京，中華書局，2011 年），頁 1001。

效仿嚴子陵隱居的心理，同時夾雜了思鄉之情，讓杜牧不得不飲酒消愁。

杜牧要處理塵世的政務，當看到他人退隱般的生活，產生退隱之意，如〈春末題池州弄水亭〉：

> 使君四十四，兩佩左銅魚。為吏非循吏，論書讀底書。
>
> 晚花紅豔靜，高樹綠陰初。亭宇清無比，溪山畫不如。
>
> 嘉賓能嘯詠，宮妓巧妝梳。逐日愁皆碎，隨時醉有餘。
>
> 偃須求五鼎，陶只愛吾廬。趣向人皆異，賢豪莫笑渠。（頁 363）

杜牧先自嘲了一番，表明自己四十四歲，擔任過兩次刺史，卻仍然不是一個好官，讀書也不知道讀了什麼書，表明自己並不得志。在池州任職而喜愛其美麗的景色，又常常欣賞宮妓，與嘉賓嘯詠作樂；又隨時都可以醉酒，因而愁情逐漸減少，暗示自己不適合任官，而適合遊山玩水，與朋友常常飲酒。最後表明人人都像主父偃那樣渴求富貴，而自己想要像陶淵明那樣回到自己的草廬「酣觴賦詩，以樂其志」，希望豪傑不要笑自己這樣的志向。此詩直接說明了自己並非循吏，說出了要歸隱和歸鄉的志向

對於他人的隱居生活，杜牧頗羨慕，許渾棄官隱居，〈許七侍御棄官東歸，瀟灑江南，頗聞自適，高秋企望，題詩寄贈十韻〉：

> 天子繡衣吏，東吳美退居。有園同庾信，避事學相如。
>
> 蘭畹晴香嫩，筠溪翠影疎。江山九秋後，風月六朝餘。
>
> 錦帙開詩軸，青囊結道書。霜巖紅薜荔，露沼白芙蕖。
>
> 睡雨高梧密，棋燈小閤虛。凍醪元亮秫，寒鱠季鷹魚。
>
> 塵意迷今古，雲情識卷舒。他年雪中棹，陽羨訪吾廬。（頁 186）

此詩寫於大中三年（849 年）杜牧在京任職時，首先寫許渾曾是監察御史，而今在東吳之地美美隱居。像庾信一樣有個小園，效仿司馬相如一樣稱疾避事；東吳之地深秋過後風景更美，許渾在此寫詩、看道家之書，欣賞美麗的植物；杜牧已經厭倦了睡覺聽到雨滴梧桐淒清的聲音，不想獨自看著棋局。杜牧想要像張翰那樣不再宦遊，要學陶淵明那樣

隱居飲酒；世俗的慾望迷惑了古今的人，還不如放棄功名利祿坐看雲
卷雲舒。最後希望退隱以後，邀請許渾到自己陽羨里的家作客。

　　杜牧處處表現出對隱居的嚮往，首先用「美」字來形容許渾退隱
的行為，又以庾信、司馬相如等著名文人來比許渾，還想象許渾隱居看
到的植物描寫得非常美麗，蘭畹和筠溪都很有生氣，紅薜荔和白芙蕖
色彩的對比使人眼前一亮，令人神往。杜牧不僅對許渾退隱的行為寫
得很高尚，而且對自己即將要退隱也刻畫得很美好。首先對現在為官
的不堪狀況描寫一番，然後自比陶淵明和張季鷹，兩者都辭官而去，前
者是歸隱的象徵，後者是歸鄉的代稱。杜牧還指出古今多數人都被功
名所蒙蔽，只有少數人如許渾和自己才能領略隱居的快樂，最後以王
子猷比作許渾，盼望許渾一同來到陽羨。

　　又如〈同趙二十二訪張明府郊居聯句〉：

　　　陶潛官罷酒瓶空，門掩楊花一夜風。古調詩吟山色裏，無絃
　　　琴在月明中。
　　　遠檐高樹宜幽鳥，出岫孤雲逐晚虹。別後東籬數枝菊，不知
　　　閒醉與誰同。（頁 1232）

此詩是杜牧與趙嘏所合作的，首聯和頸聯是杜牧所作。開頭由杜牧所
寫，奠定了全詩的主旨和感情基調，首聯寫張明府如陶淵明一樣辭官，
家貧而嗜酒，因此酒瓶常空；家門破舊，「門雖設而常關」，任由清新的
楊花風吹拂，暗示了杜牧對張明府安貧樂道的讚美；頷聯趙嘏介紹了
張明府隱居後的生活：吟詩和彈琴；頸聯杜牧將張明府比作幽鳥和孤
雲，顯然就是化用「雲無心以出岫，鳥倦飛而知還」，以示張明府辭官
決定的正確；最後趙嘏寫張明府摘菊和友人飲酒，呼應了首句的「酒瓶
空」結束一詩。全詩感情流暢，意思連貫，由杜牧奠定此基調，表達了
對張明府和隱居生活的讚美。

　　杜牧對歸隱和歸鄉的渴望常常是不可分的，如〈南樓夜〉：

　　　玉管金樽夜不休，如悲晝短惜年流。歌聲裊裊徹清夜，月色
　　　娟娟當翠樓。

枕上暗驚垂釣夢，燈前偏起別家愁。思量今日英雄事，身到
簪裾已白頭。（頁 1405）

杜牧曾經過著聲色犬馬、夜夜笙歌的官場應酬生活，對快樂時間太短
感到悲傷，而且痛惜年月的流逝。夢到隱居垂釣而驚醒，起來點燈思考
人生，不覺有了鄉愁。想到即使實現了抱負，飛黃騰達之時，應該也是
滿頭白髮了。

　　杜牧並不喜歡官場的飲酒應酬，如〈羊欄浦夜陪宴會〉說：

弋欄營中夜未央，雨沾雲惹侍襄王。球來香袖依稀暖，酒凸
觥心泛灩光。

紅弦高緊聲聲急，珠唱鋪圓娟娟長。自比諸生最無取，不知
何處亦升堂。（頁 1277）

前六句描寫了醉生夢死的應酬筵席，而最後杜牧表示自己一無所求。
所以可以理解〈南樓夜〉中，杜牧作了嚴子陵歸隱垂的夢，同時產生離
別家鄉的愁情，杜牧既想歸隱也想歸鄉。也明白實現志向之日，也是滿
頭白髮之時了，因此不希望浪費時間在官場。

　　又如〈李給事二首‧其二〉：

晚髮悶還梳，憶君秋醉餘。可憐劉校尉，曾訟石中書。

消長雖殊事，仁賢每自如。因看魯褒論，何處是吾廬。（頁 195）

杜牧晚來（因梳頭看到白髮）心情煩悶，思念李中敏因此喝得大醉。回
憶當年李中敏受到陷害而被貶，地位高低此消彼長確實是大事，不過
對於仁者來說卻沒什麼大不了。杜牧看了〈錢神論〉，了解了金錢的力
量，不知自己的歸宿和志向到底是怎樣？要努力獲取功名利祿還是退
隱歸鄉。結尾處杜牧雖然問自己「何處是吾廬」，但是心中當然已經有
答案。看到李中敏被人被仇士良陷害而棄官，杜牧一直對李中敏很敬
佩，所以杜牧也想跟從李中敏棄官而歸。

　　又如〈春盡途中〉：

田園不事來遊宦，故國誰教爾別離？獨倚關亭還把酒，一年
春盡送春詩。（頁 580）

杜牧埋怨自己：為何不過躬耕田園的隱居生活而遊宦，誰讓你要離開家鄉呢？又碰上春天將盡的時候，離愁加上春愁，無以解憂，只好一個人在關亭憂愁地喝酒。此詩同樣表達了對歸隱和歸家的渴望。

又如〈題木蘭廟〉：

彎弓征戰作男兒，夢裏曾經與畫眉。幾度思歸還把酒，拂雲堆上祝明妃。（頁 599）

詩中杜牧自比木蘭，在迫不得已下，要像男兒一般彎弓作戰，夜晚夢裡也曾想過化妝畫眉，做回一個普通女子。木蘭希望早日實現抱負而歸家，想著拂雲堆的方向祭奠明妃，不要想像明妃為了國家流落在外。〈木蘭詩〉裡面寫木蘭即使面對「策勳十二轉，賞賜百千強」，也不慕名利，不願為官，只想歸家，功成名就之後唯一的願望是「願馳千里足，送兒還故鄉」。杜牧想像木蘭一樣放棄功名利祿並不渴求，歸家隱居，做回一個普通人。

以上，即可見杜牧因失志而欲歸隱與歸鄉，而歸隱與歸鄉兩者常常是一體的，因杜牧在官場失志，已經厭倦了宦海浮沉。

本章小結

本章接續了上一章關於杜牧涉酒詩所展現的心態變化，因此本章主要是寫杜牧涉酒詩所表現的志趣。第一節寫了杜牧的躊躇滿志與受挫失志的兩種狀態，說明了杜牧也如同大多數中晚唐詩人一樣，躊躇滿志只是一時的，而受挫失志則是常態。杜牧在涉酒詩中或直接表示自己的受挫失志，或是委婉地以微詞訴說自己的失志，或是在涉酒詩中故作頹唐，又或是乾脆放棄大志而轉向卑微的志向。第二節和第三節是寫杜牧在受挫失志後說產生的志趣，分別是轉向及時行樂以及渴望歸隱與歸鄉，這在唐代是很常見的行為。第二節說明了杜牧因為失志而覺自己衰老，因而飲酒以及時行樂。杜牧把握飲酒的機會，他常常對花而飲，因為花正代表美好的青春；也在重陽節飲酒，不過杜牧對飲酒是比較理性的，大概在 37 歲以後就節制飲酒，或停杯、或以茶代酒。

第三節說到杜牧因為失志而產生歸隱與歸鄉的想法，歸隱與歸鄉雖然不同，但都是退避的行為，因此在杜牧的涉酒詩中這兩者也常是合而為一的。總之，杜牧主要的心態是受挫失志，因而導致他涉酒詩中表現的志趣也是消極及時行樂和歸隱與歸鄉。

第四章　杜牧涉酒詩表現的
情誼內容

　　杜牧的涉酒詩主要表達的情誼有友情、愛情及其他情誼。杜牧在涉酒詩中表達的友情主要是對朋友的思念、對朋友的讚美以及希望得到朋友的幫助。杜牧在官場內外都有不少好朋友，其中杜牧在涉酒詩具體寫到比較多的是官場外的張祜和土十；杜牧也在涉酒詩中表達愛情和其他情感，主要表達了對張好好的癡情、對不同女子的濫情以及對有情人的憐恤等。

第一節　杜牧涉酒詩中的友情

　　杜牧有不少朋友，因此也有不少贈答詩，根據〈杜牧贈答詩研究〉一文指出，杜牧贈詩明確的對象共 93 人，共贈詩 128 篇。〔註1〕杜牧會思念朋友，或表達對朋友的讚美，或是希望得到幫助。

一、思念友人

　　杜牧常常會思念友人，如〈許秀才至辱李蘄州絕句問斷酒之情因寄〉寫到：

〔註1〕徐雅麗：《杜牧贈答詩研究》，漳州，閩南師範大學碩士學位論文，2015年，頁 22。

> 有客南來話所思，故人遙枉醉中詩。暫因微疾須防酒，不是
> 歡情減舊時。（頁 1258）

許秀才來拜訪杜牧，帶來了蘄州刺史李播的詩，該詩可能表達了李蘄州的思念，以及問候了杜牧斷酒的情況，並勸杜牧飲酒。因此杜牧作此詩回答他，是因為生了小病而暫停喝酒，而不是因為交情比以前減少了，證明了杜牧雖然酒量減少，但是思念並沒有減少。

如〈湖州正初招李郢秀才〉：

> 行樂及時時已晚，對酒當歌歌不成。千里暮山重疊翠，一溪
> 寒水淺深清。
>
> 高人以飲為忙事，浮世除詩盡強名。看著白蘋芽欲吐，雪舟
> 相訪勝閑行。（頁 459）

此詩寫杜牧因為一個人孤獨，欣賞山水而無心飲酒行樂，因此轉為對李郢的思念，希望他可以過來訪問自己，一同飲酒。

送別之時，更能體現杜牧的思念之情。如〈醉倒〉：

> 日晴空樂下仙雲，俱在涼亭送使君。莫辭一盞即相請，還是
> 三年更不聞。（頁 1346）

杜牧和歌妓（仙雲）在涼亭送別友人，杜牧勸友人不要推辭共飲，因為三年（多年）都不會再相見。正如王維所說的「勸君更盡一杯酒，西出陽關無故人」。

離別之後，相思之心也並不稍減，如〈送趙十二赴舉〉其中兩句寫到：

> 秋風郡閣殘花在，別後何人更一杯。 （頁 1330）

離別之後，杜牧便沒有一起喝酒的朋友，只能無奈地看著殘花，不知道還能和誰人飲酒。

又如〈送薛種遊湖南〉：

> 賈傅松醪酒，秋來美更香。憐君片雲思，一棹去瀟湘。（頁 551）

在秋天時節，杜牧釀好了松醪酒，在送別朋友去瀟湘之際一起來喝。別後，杜牧遙思友人，想到此時他已經孤舟一人前往瀟湘，仿佛暗示無人

在與杜牧自己飲酒，體現了杜牧對友人的思念。

二、讚美友人

杜牧也常常在涉酒詩中讚美友人。

杜牧因為不得志，感覺被其職位束縛，仿佛在坐牢。如〈洛中送冀處士東遊〉說：「我作八品吏，洛中如繫囚」，〈郡齋獨酌〉寫到：「促束自繫縛」，還有〈池州送孟遲先輩〉寫到「景物非不佳，獨坐如轉緪」，「如轉緪」比喻自己像鷹馬一樣受羈絆。〔註2〕因此杜牧對具有自由自在或有閒情逸興之人頗羨慕，並有不少詩歌讚美他們，如〈洛中送冀處士東遊〉，此詩可作兩斷來看，第一段：

> 處士有儒術，走可挾車輈。壇宇寬帖帖，符彩高蒨蒨。
>
> 不愛事耕稼，不樂干王侯。四十餘年中，超超為浪遊。
>
> 元和五六歲，客於幽魏州。幽魏多壯士，意氣相淹留。
>
> 劉濟願跪履，田興請建籌。處士拱兩手，笑之但掉頭。
>
> 自此南走越，尋山入羅浮。願學不死藥，粗知其來山。
>
> 卻於童頂上，蕭蕭玄髮抽。我作八品吏，洛中如繫囚。（頁 100）

此段首先簡單介紹了一個「四十餘年中，超超為浪遊」的世外高人，他四處浪遊拒絕為官，與之相對的是杜牧自己，當時在洛陽擔任監察御史，被一個官職綁住，好像囚犯一樣。

第二段：

> 忽遭冀處士，豁若登高樓。拂榻與之坐，十日語不休。
>
> 論今星璨璨，考古寒颼颼。治亂掘根本，蔓延相牽鉤。
>
> 武事何駿壯，文理何優柔。顏回捧俎豆，項羽橫戈矛。
>
> 祥雲繞毛髮，高浪開咽喉。但可感神鬼，安能為獻酬。
>
> 好入天子夢，刻像來爾求。（頁 100）

第二段寫杜牧與之見面之後，對他十分崇拜。杜牧和冀處士高談治亂興亡根本之事，「十日語不休」，認為冀處士是宰相一般的人才。

〔註 2〕吳在慶：《杜牧集繫年校注》（北京，中華書局，2011 年），頁 136。

第三段：

> 胡為去吳會，欲浮滄海舟。贈以蜀馬箠，副之胡罽裘。
> 餞酒載三斗，東郊黃葉稠。我感有淚下，君唱高歌酬。
> 嵩山高萬尺，洛水流千秋。往事不可問，天地空悠悠。
> 四百年炎漢，三十代宗周。二三里遺堵，八九所高丘。
> 人生一世內，何必多悲愁。歌闋解攜去，信非吾輩流。（頁 100
> ～101）

第三段寫杜牧依依不捨與冀處士餞別，飲酒之際竟然落淚，而冀處士還是一如既往地灑脫，讓杜牧明白到，冀處士並非自己一樣的常人。在飲酒之際以自己流淚之態對比朋友高歌之舉，表達了對朋友的讚美。此詩以大篇幅的鋪墊，塑造了冀處士超逸灑脫的形象，表達了杜牧對他的讚美，因此杜牧在詩中才提到要痛飲三斗送別他以示崇敬

又如〈早春寄岳州李使君，李善棋愛酒，情地閑雅〉：

> 城高倚峭巘，地勝足樓臺。朔漠暖鴻去，瀟湘春水來。
> 縈盈幾多思，掩抑若為裁。返照三聲角，寒香一樹梅。
> 烏林芳草遠，赤壁健帆開。往事空遺恨，東流豈不回？
> 分符潁川政，弔屈洛陽才。拂匣調珠柱，磨鉛勘玉杯。
> 棊翻小窟勢，爐撥凍醪醅。此興予非薄，何時得奉陪？（頁
> 275）

此詩是大中五年（851 年）春杜牧在湖州所作，從題目可以看到，杜牧認為李使君「情地閑雅」的肯定。前十二句描寫了嶽州的風光，和對歷史時間的思考；後八句描寫了李使君李遠的才華與善棋愛酒、情地閑雅的作風，並希望與李遠一起下棋喝酒。「此興予非薄」一句直接表達了杜牧對李遠的閒情逸興的肯定。

又如〈許七侍御棄官東歸，瀟灑江南，頗聞自適，高秋企望，題詩寄贈十韻〉：

> 天子繡衣吏，東吳美退居。有園同庾信，避事學相如。
> 蘭畹晴香嫩，筠溪翠影疎。江山九秋後，風月六朝餘。

　　　錦帙開詩軸，青囊結道書。霜巖紅薜荔，露沼白芙蕖。

　　　睡雨高梧密，棋燈小閣虛。凍醪元亮秫，寒鱠季鷹魚。

　　　塵意迷今古，雲情識卷舒。他年雪中棹，陽羨訪吾廬。（頁 186）

從詩的題目可知，許七侍御棄官之後非常瀟灑；從詩的內容看，此詩描
寫了許渾棄官後將居住的小園整頓得很好，也印證了許渾生活的美好。
在最後，杜牧讚美了許七侍御許渾遠離世俗的瀟灑，希望和他見面飲
酒看書下棋。

　　又如〈寄宣州鄭諫議〉：

　　　大夫官重醉江東，瀟灑名儒振古風。文石陛前辭聖主。碧雲

　　　天外作冥鴻。

　　　五言寧謝顏光祿？白歲須齊衛武公。再拜宜同丈人行，過庭

　　　交分有無同。（頁 560）

杜牧直接讚美鄭諫議「瀟灑名儒振古風」，不受拘束，甚至辭別聖主，
好像天外高深莫測的鴻雁，如同風塵外物，不受羈束。杜牧對他的尊敬
如同兒子對父親一般，自是激賞。

　　又如〈鄭瓘協律〉：

　　　廣文遺韻留樗散，雞犬圖書共一船。自說江湖不歸事，阻風

　　　中酒過年年。（頁 562）

杜牧將鄭瓘比作鄭虔，表明他多才多藝，雖然落拓，但仍非常瀟灑，也
不介意把雞犬和圖書放在一起。同時因為瀟灑而在地方任職，不顧一
年一年地醉酒。潘德輿引翁方綱《石洲詩話》說：「小杜『自說江湖不
歸事，阻風中酒過年年』……開、寶後百餘年無人道得，五代、南北宋
以後，更不能矣」，〔註3〕說明杜牧對瀟灑之人的仰慕。

三、期友相助

　　除了思念和讚美友人，杜牧與朋友交往，常常希望得到朋友幫助。
希望得到朋友的幫助有時是本於對朋友的讚美。如〈送沈處士赴

〔註 3〕吳在慶：《杜牧集繫年校注》（北京，中華書局，2011 年），頁 563。

蘇州李中丞招以詩贈行〉。此詩是杜牧 839 年所作，杜牧此時在崔鄲宣州幕府中，適逢朋友沈處士接受李中丞的招募，離別之時作此詩，可分為四段，第一段首先讚美朋友一番：

> 山城樹葉紅，下有碧溪水。溪橋向吳路，酒旗誇酒美。
>
> 下馬此送君，高歌為君醉。念君苞材能，百工在城壘。
>
> 空山三十年，鹿裘掛窗睡。

　　杜牧相送朋友，走過溪橋，進入酒家，與朋友飲酒高歌；然後讚美朋友懷有高才而隱居多年，正是出仕的時候。下面第二段「自言」部分是沈處士所說：

> 自言隴西公，飄然我知己。舉酒屬吳門，今朝為君起。
>
> 懸弓三百斤，囊書數萬紙。戰賊即戰賊，為吏即為吏。
>
> 盡我所有無，惟公之指使。

沈處士說，李中丞灑脫不羈正是他的知己，於是拿起酒杯向蘇州的方向，表示今天要為他而出仕。沈處士自稱文武雙全，可以上陣作戰，也可以擔任文職，盡其所能，惟命是聽。之後第三段的「自言」部分是杜牧所說：

> 予曰隴西公，滔滔大君子。常思掄群材，一為國家治。
>
> 譬如匠見木，礙眼皆不棄。大者粗十圍，小者細一指。
>
> 揚欐與棟樑，施之皆有位。忽然豎明堂，一揮立能致。
>
> 予亦何為者，亦受公恩紀。處士有常言，殘虜為犬豕。
>
> 常恨兩手空，不得一馬箠。今依隴西公，如虎傅兩翅。
>
> 公非刺史材，當坐巖廊地。處士魁奇姿，必展平生志。

杜牧也說，李中丞是個大君子，能為國家選拔人才，讓他們各安其位，入朝為官。即使是杜牧這樣普通的人，也受到李中丞的恩惠。沈處士曾說安史亂後的殘虜不過是豚犬而已，但是遺憾沒有擔任一官半職，無法消滅他們，實現抱負。現在得以追隨李中丞則如虎添翼了，不過沈處士不僅是守一城的刺史，而應當入朝為官。沈處士有奇姿，必定可以實現平生的志向。而最後一段是對李中丞和沈處士的讚美：

　　東吳饒風光，翠巘多名寺。疏煙罍罍秋，獨酌平生思。

　　因書問故人，能忘批紙尾。公或憶姓名，為說都憔悴。（頁 105）

離別以後，杜牧就看著風景，自己一個人飲酒思考人生。希望沈處士帶上自己的信問候李中丞，跟他說自己現在很憔悴，杜牧希望得到幫助的想法已經呼之欲出了。

　　杜牧讚美沈處士，又借沈處士之口讚美李中丞，以他們兩個高大的形象襯托杜牧這個孤獨喝悶酒者的形象，以此順理成章地希望他們二人能幫助憔悴的自己。

　　杜牧常常讚美朋友，認為他們不應該擔任地方刺史而在朝中擔任要職，其實也是在表達杜牧自己不得志，不止於擔任地方刺史而已，以此希望朋友幫助自己。

　　試以〈寄內兄和州崔員外十二韻〉為例：

　　歷陽崔太守，何日不含情。恩義同鍾李，塤箎實弟兄。

　　光塵能混合，擘畫最分明。台閣仁賢譽，閨門孝友聲。

　　西方像教毀，南海繡衣行。金橐寧回顧，珠箄肯一根。

　　只宜裁密詔，何自取專城。進退無非道，徊翔必有名。

　　好風初婉軟，離思苦縈盈。金馬舊遊貴，桐廬春水生。

　　雨侵寒牖夢，梅引凍醪傾。共祝中興主，高歌唱太平。（頁 572）

內兄即是內子之兄，也就是妻兄，就是杜牧繼妻之兄。〔註4〕杜牧首先說明自己和妻兄崔太守的友情，簡直如同兄弟。又讚美崔太守「西方像教毀，南海繡衣行」的政績，以及廉潔的作風，憑藉這兩者，崔太守足以入朝為官，所以杜牧疑惑崔太守「只宜裁密詔，何自取專城」，崔太守只應該在朝中為皇帝寫密詔，為什麼會只擔任一個地方官。杜牧又寫到「金馬舊遊貴，桐廬春水生」，自己的同僚已經顯貴，自己卻也是擔任睦州刺史這樣的地方官。把「只宜裁密詔，何自取專城」和「金馬舊遊貴，桐廬春水生」兩句放在一起看，可以看出，杜牧表明上為崔太

〔註4〕吳在慶：《杜牧集繫年校注》（北京，中華書局，2011 年），頁 573。

守鳴不平，而實際上是為自己抱怨。所以杜牧在詩歌最後才舉杯與崔太守「共祝中興主」，以求一起擺脫擔任地方刺史一職。

　　類似這種表面為朋友鳴不平的例子還有〈牧陪昭應盧郎中在江西宣州，佐今吏部沈公幕，罷府周歲，公宰昭應，牧在淮南廢職，敘舊成二十二韻，用以投寄君作烹鮮用〉的「君作烹鮮用，誰膺仄席求」、〈送沈處士赴蘇州李中丞招，以詩贈行〉：「公非刺史材，當坐巖廊地」、〈春日言懷寄虢州李常侍十韻〉：「今日還珠守，何年執戟郎」等，其實更多都是為了引起朋友共鳴，以期得到幫助。

　　又如〈寄李起居四韻〉：

　　　楚女梅簪白雪姿，前溪碧水凍醪時。雲鬟心凸知難捧，鳳管
　　　簧寒不受吹。

　　　南國劍眸能盼眄，侍臣香袖愛傲垂。自憐窮律窮途客，正劫
　　　孤燈一局棋。（頁 396）

此詩作於大中四年（850 年）杜牧自比美麗的楚女，釀好酒卻無心飲，笙因寒冷而吹不響，自己翹首以盼得到幫助。而李起居得以在皇帝身邊還醉舞而無動於衷。現在可憐自己就像途窮的阮籍，就像正在遭逢棋局中的一劫。詩中寫自己「梅簪白雪姿」、且又有「鳳管」、「劍眸」，可惜遭逢末路，凸顯了杜牧希望得到幫助的焦急。

　　當然也有不讚美而直接表示希望得到朋友幫助的，如〈寄崔鈞〉：

　　　緘書報子玉，為我謝平津。自愧掃門士，誰為乞火人？

　　　詞臣陪羽獵，戰將騁駔驪。兩地差池恨，江汀醉送君。（頁 530）

詩歌寫到，杜牧寫信給崔鈞，希望崔鈞向宰相舉薦自己。我自愧不如為曹參掃門的魏勃，到底有誰為我引薦？我可以作文臣，也可以作武將。可惜我和你分隔兩地，只能飲醉酒寫信給你抒發自己的感情。此詩也是直接表達了杜牧希望得到援引推薦之情。

　　總之，杜牧通過飲酒和朋友交往，或表達思念，或表達讚美，常常表達自己希望得到幫助的想法。

四、酬唱交往之況

通過杜牧的涉酒詩，以了解杜牧關係較好的朋友，其中包括官場上與官場外的朋友，其中官場上的朋友指杜牧的同事，官場外的朋友則非杜牧的同事。而且通過杜牧涉酒詩的數量可以知道與杜牧關係較好的朋友為何人。

（一）官場上的朋友

杜牧在沈傳師、牛僧孺及崔鄲幕中任職過，結識了包括幕主在內不少同事朋友。

杜牧及第後在京任職不到半年，就到了沈傳師幕下任職，先後跟隨沈傳師在洪州和宣州幕中任職長達六年。〔註5〕對沈傳師的賞識懷有感激和讚美，懷念在沈傳帥麾下的時光。杜牧寫給沈傳師的詩有三首：〈和宣州沈大夫登北樓書懷〉、〈往年隨故府吳興公夜泊蕪湖口，今赴官西去，再宿蕪湖，感舊傷懷，因成十六韻〉和〈懷鍾陵舊遊四首〉。

杜牧在〈往年隨故府吳興公夜泊蕪湖口，今赴官西去，再宿蕪湖，感舊傷懷，因成十六韻〉裡面寫到：「重恩山未答」，題目所寫的「吳興公」即是沈傳師，「重恩山未答」說明杜牧認為沈傳師對自己有大恩。此詩寫杜牧重回曾經和沈傳師遊覽過的故地而感舊傷懷；而〈和宣州沈大夫登北樓書懷〉表達了對沈傳師的讚美和對即將離開沈傳師幕府的不捨，〈懷鍾陵舊遊四首〉懷念了曾經在沈傳師麾下的時光。另外，〈張好好詩〉裡面有此一句：「門館慟哭後」，因為沈傳師過世，杜牧曾經痛哭。可見沈傳師在杜牧心中佔有一定地位。

同時，杜牧與曾經一起在沈傳師幕中任職的同事也有不錯的友誼。杜牧在沈傳師洪州幕中時有李景讓、韓乂、蕭寘、崔壽、盧弘止、李中敏、李商卿；〔註6〕在沈傳師宣州幕中時有：盧弘止、裴坦、韓乂、蕭

〔註5〕馮海榮：《杜牧》（上海，上海古籍出版社，1991年），頁27。
〔註6〕戴偉華：《唐方鎮文職僚佐考》（南寧，廣西師範大學出版社，2015年），頁330。

真、崔壽、薛廷范。〔註7〕其中有寫詩提及的同僚有：盧弘止、裴坦、韓乂、李景讓、李中敏。

提及盧弘止的有〈書懷寄盧歙州〉和〈牧陪昭應盧郎中在江西宣州，佐今吏部沈公幕，罷府周歲，公宰昭應，牧在淮南麼職，敍舊成二十二韻，用以投寄〉兩首詩，這兩首都是涉酒詩。如〈書懷寄盧歙州〉：

> 謝山南畔州，風物最宜秋。太守懸金印，佳人敞畫樓。
>
> 凝缸暗醉夕，殘月上汀州。可惜當年鬢，朱門不得游。（頁
> 1280）

此詩作於唐文宗開成三年（838年），杜牧36歲，在崔鄲宣州幕中，杜牧又在宣州任職，因此想起了過往在沈傳師宣州幕府的同事盧弘止，表達了自己正直壯年而不能跟隨達官貴人任官（或是指沈傳師）的無奈。

又有〈牧陪昭應盧郎中在江西宣州，佐今吏部沈公幕，罷府周歲，公宰昭應，牧在淮南麼職，敍舊成二十二韻，用以投寄〉：

> 燕雁下揚州，涼風柳陌愁。可憐千里夢，還是一年秋。
>
> 宛水環朱檻，章江敞碧流。謬陪吾益友，只事我賢侯。
>
> 印組縈光馬，鋒鋩看解牛。井閭安樂易，冠蓋愜依投。
>
> 政簡稀開閤，功成每運籌。送春經野塢，遲日上高樓。
>
> 玉裂歌聲斷，霞飄舞帶收。泥情斜拂印，別臉小低頭。
>
> 日晚花枝爛，缸凝粉彩稠。未曾孤酩酊，剩肯隻淹留。
>
> 重德俄徵寵，諸生苦宦遊。分途之絕國，灑淚拜行輈。
>
> 聚散真漂梗，光陰極轉郵。銘心徒歷歷，屈指盡悠悠。
>
> 君作烹鮮用，誰膺仄席求。卷懷能憤悱，卒歲且優遊。
>
> 去矣時難遇，沽哉價莫酬。滿枝為鼓吹，衷甲避戈矛。
>
> 隋帝宮荒草，秦王土一丘。相逢好大笑，除此總雲浮。（頁
> 1291）

〔註 7〕 戴偉華：《唐方鎮文職僚佐考》（南寧，廣西師範大學出版社，2015年），
頁313。

此詩懷念了過去共事沈傳師的時光，回顧了相同的遭遇「重德俄徵寵，諸生苦宦遊。分途之絕國，灑淚拜行軸」，因為沈傳師被調回京，杜牧和盧弘止等幕僚不得不分道揚鑣而宦遊，好不悲傷。杜牧「孤酌酊」，體現了離開各位同僚後孤單的心情，最後寄望日後「相逢好大笑」。

　　提及裴坦的詩歌有兩首，就是〈宣州送裴坦判官往舒州，時牧欲赴官歸京〉和〈自宣州赴官入京，路逢裴坦判官歸宣州，因題贈〉，其中後一首是涉酒詩，即〈自宣州赴官入京，路逢裴坦判官歸宣州，因題贈〉：

> 敬亭山下百頃竹，中有詩人小謝城。城高跨樓滿金碧，下聽
> 一溪寒水聲。
> 梅花落徑香繚繞，雪白玉璫花下行。紫風酒旆掛朱閣，半醉
> 遊人聞弄笙。
> 我初到此未二十，頭腦釰利筋骨輕。畫堂檀板秋拍碎，一引
> 有時聯十觥。
> 老閒腰下丈二組，塵土高懸千載名。重遊鬢白事皆改，唯見
> 東流春水平。
> 對酒不敢起，逢君還眼明。雲罍看人捧，波臉任他橫。
> 一醉六十日，古來聞阮生。是非離別際，始見醉中情。
> 今日送君話前事，高歌引劍還一傾。江湖酒伴如相問，終老
> 煙波不計程。（頁 151）

此詩杜牧也回憶了初到宣州的飲酒時光，而現在在宣州卻不敢飲，直到碰到曾經在沈傳師宣州幕中的老友裴坦，才放開懷抱喝酒，見到曾經的同事「話前事」，才得以感受到「醉中情」。

　　提及韓乂的有〈寄浙東韓乂評事〉：

> 一笑五雲溪上舟，跳丸日月十經秋。鬢衰酒減欲誰泥，跡辱
> 魂慚好自尤。夢寐幾回迷蛺蝶，文章應廣《畔牢愁》。無窮塵
> 土無聊事，不得清言解不休。（頁 514）

杜牧已經與韓乂相識十年，感慨時間之快，友誼之長。或許此時「鬢

衰酒滅」無人能助，所以寫了此詩尋求慰藉，希望在俗世中得到韓乂的「清言」以解憂。

提及李景讓的有〈春日言懷寄虢州李常侍十韻〉：

> 岸蘚生紅藥，巖泉派碧塘。地分蓮嶽秀，草接鼎原芳。
>
> 雨派濚淙急，風畦芷若香。織蓬眠舴艋，驚夢起鴛鴦。
>
> 論吐開冰室，詩陳曝錦張。貂簪荊玉潤，丹穴鳳毛光。
>
> 今日還珠守，何年執戟郎。且嫌遊晝短，莫問積薪長。
>
> 無計披清裁，唯持祝壽觴。願公如衛武，百歲尚康強。（頁 251）

杜牧此詩也是求助於曾經的同事，先是讚美了李景讓一番，祝福他從地方太守升遷為朝中的「執戟郎」；而杜牧自己則像汲黯一樣抱怨朝廷用人像堆積木柴一樣，被後來居上。〔註 8〕所以杜牧舉杯希望和李景讓見面而得到幫助。

提及李中敏的有：〈李給事二首〉和〈哭李給事中敏〉。其中〈哭李給事中敏〉稱讚了李中敏的正直敢言；〈李給事二首·其一〉寫李中敏請斬鄭注，但皇帝不醒悟，使得李中敏稱病告歸之事，〔註 9〕表達了杜牧的惋惜之情；〈李給事二首·其二〉是一首涉酒詩，寫到：

> 晚髮悶還梳，憶君秋醉餘。可憐劉校尉，曾訟石中書。
>
> 消長雖殊事，仁賢每自如。因看魯褒論，何處是吾廬。（頁 190）

此詩寫李中敏牴牾仇士良而被貶之事，〔註 10〕表達了杜牧對人生的迷茫，在思念李中敏之時也希望得到他的指點。

杜牧離開鍾陵後重回此地，也對當年在鍾陵任職感舊傷懷，如〈罷鍾陵幕吏十三年，來泊盈浦，感舊為詩〉：

> 青梅雨中熟，樯倚酒旗邊。故國殘春夢，孤舟一褐眠。
>
> 搖搖遠堤柳，暗暗十程煙。南奏鍾陵道，無因似昔年。（頁 482）

當年在洪州有沈傳師和幕僚相伴，現在杜牧只有自己一人飲酒和孤舟

〔註 8〕吳在慶：《杜牧集繫年校注》（北京，中華書局，2011 年），頁 254。

〔註 9〕吳在慶：《杜牧集繫年校注》（北京，中華書局，2011 年），頁 193。

〔註 10〕吳在慶：《杜牧集繫年校注》（北京，中華書局，2011 年），頁 195。

共處，不得不感歎「無因似昔年」。

杜牧也曾在牛僧孺揚州幕中任職，同僚有韓綽、張鷺、鄭復。〔註11〕杜牧詩歌其中提及牛僧孺的有〈寄牛相公〉和〈隋苑〉，前者是對對牛僧孺在江夏為官政績的讚美；後者主要是描寫牛僧孺侍婢定子的美麗。因二詩非涉酒詩，故不贅述。

提及韓綽的有〈寄揚州韓綽判官〉（非涉酒詩）、〈哭韓綽〉。杜牧寫前者〈寄揚州韓綽判官〉時已經離開了揚州，表達了在揚州的韓綽的思念；後者〈哭韓綽〉是涉酒詩，裡面寫到：

> 平明送葬上都門，紼翣交橫逐去魂。歸來冷笑悲身事，喚婦
>
> 呼兒索酒盆。（頁463）

描寫了參加韓綽葬禮，送別朋友最後一面的過程，回家之後悲痛不已，像阮咸一樣不用杯飲酒而改用盆，可見杜牧與韓綽感情之深和悲痛之切。

杜牧也曾在崔鄲宣州幕中任職，幕僚有盧鍇。〔註12〕所以也有提及崔鄲，如〈奉和門下相公送西川相公兼領相印出鎮全蜀詩十八韻〉，題目中的「西川相公」即是崔鄲，〔註13〕此詩祝福崔鄲在蜀地有所作為，並希望得到提攜。

崔鄲的哥哥、杜牧的座主，杜牧也有提及，在送別王侍御到崔鄲所在的夏口時，杜牧作了〈送王侍御赴夏口座主幕〉：

> 君為珠履三千客，我是青衿七十徒。禮數全優知隗始，討論
>
> 常見念回愚。
>
> 黃鶴樓前春水闊，一杯還憶故人無。（頁278）

此詩把崔鄲比作孔子，把自己比作孔門七十二賢，表達了對座主的知遇之恩。最後舉杯以表達對崔鄲的思念。

〔註11〕 戴偉華：《唐方鎮文職僚佐考》（南寧，廣西師範大學出版社，2015年），頁266～267。

〔註12〕 戴偉華：《唐方鎮文職僚佐考》（南寧，廣西師範大學出版社，2015年），頁314。

〔註13〕 吳在慶：《杜牧集繫年校注》（北京，中華書局，2011年），頁264。

　　杜牧曾先後在沈傳師洪州、宣州幕中，再到牛僧孺揚州幕中，再到崔鄲宣州幕中任職，因此與三人及三人幕中的同僚結成朋友，杜牧在不少涉酒詩中提及他們，從他們身上得到慰藉。

（二）官場外的朋友

　　除了官場上的朋友，杜牧還有大量在官場以外的朋友，其中比較交情比較好的有張祜和王十。根據〈杜牧贈答詩研究〉一文指出，杜牧贈詩明確的對象共 93 人，共贈詩 128 篇。〔註14〕根據此文可以看出，與杜牧相處酬贈最多的人是張祜，被杜牧詩歌題目提到最多的人是王十，從杜牧所作詩歌角度看來，這兩人或是杜牧最好的朋友之一。

1. 與張祜的酬唱

　　張祜亦是晚唐著名詩人，早年中年求仕不順，因此晚年隱居。杜牧曾稱讚張祜「誰人得似張公子，千首詩輕萬戶侯」，張祜是杜牧相互酬贈最多的詩人，杜牧贈了張祜 4 首詩，而張祜共和了杜牧 7 首詩。姑以他們相識的時間順序說明他們的酬贈狀況。

　　據考證，杜牧與張祜初次相識在唐武宗會昌五年（845 年），〔註15〕當時杜牧擔任池州刺史，張祜則已放棄功名而隱居丹陽。在未相識見面前，張祜從丹陽專程前往池州結識杜牧，在路上寫了〈江上旅泊呈池州杜員外〉，表達了毛遂自薦的想法和對杜牧的讚美，並希望與杜牧一起飲酒夜語。杜牧作〈酬張祜處士見寄長句四韻〉回贈，表達了對張祜才華的讚賞和對其懷才不遇感到惋惜。兩人因此相識。

　　杜牧回應了張祜在〈江上旅泊呈池州杜員外〉所寫「不妨酒夜因閒語」的要求，於是兩人相約在重陽節登高飲酒賦詩，杜牧作了〈九日齊山登高〉：

〔註14〕　徐雅麗：《杜牧贈答詩研究》，漳州，閩南師範大學碩士學位論文，2015
　　　　　年，頁 22。
〔註15〕　胡可先：《杜牧研究叢稿》（北京，人民文學出版社，1993 年），頁 37。

　　　江涵秋影雁初飛，與客攜壺上翠微。塵世難逢開口笑，菊花
　　　須插滿頭歸。
　　　但將酩酊酬佳節，不用登臨恨落暉。古往今來只如此，牛山
　　　何必獨沾衣。（頁 317）

於是張祜作〈奉和池州杜員外重陽日齊山登高〉回應：

　　　秋溪南岸菊霏霏，急管繁絃對落暉。紅葉樹深山逕斷，碧雲
　　　江淨浦帆稀。
　　　不堪孫盛嘲時笑，願送王弘醉夜歸。流落正憐芳意在，砧聲
　　　徒促授寒衣。〔註16〕

杜牧對張祜的遠道而來非常開心，不僅回覆了張祜的〈江上旅泊呈池
州杜員外〉，而作〈酬張祜處士見寄長句四韻〉來讚美張祜的經典之作
〈何滿子〉；還和張祜一起「攜壺上翠微」。杜牧寫「塵世難逢開口笑」，
確實是心底真話，縱觀杜牧的詩歌，很少有真正的笑。如〈郡齋獨酌〉
「自笑亦荒唐」和〈陝州醉贈裴四同年〉「自笑與君三歲別，頭銜依舊
鬢絲多」的苦笑；〈寄浙束韓乂評事〉「一笑五雲溪上舟，跳丸日月十經
秋」和〈哭韓綽〉「歸來冷笑悲身事」的冷笑。就算是真正的笑，也是
樂極生悲之笑，如〈池州送孟遲先輩〉「喜極至無言，笑餘翻不悅」和
〈題桐葉〉「笑筵歌席反惆悵」。如前文所述，杜牧面對花朵，常常及時
行樂，因此也把菊花摘了，插得滿頭都是以盡興。而且希望張祜和自己
一樣在佳節只需要酩酊大醉，無需可惜時間的流逝。因為古往今來時
間都在流逝不停，為何要像齊景公那樣在登牛山時那樣感慨人生苦短
而落淚呢？杜牧意思就是希望張祜像安慰齊景公的晏子那樣，笑對人
生，認識到古往今來的人如果都不死，那麼輪得到自己在這裡高興地
喝酒呢。

　　而張祜對杜牧的意思也很讚同。第五六句用了兩個典故，一是孫
盛嘲笑孟嘉喝酒時掉了帽子，寫文章嘲笑他，於是孟嘉也瀟灑地寫文

〔註16〕　張金海編：《杜牧資料彙編》（北京：中華書局，2006 年）所引《承吉
　　　　文集》，頁 1。

章回覆了孫盛；二是王弘送酒給陶淵明，陶淵明便和他一起喝醉而歸〔註17〕。張祜表示自己雖然沒有孟嘉那樣瀟灑的風度，但是願意和杜牧一起痛飲。可見杜牧這首〈九日齊山登高〉大大促進了兩人的友誼。

　　二人在相識見面後，適逢重陽節，杜牧與張祜登高飲酒。杜牧作了〈九日齊山登高〉，而張祜作〈奉和池州杜員外重陽日齊山登高〉；在池州，張祜讀了杜牧的〈杜秋娘詩〉和〈題池州弄水亭〉，因此作〈讀池州杜員外杜秋娘詩〉以及〈題池州杜員外弄水新亭〉。

　　在會昌五年（845 年）秋後，張祜與杜牧離別，別後還酬唱不絕〔註18〕。杜牧作了〈贈張祜〉和〈登九峰樓〉，於是張祜則回贈〈和池州杜員外題九峰樓〉；杜牧作〈殘春獨來南亭因寄張祜〉，於是張祜又回贈〈奉和池州杜員外南亭惜春〉。杜牧因有感於張祜的不幸遭遇還作了〈登池州九峰樓寄張祜〉。其後杜牧又作〈華清宮三十韻〉，張祜作〈和杜舍人華清宮三十韻〉和之。全唐詩收了三首相同的〈和杜舍人華清宮三十韻〉分別到張祜、趙嘏和薛能名下，張金海認為張祜作，原因是趙嘏《渭南詩集》和薛能《許昌集》均未載此詩。〔註19〕

　　由此觀之，杜牧與張祜酬唱之多。

2. 與王十的交遊

　　杜牧涉酒詩除了與張祜的酬唱，還有不少提到另一個不太知名的朋友——王十。

　　據本人統計，杜牧詩歌題目提及次數最多的朋友是王十。杜牧有〈送王十至褒中因寄尚書〉、〈後池泛舟送王十〉、〈重送王十〉、〈別王十後遺京使累路附書〉共五首詩。〔註20〕胡可先認為王十必為王起之子姪，或許是王鐸〔註21〕，但王十具體是何人目前還不清楚，因此也無

〔註17〕 吳在慶：《杜牧集繫年校注》（北京，中華書局，2011 年），頁 372。
〔註18〕 胡可先：《杜牧研究叢稿》（北京，人民文學出版社，1993 年），頁 38。
〔註19〕 張金海編：《杜牧資料彙編》（北京：中華書局，2006 年），頁 2～3。
〔註20〕 胡可先：《杜牧研究叢稿》（北京，人民文學出版社，1993 年），頁 22。
〔註21〕 胡可先：《杜牧研究叢稿》（北京，人民文學出版社，1993 年），頁 22。

法知道他和杜牧詩歌的情況。據〈杜牧贈答詩研究〉此文統計，杜牧詩歌題目提及其恩師沈傳師、姐夫裴儔、弟弟杜顗等人的次數並不多，最多也不超過三首〔註22〕。

　　從〈別王十後遣京使累路附書〉寫到的「此信的應中路見，亂山何處拆書看」其中「累路」是沿途之意〔註23〕，因此題目的意思是杜牧送別王十以後碰到京使，於是杜牧托京使把這首詩交給王十。因此可以推斷，王十寫給杜牧的詩即是詩句中的「信」，而杜牧此詩即是「拆書」的「書」，可見杜牧和王十並有相互酬唱。而且杜牧贈王十有五首送別詩，可見離別之際杜牧對王十的不捨。這五首詩中有兩首涉酒詩看出，也可見杜牧和他的友誼不一般。如〈後池泛舟送王十秀才〉：

　　　　城日晚悠悠，絃歌在碧流。夕風飄度曲，煙嶼隱行舟。

　　　　問拍疑新令，憐香佔綵球。當筵雖一醉，寧復緩離愁。（頁
　　　　1347）

在晚風吹拂，煙水繚繞的氛圍下，聽著歌妓的彈奏，杜牧離愁滿心，對酒令也不熟悉，以為是新的；對王十的不捨，移情到對彩球的不捨而佔據著，即使一醉也無法緩解離愁。

　　〈後池泛舟送王十〉：

　　　　相送西郊暮景和，青蒼竹外繞寒波。

　　　　為君蘸甲十分飲，應見離心一倍多。（頁1238）

此詩也是寫在池中夜晚送別王十，「蘸甲十分」表示暢飲〔註24〕，而杜牧雖然暢飲，但是離愁比喝下的酒還多一倍，如同上一首詩寫的「當筵雖一醉，寧復緩離愁」一樣，無法緩解離愁。

　　張祜是與杜牧酬唱詩歌最多的詩人，王十則是杜牧詩歌提及到最多的詩人。杜牧涉酒詩所寫的跟他們的友誼，足以說明杜牧對友情的

〔註22〕　徐雅麗：〈杜牧贈答詩研究〉，漳州，閩南師範大學碩士學位論文，2015年。
〔註23〕　吳在慶：《杜牧集繫年校注》（北京，中華書局，2011年），頁1258。
〔註24〕　吳在慶：《杜牧集繫年校注》（北京，中華書局，2011年），頁1238。

重視，並藉著友情緩解憂愁。

　　另外與裴儔、韋楚老等人關係也不錯，杜牧對他們也有兩三首詩提及，但是沒有涉酒詩，茲不贅述。

第二節　杜牧涉酒詩的愛情及其他情誼

　　上文已經提到，杜牧除了經世濟民的一面，還有多情的一面，體現在愛情和其他情誼方面。在唐代開放的風氣中，杜牧作為進士出身的人，免不了沾染親暱妓女的作風。鄧喬彬寫到：「在進士文化生成的初盛唐，對詩人形成了巨大的時代感召力，使之煥發出蓬勃向上、積極進取的精神，詩歌也最見『言志』，多抒發襟抱；隨著安史之亂極大衝擊了貴族政治，中唐進士文化逐漸走向成熟，它對詩人的影響主要是使命意識、責任感，以及因仕途受挫而以追求閒適自寬；而到了晚唐這一進士文化的轉化期，由於方鎮割據、宦官擅權、黨爭不已，詩人由立足『獨善』更轉向了悠意率情、浪漫不檢，真正表現出『輕薄』、『無行』的群體性品格，詩歌在向『緣情』傾斜的同時，也發生了道德性的改變」〔註25〕可以說，杜牧也是在藩鎮、宦官、黨爭這樣的社會背景下，產生了風流多情的思想。

　　唐代進士及第之後，常會跟妓女遊樂一番，杜牧年少進士及第，沾染浪蕩的風氣是很正常的。唐代士人和妓女的關係可以是相互利用的，士人藉著妓女傳唱自己的詩篇而成名，妓女則希望得到士人寫詩歌頌而升價；當然也可以是無拘無束的好朋友關係，甚至是相互愛慕，產生感情的。杜牧並非視張好好為一件物品，而是對她有真感情。杜牧被張好好的外貌和音樂技巧所吸引，詩中對張好好的音樂技巧著墨頗多，《中國娼妓史》指出，唐代妓女「以色為副品」〔註26〕，可見杜牧對她的喜愛不止於顏色，也在乎音樂。

〔註25〕鄧喬彬：〈進士風與晚唐詞〉，北京，《文學遺產》，2009 年，第二期。
〔註26〕王書奴：《中國娼妓史》（北京，團結出版社，2004 年），頁 34。

　　杜牧的形象常常受到爭議，有人認為他是具有偉大抱負之人，有人認為他是個放蕩不羈的浪子，但是人的形象是複雜的，可能有多個方面，因此無可否認，杜牧不僅有經世濟民的一面，同時也有風流多情的一面。

　　潘德輿《養一齋詩話》卷十描述杜牧：「史稱其剛直有大節，余觀其詩、亦伉爽有逸氣，實出李義山、溫飛卿、許丁卯諸公上……烏可以「玉箸凝時紅粉和」、「滿街含笑綺羅春」等句盡其生平耶」？〔註27〕潘德輿認為杜牧不僅有風流多情的一面，同時也有經世濟民的一面。因此這也說明杜牧確實有多情的一面，甚至還被有些人認為，多情的一面是其主要方面。

　　他的好友張祜就評價道：「年少多情杜牧之」〔註28〕，姚瑩評價杜牧：「十里揚州落魄時，春風豆蔻寫相思。誰從絳蠟銀箏底，別識談兵杜牧之」，表示杜牧既有談兵論武的一面，同時也有風流的一面。而小說家之流也對杜牧的多情有所發揮，《唐語林》和《太平廣記》記載了杜牧初出茅廬，在牛僧孺揚州幕府之時，就已經風流成名，常常夜夜笙歌，因此牛僧孺派人在夜晚暗中保護杜牧。到了杜牧要離開揚州，前往京城任職時，牛僧孺告誡杜牧生活要檢點一些，而杜牧想狡辯，牛僧孺於是拿出收集到關於杜牧行蹤的密報，寫著「某夕杜書記過某家，無恙」等內容，使杜牧慚愧不已。唐朝本有夷狄血統，對於男女之事比較開放，挾妓冶遊之事非常正常；而到了中晚唐，社會奢靡的風氣越加熾熱。中唐時期，杜牧的爺爺杜佑，曾經以妾為妻，為了感情而冒天下之大不韙，杜牧或許也深受爺爺杜佑的影響，也成為了如此的性情中人。

　　眾所周知，艷情詩發自齊梁時期，那時候被描寫入詩的女子，被當做一件物品，只是詩人吟賞玩弄的對象；而到了中唐以後，詩人開始大量創作愛情詩，詩人對描寫的女子常常都帶有感情，男女兩者地位是平等的，因此這些詩並等同於過往的艷情詩，如元稹為懷念亡妻而

〔註27〕潘德輿：《養一齋詩話》（北京，中華書局，2010 年），頁 535。
〔註28〕張金海編：《杜牧資料彙編》（北京：中華書局，2006 年），頁 1。

作的〈遣悲懷〉，可以說是純潔的愛情詩。愛情詩蘊含著詩人對女性的喜愛，並非視她們為物品；也可見到詩人對女性的描寫，不必只有遙深的寄託，也可以對女性抒發喜愛、同情等感情。杜牧的涉酒詩也常常反映他多情的一面，杜牧的多情體現在：一是對張好好的癡情，二是對不同女子的縱情，三是對有情人的同情。

一、與張好好的愛情

　　杜牧在 26 歲時與原配裴氏結婚，生三子，裴氏約在會昌三年（843年）卒於黃州；杜牧 43 歲與崔氏再婚，生二子一女〔註29〕。杜牧雖然結婚兩次，先後有兩任妻子。卻都沒有留下一首關於自己的妻子的詩篇。晚唐依然很多政治聯姻，以維持家族地位，所以杜牧對妻子沒有深厚感情是可以理解的。然而杜牧對官妓張好好甚是喜愛，是杜牧詩中唯一喜愛且留下名字的當代女性。在這裡，當代女性的意思即是與杜牧同時代，而且是在生的。杜牧對她著墨之多，可見張好好可能是杜牧最喜愛的女子。縱觀杜牧所有詩歌，唯一與他產生過愛情的人，只有張好好。

　　張好好與杜牧交情很長，杜牧明確寫到張好好的有兩首詩，一是〈贈沈學士張歌人〉，二是〈張好好詩〉。根據〈張好好詩〉詩序，在唐文宗大和三年（829 年），杜牧第一次見到張好好時 27 歲，那時他來到沈傳師幕府第二年；張好好 13 歲。而且可以知道：三年後（832 年），沈傳師之弟沈述師將張好好納為姜（〈贈沈學士張歌人〉有提到這件事）；又過了三年（835 年），杜牧在洛陽城見到被拋棄的張好好，感舊傷懷，所以寫了〈張好好詩〉贈她。因為得不到愛情，杜牧常常借酒消愁。

　　張好好在大和三年（829 年）成為沈述師之姜〔註30〕，在這之前杜牧和張好好相處得很好。在洪州幕府時兩人常常約會，「龍沙看秋浪，

〔註29〕　王輝彬：《杜牧婚姻辯說》，煙台，煙台師範學院學報 2002 年，第四期。

〔註30〕　吳在慶：《杜牧集繫年校注》（北京，中華書局，2011 年），頁 72。

明月遊朱湖」何其浪漫，他們相見的頻率是「三日已為疏」。杜牧看著張好好長大，體態更加美好，「玉質隨月滿，豔態逐春舒。絳脣漸輕巧，雲步轉虛徐」，可以看出杜牧對她的愛意日濃。沈傳師到了宣州幕府時兩人又欣賞「霜凋謝樓樹，沙暖句溪蒲」，還不管身外之事，而「樽前極歡娛」。然而好景不長，張好好成為沈述師之妾後，杜牧不得不壓抑自己的愛意，使得自己十分痛苦。

但是在大和六年（832年）春，杜牧在沈傳師幕府第五年，認識張好好也有四年了，張好好此時被沈傳師弟弟沈述師納為妾。沈述師是個「飄然集仙客，諷賦欺相如」之名士，他「聘之碧瑤珮，載以紫雲車」，納張好好為妾，好好從此一入侯門深似海，「月高蟾影孤」，好像月宮上孤獨的嫦娥，杜牧也形單影隻。杜牧面對已經屬於沈述師的張好好，再不能和她盡情玩樂。張好好在出嫁前寫了一首詩，詩曰：「孤燈殘月伴閒愁，幾度悽然幾度秋，哪得哀情酬舊約，從今而後謝風流」，以示再也不能和杜牧相約，可以張好好嫁給沈述師是身不由己的，對杜牧也是情深義重。

而杜牧似乎也表達過自己的哀情，有一首未繫年的詩歌為〈書情〉寫道：「誰家洛浦神，十四五來人。媚髮輕垂額，香衫軟著身。摘蓮紅袖溼，窺淥翠蛾頻。飛鵲徒來往，平陽公主親。」杜牧筆下這個女子跟張好好一樣是十幾歲的少女，也有著華麗的外表和衣著，杜牧看著喜鵲報喜的叫聲，卻不能和這個女子相近，因為她是權貴人家的親戚。

張好好出嫁後，在一次宴席上，杜牧聽了張好好唱歌，寫下〈贈沈學士張歌人〉，詩曰：

> 拖袖事當年，郎教唱客前。斷時輕裂玉，收處遠繅煙。
>
> 孤直綑雲定，光明滴水圓。泥情遲急管，流恨咽長弦。
>
> 吳苑春風起，河橋酒斾懸。憑君更一醉，家在杜陵邊。（頁289）

此詩用很大的篇幅回憶了稱讚了張好好高超的唱功，杜牧回想了當年沈傳師初初教導張好好的時候，聽到了華美的歌聲。杜牧又想象張好好面對自己，好像用歌聲來表達對自己的未了的餘情和遺恨：「泥情遲

急管，流恨咽長弦」；杜牧面對已經是沈述師之妾的張好好，「憑君更一醉」，飲酒醉後靠著張好好，憑藉醉酒而暫時做出違背禮法的行為，正如阮籍醉倒在當壚賣酒的老闆娘懷中，雖然看似非常不羈，但也克制了自己的喜愛，違背禮法的行為僅僅止於此；「家在杜陵邊」對應著李白的〈客中作〉所說的「不知何處是他鄉」，表明杜牧面對吳姬，醉酒以後仍然知道自己家鄉所在，體現出杜牧的理智和克制，應該還有壓抑自己感情的無奈吧。

杜牧在日後回憶當年面對出嫁了的張好好，不得不壓抑愛意。如〈大雨行〉寫到「大和六年亦如此，我時壯氣神洋洋。東樓聳首看不足，恨無羽翼高飛翔。盡召邑中豪健者，闊展朱盤開酒場。奔觥槌鼓助聲勢，眼底不顧纖腰娘」（頁 148）。杜牧當時年輕力壯，跟當地的豪傑大排筵席，痛飲狂歌，不理會身邊的纖腰女子，這個女子可能就是張好好。杜牧為了忘記張好好，而壓抑自己對張好好的喜愛，只好和其他豪傑痛飲狂歌而不理張好好。

次年大和七年（833 年）四月，沈傳師被傳召入京擔任吏部侍郎。臨別之前，沈傳師與眾人在高樓設宴，杜牧此時寫了〈和宣州沈大夫登北樓書懷〉，寫到「溪逐歌聲遶畫樓」，說明張好好有可能也在此獻唱；杜牧又寫「可惜登臨佳麗地，羽儀須去鳳池遊」，可見杜牧祝願沈傳師步步高升成為宰相，同時也可惜以後不能登臨此佳麗地而見張好好了。因為沈傳師入京擔任吏部侍郎後，杜牧就應牛僧孺的邀請去到其揚州幕府，因此與張好好分道揚鑣了。

大和八年（834 年），也就是沈傳師高升吏部侍郎一年後，杜牧在揚州依然思念張好好，寫下了〈牧陪昭應盧郎中在江西宣州，佐今吏部沈公幕，罷府周歲，公宰昭應，牧在淮南麋職，敘舊成二十二韻，用以投寄〉，詩曰：

> 燕雁下揚州，涼風柳陌愁。可憐千里夢，還是一年秋。
> 宛水環朱檻，章江敞碧流。謬陪吾益友，祗事我賢侯。
> 印組縈光馬，鋒鋩看解牛。井閭安樂易，冠蓋惬依投。

　　政簡稀開閣，功成每運籌。送春經野塢，遲日上高樓。

　　玉裂歌聲斷，霞飄舞帶收。泥情斜拂印，別臉小低頭。

　　日晚花枝爛，釭凝粉彩稠。未曾孤酩酊，剩肯隻淹留。

　　重德俄微寵，諸生苦宦遊。分途之絕國，灑淚拜行輈，

　　聚散真漂梗，光陰極轉郵。銘心徒歷歷，屈指盡悠悠。

　　君作烹鮮用，誰膺乂席求。卷懷能憤悱，卒歲且優遊。

　　去矣時難遇，沽哉價莫酬。滿枝為鼓吹，衷甲避戈矛。

　　隋帝宮荒草，秦王土一丘。相逢好大笑，除此總雲浮。（頁
　　1291）

雖然題目是寫寄予盧弘止，以表思念，但是詩中似乎也有對張好好的
思念。此詩先表達了對盧弘止的思念以及對沈傳師政績的稱讚，以及
回憶當年欣賞張好好唱歌的畫面「玉裂歌聲斷，霞飄舞帶收。泥情斜拂
印，別臉小低頭」，歌聲的切斷如玉裂，與〈贈沈學士張歌人〉的「斷
時輕裂玉」何其相似；情感的纏綿也與〈贈沈學士張歌人〉的「泥情遲
急管」相同。杜牧以往「未曾孤酩酊」，但是現在見不到沈傳師、盧弘
止以及張好好，現在就只能一個人飲酒消愁了。

　　杜牧或許懷念與張好好相處的時光，又作了〈懷鍾陵舊游四首〉，
其四寫到：

　　控壓平江十萬家，秋來江靜鏡新磨。城頭晚鼓雷霆後，橋上
　　遊人笑語多。

　　日落汀痕千里色，月當樓午一聲歌。昔年行樂穠桃畔，醉與
　　龍沙揀蜀羅。（頁476）

當年和張好好在洪州幕府之時，一起飲酒聽歌，欣賞美景，喝醉酒在
「龍沙揀蜀羅」。「龍沙」在南昌（即洪州）之北，與〈張好好詩〉所描
述的「龍沙看秋浪」地名暗合，暗示了昔年同遊的快樂。

　　杜牧和張好好在宣州分別三年後〔註31〕，大和九年在洛陽重逢了。

〔註31〕吳在慶：《杜牧集繫年校注》（北京，中華書局，2011年），頁75。指
　　　　出了杜牧筆誤，說明此詩係作於大和九年。

於是寫了〈張好好詩〉姑且分為三段。第一段寫到：

> 君為豫章姝，十三纔有餘。翠茁鳳生尾，丹葉蓮含跗。
>
> 高閣倚天半，章江聯碧虛。此地試君唱，特使華筵鋪。
>
> 主公顧四座，始訝來踟躕。吳娃起引贊，低徊映長裾。
>
> 雙鬟可高下，才過青羅襦。盼盼乍垂袖，一聲雛鳳呼。
>
> 繁弦迸關紐，塞管裂圓蘆。眾音不能逐，嫋嫋穿雲衢。
>
> 主公再三嘆，謂言天下殊。贈之天馬錦，副以水犀梳。（頁72）

杜牧在這首詩回憶了初見張好好的情況。此詩用了大量篇幅去描寫張好好美好的外形、高超的技藝，以及杜牧和張好好遊玩的歡樂。張好好美好的外形初見的時候如「翠茁鳳生尾，丹葉蓮含跗」、後來「玉質隨月滿，豔態逐春舒。絳脣漸輕巧，雲步轉虛徐」；而令眾人更加驚訝的是張好好的音樂技巧，「此地試君唱，特使華筵鋪」、「盼盼乍垂袖，一聲雛鳳呼。繁弦迸關紐，塞管裂圓蘆。眾音不能逐，嫋嫋穿雲衢」，使得主公沈傳師「顧四座」、「再三嘆」，又「贈之天馬錦，副以水犀梳」，可見沈傳師對她的驚歎與賞識。

第二段寫到：

> 龍沙看秋浪，明月遊朱湖。自此每相見，三日已為疏。
>
> 玉質隨月滿，豔態逐春舒。絳脣漸輕巧，雲步轉虛徐。
>
> 旌旆忽東下，笙歌隨舳艫。霜凋謝樓樹，沙暖句溪蒲。
>
> 身外任塵土，樽前極歡娛。飄然集仙客，諷賦欺相如。（頁72
> ～73）

因此杜牧和張好好在龍沙看秋浪，在明月下遊玩朱湖。他們似乎是每天見面的，所以有「一日不見，如隔三秋」之感。還寫到張好好日漸長大，體態也改變了。「霜凋謝樓樹，沙暖句溪蒲。身外任塵土，樽前極歡娛」，杜牧和張好好一起相處玩樂，度過了四個春秋，忘記了身外之事，而及時飲酒行樂可見他們相處的快樂。

第三段寫到：

> 聘之碧瑤珮，載以紫雲車。洞閉水聲遠，月高蟾影孤。

爾來未幾歲，散盡高陽徒。洛城重相見，婷婷為當壚。

怪我苦何事，少年垂白鬚。朋遊今在否，落拓更能無。

門館慟哭後，水雲秋景初。斜日掛衰柳，涼風生座隅。

灑盡滿襟淚，短歌聊一書。（頁73）

然而沈述師：「聘之碧瑤珮，載以紫雲車」，把納張好好姜，從此張好好一入侯門深似海，「洞閉水聲遠，月高蟾影孤」。張好好出嫁，杜牧也離開沈傳師幕府，從此分道揚鑣。三年後（835年），此時杜牧在洛陽重見張好好，她竟然已經「散盡高陽徒」、「婷婷為當壚」，張好好已經被沈述師拋棄，不能和達官貴人高陽酒徒過著快樂的生活，只能當壚賣酒；而杜牧也「少年垂白鬚」，還沒有飛黃騰達卻長出白鬚。雙方曾經一起快樂相處，到現在落魄重逢，讓杜牧十分難過，不僅是因為自己仕途不順，而且還有曾經錯過了的愛情。

此詩杜牧通過寫張好好美好的外形和高超的技藝，以及一起遊玩的歡樂，反襯現在雙方的困窘。尤其是曾經「身外任塵土，樽前極歡娛」因為快樂而飲酒，使得現在的杜牧無限感慨和悲傷。

在唐宣宗大中五年（851年），杜牧到了晚年49歲時，或許感歎自己不能跟張好好在一起，寫下〈不飲贈官妓〉，詩曰：

芳草正得意，汀洲日欲西。無端千樹柳，更拂一條溪。

幾朵梅堪折，何人手好攜。誰憐佳麗地，春恨卻悽悽。（頁417）

此時杜牧在湖州擔任刺史，已經垂垂老矣，此詩杜牧感歎春光苦短，人生易老，感慨到老卻仍在感歎「何人手好攜」，不知道自己要和誰一起，使得詩人產生悽悽的春恨。杜牧為了訣別過去和張好好一起飲酒的快樂生活，沒有所愛的人相伴而不想飲酒了。

杜牧認識張好好度過了短暫的快樂時光，曾經過著「身外任塵土，樽前極歡娛」快樂的歌酒生活；當張好好成為沈述師之姜，而不再屬於杜牧的時候，杜牧只好「憑君更一醉」，用醉酒來再一次親近張好好，同時也保持理智；又「闊展朱盤開酒場」，用痛飲來麻木自己，讓自己顧不得眼底的愛人；離開沈傳師幕府後，杜牧辭別了眾多好友及張好

好而倍感孤獨，感慨「未曾孤酩酊」；重逢張好好的時候，發現她已經被拋棄而「散盡高陽徒」，曾經和她一起飲酒交歡的人都已經離她而去，自己則成「婷婷為當壚」，成為了賣酒娘，不但不能和達官貴人觥籌交錯、在筵席上展現高超的音樂技巧，而且被沈述師拋棄，錯過和杜牧的愛情，使得杜牧悲痛欲絕，在晚年甚至也不想飲酒，以忘掉過去和張好好飲酒行樂之事。

二、對不同女子的縱情

離開了沈傳師宣州幕府，在唐文宗大和七年（833 年）四月至大和九年（835 年）夏天，杜牧在牛僧孺的揚州幕府任職。因為杜牧在揚州尋花問柳，放浪形骸，產生了許多傳聞逸事，歷史上留下風流之名。在離開揚州之際，面對喜愛的妓女，寫下了兩首〈贈別〉詩，其一是寫贈別之人，裡面寫到：「娉娉裊裊十三餘，豆蔻梢頭二月初。春風十里揚州路，卷上珠簾總不如」。杜牧之所以鍾情於這個十三四歲的妓女，原因是這個女子有著「娉娉裊裊十三餘，豆蔻梢頭二月初」的特點，和杜牧初見張好好的時候，張好好「十三纔有餘」的年齡完全相同，因此杜牧可能把張好好的形象投射到她身上，把揚州妓看作是張好好；後面又說「春風十里揚州路，卷上珠簾總不如」，杜牧認為整個揚州都比不上這個十三四歲的女子了，可見杜牧對張好好之喜愛了，因此杜牧對這個與張好好年紀相仿的女子念念不忘。

其二則是寫贈別之時，詩曰：

> 多情卻似總無情，唯覺樽前笑不成。蠟燭有心還惜別，替人垂淚到天明。（頁 619）

離別之際杜牧「唯覺樽前笑不成」，這與之前和張好好一起「樽前極歡娛」形成強烈對比。兩情相悅，又有美酒，本來是一大快事，曾經和張好好一起快樂地飲酒，而現在在這別離之際，對著酒瓶卻不能極盡歡情。因為縱情太深，此時別離之際的悲情，應該和當初與張好好離別一樣。

　　因為縱情，杜牧在青樓眾女子中獲得薄倖的名聲。杜牧反思了在揚州的浪蕩生活，寫了〈遣懷〉一詩，詩曰：

　　　　落魄江南載酒行，楚腰腸斷掌中輕。十年一覺揚州夢，占得
　　　　青樓薄倖名。（頁 1214）

《杜牧集繫年校注》引胡鳴玉《訂偽雜錄》卷一云：「乃知落魄為放蕩失檢之意，非淪落不堪也」〔註32〕，前兩句可知杜牧在揚州期間常常放蕩不羈，攜酒冶遊，非常快樂。後面兩句寫幾年來好像一場大夢，醒來只有一場空，在眾青樓中得到了薄倖寡情的名聲。但杜牧似乎不是在譴責自己的放蕩，同時也沒有悔改之心，而是有自嘲和調侃的意味。杜牧在揚州的生活非常放蕩，以致有這首詩，這首詩更多的是自嘲和無奈。對於「十年一覺揚州夢」杜牧並不感到自責，甚至覺得十年的浪蕩頗瀟灑而感到自豪，這樣的詩還不止一首，例如〈念昔遊三首·其一〉寫到：

　　　　十載飄然繩檢外，樽前自獻自為酬。秋山春雨閒吟處，倚遍
　　　　江南寺寺樓。（頁 212）

〈和州絕句〉寫到：

　　　　江湖醉度十年春，牛渚山邊六問津。歷陽前事知何實，高位
　　　　紛紛見陷人。（頁 534）

又如〈題禪院〉寫到：

　　　　觥船一棹百分空，十歲青春不負公。今日鬢絲禪榻畔，茶煙
　　　　輕颺落花風。（頁 450）

還有〈自宣城赴官上京〉寫到：

　　　　瀟灑江湖十過秋，酒杯無日不淹留。謝公城畔溪驚夢，蘇小
　　　　門前柳拂頭。
　　　　千里雲山何處好，幾人襟韻一生休。塵冠掛卻知閒事，終擬
　　　　蹉跎訪舊遊。（頁 361）

〔註32〕吳在慶：《杜牧集繫年校注》（北京，中華書局，2011 年），頁 1217。

這四首詩以十載、十年、十歲、十過秋等詞，總結了以往十年放蕩不羈的醉酒生活；而詩中還出現「飄然」、「不負」、「瀟灑」等詞，可見杜牧對這樣的飲酒浪蕩生活頗感自豪的。當然「十年」不必實指，可以指某段時間，如杜牧雖然寫「十年一覺揚州夢」，而實際他在揚州幕府任職的時間只有三年，這裡的十年可能就是指在揚州的三年。同時，在《本事詩》和《太平廣記》中，「十年」作「三年」。〔註33〕還有，《杜牧年譜》認為〈念昔遊三首·其一〉的「十載」就是約數，杜牧在江南頭尾實得八年。可見「十年」可能只是虛指，或是杜牧誇大之言，以說明自己長期的縱情放蕩。

另外〈出宮人二首·其一〉寫到：

閒吹玉殿昭華管，醉折梨園縹蒂花。十年一夢歸人世，絳縷猶封繫臂紗。（頁 295）

把自己比作曾經在宮中的宮女，過著飲酒閒適的生活，十年如一夢結束宮中生活，回到社會，而手上還繫著入宮時所佩的紅紗。杜牧好像還沒從揚州的夢中醒來，仿佛對飲酒縱情的生活依然回味。

又有〈揚州三首·其一〉：

煬帝雷塘土，迷藏有舊樓。誰家唱水調，明月滿揚州。

駿馬宜閒出，千金好舊遊。喧闐醉年少，半脫紫茸裘。（頁 335）

此詩描寫的少年，正正就像杜牧自己，因為《太平廣記》所引的唐人高彥休的《唐闕史》寫道：「牧少雋，性疏野放蕩，雖為檢刻，而不能自禁。會丞相牛僧孺出鎮揚州，辟節度掌書記，牧供職之外，唯以宴遊為事。揚州勝地也，每重城向夕，倡樓之上，常有絳紗燈萬數，輝羅耀烈空中，九里三十步街中，珠翠填咽，邈若仙境。牧常出沒馳逐其間，無虛夕」。〔註34〕可見杜牧此詩與《太平廣記》所記的內容有相似之處，都表現了所描寫人物的放縱不羈。

〔註33〕吳在慶：《杜牧集繫年校注》（北京，中華書局，2011 年），頁 1215。
〔註34〕宋·李昉等編，張國風會校：《太平廣記會校》（北京，北京燕山出版社，2011 年），頁 4453～4455。

　　杜牧對揚州生活的喜愛和懷念，還可以參考、〈揚州三首·其三〉、〈潤州二首·其二〉。

　　杜牧在晚年還請求到杭州，杭州當時乃是娼妓雲集之淵藪。《中國娼妓史》認為，自五胡亂華後，經濟重心逐漸南移，使得某些都會在唐代以後繁盛起來，成為娼妓聚集之處，此書將杭州、揚州列為第二、第四大的娼妓聚集處。〔註35〕揚州是杜牧早年醉心之處，杭州乃是杜牧晚年求刺之州。雖然杜牧在〈上宰相求湖州第一啟〉、〈上宰相求湖州第三啟〉、〈上宰相求杭州啟〉等文說明自己想擔任地方官的原因是俸祿更多，可以養家活兒，但狎妓或是杜牧晚年求外任的一個因素，也可見杜牧至晚年仍縱情。

　　杜牧不僅鍾情於張好好，也縱情而覬覦其他女子。

　　杜牧初初來到牛僧幕府，便作詩調侃了牛僧孺的侍婢定子一番，或許是喜歡定子，寫卜〈隋苑〉一詩，詩曰：

　　　　紅霞一抹廣陵春，定子當筵睡臉新。卻笑丘墟隋煬帝，破家
　　　　亡國為誰人。（頁 1287）

此詩作於大和八年（834 年）春，杜牧此時在牛僧孺揚州幕府中。杜牧在酒席上看到牛僧孺的侍婢定子醉酒睡醒的容貌，驚為天人，嘲笑隋煬帝國破家亡也找不到如此美女。此詩除了對歷史興亡的感慨，也有對定子耐人尋味的企求。

　　後來杜牧還看上了兵部尚書的紫雲。離開揚州後杜牧在長安短暫任職，很快到了洛陽擔任監察御史。在兵部尚書李司徒的一次筵席上，寫下〈兵部尚書席上作〉。此事首先在唐人孟啟《本事詩》記載，杜牧在洛陽擔任監察御史，李司徒當時在洛陽閒居，有一天擁歌妓大排筵席，並邀請了很多社會名流。但因為杜牧是監察御史，李司徒不敢邀請。不過杜牧寄書予李司徒請求與會，李司徒只好讓他來了。杜牧自己先獨酌喝醉了，於是偶發狂言，向李司徒索要妓女紫雲。原文是：「杜

〔註35〕王書奴：《中國娼妓史》（北京，團結出版社，2004 年），頁 73。

獨坐南行，瞪目注視，引滿三卮。問李云：『聞有紫雲者，孰是？』。李指示之。杜牧凝睇良久，曰：『名不虛傳，宜以見惠』。」〔註36〕可見杜牧的放縱。

　　又如杜牧湖州娶妻的軼事，也首先出現在晚唐人高彥休的《唐闕史》記載中：杜牧「罷宛陵（宣州）」時，聽說湖州有「長眉纖腰類神仙者」，於是專程去到湖州，而湖州刺史知道當時已經很出名的杜牧來到，於是好好招待杜牧一番，並介紹了很多妓女給杜牧。但杜牧覺得不夠盡善盡美，因此湖州刺史在杜牧臨走前，舉辦了一次「泛彩舟」的活動，吸引城中市民觀看，杜牧因而認識了一個來觀賞的年十餘歲的女子，杜牧與其母相約過十年來娶，過了十四年，杜牧才得以擔任湖州刺史，找到該女子時發現她已嫁人三年，生了兩個子女。杜牧感嘆其事，還作了一首《歎花》詩。〔註37〕《唐闕史》開篇還說道：「紫薇恃才亦頗縱聲色，嘗自言有鑒裁之能」〔註38〕，因為見過的女子很多，自然就有「鑒裁之能」，可見杜牧在當時人眼中就是一個縱情聲色的風流才子。在楊廣才〈杜牧與《嘆花》詩本事〉一文認為，對於《遣懷》和《兵部尚書席上作》二詩及其本事，古今學者都無異議；而《歎花》詩及其本事，古代學者也多無異議，但是今人如繆鉞等，對此多持懷疑或否認態度。楊廣才一文理由充分地論述了《歎花》詩及其本事的可能性，認為不要輕易否認此詩此事的真實性，〔註39〕因此筆者也持同樣的肯定態度，可以作為杜牧對他人女子有所企圖的參考。

　　綜上，杜牧的縱情體現在：一是在離開了沈傳師宣州幕府後，在揚州放浪形骸，度過了三年的飲酒狎妓生活，從日後所寫幾首的詩歌，也可以得知；甚至在晚年也想到杭州這個煙花之地擔任刺史。二是覬

〔註36〕唐・孟啟著：《本事詩》（北京，中華書局，2014 年），頁 114。

〔註37〕唐・高彥休著，清・鮑廷博輯，清・鮑志祖續輯：《御覽唐闕史》（上海：上海古書流通處，1921 年），頁 19～20。

〔註38〕唐・高彥休著，清・鮑廷博輯，清・鮑志祖續輯：《御覽唐闕史》（上海：上海古書流通處，1921 年），頁 19。

〔註39〕楊廣才：〈杜牧與《嘆花》詩本事〉，濟南，東岳論叢 2004 年，第 3 期。

覷他人的女子，對牛僧孺的婢女定子、李司徒的歌妓紫雲，杜牧在飲酒後都對她們有輕薄之意。

三、對杜秋娘的憐恤之情

杜牧因為得不到張好好而感到非常痛苦，因此對有情人身不由己而不能相愛、不能相見感到同情，例如杜牧創作了很多關於目睹朋友和情人分別的詩歌，如〈見吳秀才與池妓別因成絕句〉等詩，但因不是涉酒詩，故不贅述。而涉酒詩中展現對有情人比較明顯的則有〈杜秋娘詩〉。

杜秋娘與張好好的愛情遭遇有所相似，且二者的個人特點也相似，或許杜牧有感於此因而寫下了〈杜秋娘詩〉。杜秋娘與張好好都是高官的歌妓，都有著漂亮的外形和了得的音樂技藝，而且更重要的是她們都不能掌握自己的命運。

〈張好好詩〉寫的是張好好從庶民被沈傳師納入洪州樂籍，後來因沈傳師調任宣州，張好好被轉移到宣州樂籍，之後又被沈述師納為妾，不能與杜牧相愛，最後又被沈述師拋棄成為當壚賣酒娘。

而〈杜秋娘詩〉裡面寫到：

京江水清滑，生女白如脂。其間杜秋者，不勞朱粉施。
老濞即山鑄，後庭千雙眉。秋持玉斝醉，與唱金縷衣。
濞既白首叛，秋亦紅淚滋。吳江落日渡，灞岸綠楊垂。
聯裾見天子，盼眄獨依依。椒壁懸錦幕，鏡奩蟠蛟螭。
低鬟認新寵，窈嫋復融怡。月上白璧門，桂影涼參差。
金階露新重，閒捻紫簫吹。莓苔夾城路，南苑雁初飛。
紅粉羽林杖，獨賜辟邪旗。歸來煮豹胎，饜飫不能飴。
咸池升日慶，銅雀分香悲。雷音後車遠，事往落花時。
燕禖得皇子，壯髮綠緌緌。畫堂授傅姆，天人親捧持。
虎睛珠絡褓，金盤犀鎮帷。長楊射熊羆，武帳弄啞咿。
漸拋竹馬劇，稍出舞雞奇。崭崭整冠珮，侍宴坐瑤池。

眉宇儼圖畫，神秀射朝輝。一尺桐偶人，江充知自欺。

王幽茅土削，秋放故鄉歸。觚棱拂斗極，回首尚遲遲。

四朝三十載，似夢復疑非。潼關識舊吏，吏髮已如絲。

卻喚吳江渡，舟人那得知。歸來四鄰改，茂苑草菲菲。

清血灑不盡，仰天知問誰。寒衣一匹素，夜借鄰人機。

我昨金陵過，聞之為歔欷。自古皆一貫，變化安能推。

……

主張既難測，翻覆亦其宜。

地盡有何物，天外復何之。指何為而捉，足何為而馳。

耳何為而聽，目何為而窺。已身不自曉，此外何思惟。

因傾一樽酒，題作杜秋詩。愁來獨長詠，聊可以自貽。（頁 45
～47）

杜牧在〈杜秋娘詩〉的詩序就寫到杜秋娘的身世：「杜秋，金陵女也。
年十五，為李錡妾。後錡叛滅，籍之入宮，有寵於景陵。穆宗即位，命
秋為皇子傅姆。皇子壯，封漳王。鄭注用事，誣丞相欲去己者，指王為
根。王被罪廢削，秋因賜歸故鄉。予過金陵，感其窮且老，為之賦詩」。
詩序是說，杜秋娘先是被藩王李錡納為妾，李錡造反失敗後，「秋亦紅
淚滋」。失去愛人的杜秋娘被送入後宮，成為唐憲宗之寵，唐憲宗死後
成為唐穆宗之子漳王的保姆，漳王被廢削而杜秋娘也被外放。

　　杜牧首先直接表達同情。杜牧有感於女子無法把握自己的命運，
杜秋娘被放逐出皇宮而「仰天知問誰」；杜牧認為天命是「自古皆一貫，
變化安能推」、「主張既難測，翻覆亦其宜」，天命自古就是變幻莫測的，
因此杜牧更加對有情人不能相見表示同情，用「女子固不定，士林亦難
期」的感歎來安慰和同情杜秋娘，最後只好「因傾一樽酒，題作杜秋
詩」，飲酒作詩而為杜秋娘鳴不平。

　　除了直接表達同情，杜牧還用兩種方式表達同情。一是舉了很多
女子的例子以說明女子命運難測，如夏姬、西施、薄姬、竇皇后、唐姬、
馮小憐、蕭后等：

夏姬滅兩國，逃作巫臣姬。西子下姑蘇，一舸逐鴟夷。

織室魏豹俘，作漢太平基。誤置代籍中，兩朝尊母儀。

光武紹高祖，本係生唐兒。珊瑚破高齊，作婢舂黃糜。

蕭后去揚州，突厥為閼氏。（頁 46～47）

夏姬是鄭國人，先嫁給陳國大夫御叔，後與陳靈公等人私通，楚國滅陳國以後，夏姬又嫁給連尹襄老，連尹襄老死後又嫁給楚國大夫巫臣，之後一起逃跑；西施因為吳國滅亡嫁給范蠡，最後與范蠡離開越國。這兩個例子安慰杜秋娘貌美，即使遭遇困境，最後也會得以全身而退。

薄姬先是魏王豹之妻，後來嫁給劉邦，生下了漢文帝，使漢文帝築就漢朝太平的基石；竇皇后被錯誤安置給代王（漢文帝），成為漢文帝的妻子，後來得到漢景帝和漢武帝的尊崇。唐姬被程姬送予漢景帝臨幸，生下長沙定王劉發，劉發的後代又有光武帝劉秀。這三個例子說明女子因為陰差陽錯，而芳名遠播。

馮小憐先是被北齊後主寵幸，北齊被北周滅後，馮小憐被賜給代王達，北周被隋滅後，馮小憐又被賜給代王妃之兄李詢，最後被李詢之母逼自殺；蕭后是隋煬帝的皇后，隋煬帝死後，蕭后被竇建德俘虜，又被接至突厥。這兩個是反面例子，則說明女子的命運也可能遭遇不測。

總之杜牧舉了這些例子，說明女子命運的難測，雖然不一定全是好事，但是也常有塞翁失馬焉知非福的意外，以安慰杜秋娘。

二是舉男子的例子。杜牧又安慰杜秋娘，不只是女子命運難測，男子也一樣。因此，同樣地又舉了如管仲、姜太公、孟子、孔子、李斯、范雎、周勃、申屠嘉、金日磾、蘇武、鄧通的例子，說明男子身世也同樣不定：

女子固不定，士林亦難期。射鉤後呼父，釣翁王者師。

無國要孟子，有人毀仲尼。秦因逐客令，柄歸丞相斯。

安知魏齊首，見斷簀中屍。給喪蹶張輩，廊廟冠峨危。

珥貂七葉貴，何妨戎虜支。蘇武卻生返，鄧通終死飢。（頁 47）

此段前面舉管仲、姜太公、孟子、孔子、李斯、范雎、周勃、申屠嘉、

金日磾、蘇武等人的例子，說明這些人經過一番波折成就了一番事業，留下英明；而最後也舉了「鄧通終死飢」的例子，作為「竟不得名一錢，寄死人家」〔註40〕的反例。這段話除了被後世學者認為是杜牧為了表達對政治的難以捉摸，同時也體現了杜牧對杜秋娘的同情安慰。

因此難怪張祜也認為杜牧有同情之心，張祜在《讀池州杜員外杜秋娘詩》說：「年少多情杜牧之，風流仍作杜秋詩。可知不是長門閉，也得相如第一詞」。可見張祜認為杜牧風流多情，因為同情杜秋娘而寫《杜秋娘詩》，即使杜秋娘不是陳皇后，也沒有給杜牧潤筆，也得到杜牧這樣的好詩和同情。

本章小結

杜牧的涉酒詩表達的情誼主要是友情與愛情及其他情誼。在表達友情方面，杜牧的涉酒詩反映了他樂於與朋友交往，善於維繫友情的一面。杜牧常常對朋友表達思念，也不吝讚美，當然也經常求助與他們。杜牧的朋友可以分為在官場中的朋友和在官場外的朋友，其中，在官場上和杜牧交情比較好的有盧弘止、裴坦、韓乂、李景讓、李中敏等；在官場外，與杜牧來往詩歌比較多的有張祜和王十這些朋友杜牧有不少詩贈予他們。在表現愛情等其他情感方面，杜牧的涉酒詩也反映了他風流多情的一面。一是表現為對張好好的癡情，從相識到相處，再到分離與重逢，直到杜牧晚年，心中都有張好好一席之地；二是杜牧也對不同女子縱情，具體表現為關於在揚州幕府任職的風流事跡，還有〈兵部尚書席上作〉一詩的本事；三是杜牧對杜秋娘的同情，主要體現在〈杜秋娘詩〉一詩中，詩中杜牧表達了對杜秋娘身世和遭遇的同情。在本章中，可以看出杜牧的形象是複雜的，除了上一章提到的要實現志向而卻不得志的一面之外，杜牧還在涉酒詩中體現了其樂於交友、風流多情等關於個人情誼的一面。

〔註40〕 吳在慶：《杜牧集繫年校注》（北京，中華書局，2011 年），頁 57。

第五章　杜牧涉酒詩的藝術特色

　　本章舉杜牧涉酒詩中比較重要的寫作手法，說明杜牧是如何通過涉酒詩來表達情志的，杜牧的涉酒詩比較常見的手法有卒章顯志和借代。而杜牧涉酒詩的特色主要體現在其體裁與意象的運用。

第一節　卒章顯志

　　杜牧比較常用的是卒章顯志的手法來表達情感。其詩往往以大篇幅鋪陳，到最後才轉折以表達中心思想，如：

〈商山麻澗〉：

雲光嵐彩四面合，柔柔垂柳十餘家。雉飛鹿過芳草遠，牛巷雞塒春日斜。

秀眉老父對樽酒，舊袖女兒簪野花。征車自念塵土計，惆悵溪邊書細沙。（頁 484）

此詩前六句都是人民美好的生活，而在最後卻筆鋒一轉，寫自己對宦遊的惆悵和無奈，又如〈羊欄浦夜陪宴會〉：

弋檻營中夜未央，雨沾雲惹侍襄王。球來香袖依稀暖，酒凸觥心泛灩光。

紅弦高緊聲聲急，珠唱鋪圓嫋嫋長。自比諸生最無取，不知何處亦升堂。（頁 1277）

此詩與〈商山麻澗〉形式很相似，前六句都是描寫他物，是為了最後兩

句的言志作鋪墊。前面六句寫了杜牧在宴會中的所見所聽，極盡鋪陳，而在最後兩句才表達出一無所取的態度，直接否定了前面的種種行為。

尤其喜歡在詩歌收尾處以飲酒來抒情，如〈題茶山〉：

　　山實東吳秀，茶稱瑞草魁。剖符雖俗吏，修貢亦仙才。

　　溪盡停蠻棹，旗張卓翠苔。柳村穿窈窕，松澗渡喧豗。

　　等級雲峰峻，寬平洞府開。拂天聞笑語，特地見樓臺。

　　泉嫩黃金涌，牙香紫璧裁。拜章期沃日，輕騎疾奔雷。

　　舞袖嵐侵澗，歌聲谷答回。磬音藏葉鳥，雪艷照潭梅。

　　好是全家到，兼為奉詔來。樹陰香作帳，花徑落成堆。

　　景物殘三月，登臨愴一杯。重遊難自剋，俯首入塵埃。（頁411）

此詩是唐宣宗大中五年（851年）杜牧49歲擔任湖州刺史監督採茶所作。詩歌首先介紹了杜牧帶領民眾進入茶山的愉快過程。然後描寫了漂亮的茶葉的樣子，以及茶樹周邊的環境，又敘述了採茶的原因。但是最後筆鋒一轉，杜牧因為看到採茶結束殘春的景象而悲愴，因此悲痛地喝了一杯酒，抒發了樂極生悲、人生苦短的感情。

又如〈獨酌〉（長空碧杳杳）：

　　長空碧杳杳，萬古一飛鳥。生前酒伴閑，愁醉閑多少。

　　煙深隋家寺，殷葉暗相照。獨佩一壺遊，秋毫泰山小。（頁123）

此詩六句描寫了飛鳥、隋寺等意象，暗示了人生的短暫，而最後卻以飲酒的形式，表達了將秋毫和泰山等量齊觀的豁達思想。

又如〈睦州四韻〉：

　　州在釣臺邊，溪山實可憐。有家皆掩映，無處不潺湲。

　　好樹鳴幽鳥，晴樓入野煙。殘春杜陵客，中酒落花前。（頁401）

此詩前六句描寫了春天時節山水之美，而最後交代了其實處於殘春時節，杜牧因殘春而思歸，因此飲酒以消愁

又如〈宿長慶寺〉：

　　南行步步遠浮塵，更近青山昨夜鄰。高鐸數聲秋撼玉，霽河
　　千里曉橫銀。

　　　　紅葉影落前池淨，綠稻香來野徑頻。終日官閒無一事，不妨

　　　　長醉是遊人。（頁 1260）

此詩前六句描寫了杜牧在長慶寺附近從夜至晝所見的風景，而原因在

最後才交代，因為官務清閒，因此才得以飲酒遊玩，在最後透露了一絲

清閒無事的無奈。

　　杜牧也常以卒章顯志的方式表達及時行樂的想法。

　　如〈途中作〉：

　　　　綠樹南陽道，千峰勢遠隨。碧溪風澹態，芳樹雨餘姿。

　　　　野渡雲初暖，征人袖半垂。殘花不一醉，行樂是何時。（頁 497）

此詩作於 839 年杜牧自宣州入京途中。前六句描寫了途中所見的美景，

在最後兩句表達了面對春末的美景要及時行樂的感情.

　　又如〈早春贈軍事薛判官〉：

　　　　雪後新正半，春來四刻長。晴梅朱粉艷，嫩水碧羅光。

　　　　弦管開雙調，花鈿坐兩行。唯君莫惜醉，認取少年場。（頁 518）

此詩與上一首形式也很相似，前幾句均是鋪墊，為的是在最後兩句表

達及時行樂的思想

　　〈代吳興妓春初寄薛軍事〉：

　　　　霧冷侵紅粉，春陰撲翠鈿。自悲臨曉鏡，誰與惜流年。

　　　　柳暗霏微雨，花愁黯淡天。金釵有幾隻，抽當酒家錢。（頁 419）

此詩與與上一首詩同樣是寄予薛軍事（判官）的，都作於 851 年，此

時杜牧擔任湖州刺史。湖州也稱吳興，因此杜牧題目寫「代吳興妓」，

前六句作為鋪墊，描寫了吳興妓漂亮的妝容，但是無人欣賞，因此最後

用金釵換酒來抒發春愁，此詩同樣是在最後表達及時行樂的思想。

　　還有像〈洛中二首〉：

　　　　風吹柳帶搖晴綠，蝶繞花枝戀暖香。多把芳菲泛春酒，直教

　　　　愁色對愁腸。（頁 1307）

此詩前兩句寫花紅柳綠的春色，而在後兩句以飲酒來銷此春愁。

　　杜牧也常常卒章顯志來表達友情。

如〈夜泊桐廬先寄蘇臺盧郎中〉：

　　水檻桐廬館，歸舟繫石根。笛吹孤戍月，犬吠隔溪村。

　　十載違清裁，幽懷未一論。蘇臺菊花節，何處與開樽。（頁 405）

前六句交代了杜牧的行蹤和所見，以及兩人暌違已久，而在最後兩句
表達希望與朋友飲酒的渴望。

又如〈醉倒〉：

　　日晴空樂下仙雲，俱在涼亭送使君。

　　莫辭一盞即相請，還是三年更不聞。（頁 1346）

此詩寫的是與朋友送別，前兩句寫送別的地點和送別的儀式，仙雲可
能指歌女。後兩句如王維的「勸君更盡一杯酒，西出陽關無故人」，勸
說朋友不要推辭這一杯離別之酒。

又如〈後池泛舟送王十秀才〉：

　　城日晚悠悠，絃歌在碧流。夕風飄度曲，煙嶼隱行舟。

　　問拍疑新令，憐香佔綵球。當筵雖一醉，寧復緩離愁。（頁
　　1347）

此詩前六句寫離別前的環境和活動，而絲毫沒有透露出離別的傷感，
直到最後兩句才直接表達出此際的離愁。

又如〈後池泛舟送王十〉：

　　相送西郊暮景和，青蒼竹外繞寒波。為君蘸甲十分飲，應見
　　離心一倍多。（頁 1238）

此詩前兩句暗示了離別的傷感，而在最後兩句以酒的多少對比離愁的
多少，抒發了離別之愁。

又有〈送王侍御赴夏口座主幕〉：

　　君為珠履三千客，我是青衿七十徒。禮數全優知隗始，討論
　　常見念回愚。

　　黃鶴樓前春水闊，一杯還憶故人無。（頁 278）

此詩題目雖寫送別王侍御，而實際是抒發對座主崔郾的思念。前兩句
的「君」指王侍御，「我」即是杜牧了；三四句的「郭隗」指王侍御，

「顏回」指杜牧。最後兩句寫杜牧送別王侍御而飲酒，思念崔鄲，同時疑問崔鄲是否思念杜牧這個「故人」。

又如〈贈沈學士張歌人〉，詩曰：

拖袖事當年，郎教唱客前。斷時輕裂玉，收處遠繅煙。

孤直緪雲定，光明滴水圓。泥情遲急管，流恨咽長弦。

吳苑春風起，河橋酒旆懸。憑君更一醉，家在杜陵邊。（頁 289）

此詩是贈與沈述師之妾張好好的，沈學士就是沈述師，張歌人就是張好好。因為杜牧曾經和張好好有過一段美好的感情，但是因為沈述師將張好好納為妾，所以將杜牧和張好好拆散了，杜牧和張好好此時只是普通朋友。因此，這首詩前面寫杜牧聽張好好唱歌，仿佛聽出了她的恨意，杜牧雖然還對張好好有感情，也不得不壓制自己的情感，而像阮籍一樣，醉倒在賣酒娘身旁卻並無不軌的行為。

又如〈自宣州赴官入京路逢裴坦判官歸宣州因題贈〉：

敬亭山下百頃竹，中有詩人小謝城。城高跨樓滿金碧，下聽一溪寒水聲。

梅花落徑香繚繞，雪白玉璫花下行。縈風酒旆掛朱閣，半醉遊人聞弄笙。

我初到此未三十，頭腦鉽利筋骨輕。畫堂檀板秋拍碎，一引有時聯十觥。

老閒腰下丈二組，塵土高懸千載名。重遊鬢白事皆改，唯見東流春水平。

對酒不敢起，逢君還眼明。雲罍看人捧，波臉任他橫。

一醉六十日，古來聞阮生。是非離別際，始見醉中情。

今日送君話前事，高歌引劍還一傾。江湖酒伴如相問，終老煙波不計程。（頁 151）

此詩作於杜牧第二次在宣州任職期間，此時即將離任赴京。此時是送別裴坦之作，前面寫了宣城風光之美，還有前後到宣城的身體狀況和

喝酒狀況，表示現在身體衰老不能喝酒。但是最後筆鋒一轉，因為今天和裴坦敘舊因而決定「一傾」，以示日後歸隱之情。

又如〈池州送孟遲先輩〉：

昔子來陵陽，時當苦炎熱。我雖在金臺，頭角長垂折。
奉披塵意驚，立語平生豁。寺樓最騫軒，坐送飛鳥沒。
一樽中夜酒，半破前峰月。煙院松飄蕭，風廊竹交戛。
時步郭西南，繚徑苔圓折。好鳥響丁丁，小溪光汃汃。
籬落見娉婷，機絲弄啞軋。煙涇樹姿嬌，雨餘山態活。
仲秋往歷陽，同上牛磯歇。大江吞天去，一練橫坤抹。
千帆美滿風，曉日般鮮血。歷陽裴太守，襟韻苦超越。
鞞鼓畫麒麟，看君擊狂節。離袖颭應勞，恨粉啼還咽。
明年忝諫官，綠樹秦川闊。子提健筆來，勢若夸父渴。
九衢林馬撾，千門織車轍。秦臺破心膽，黥陣驚毛髮。
子既屈一鳴，余固宜三刖。慵憂長者來，病怯長街喝。
僧爐風雪夜，相對眠一褐。暖灰重擁瓶，曉粥還分鉢。
青雲馬生角，黃州使持節。秦嶺望樊川，只得回頭別。
商山四皓祠，心與樗蒲說。大澤蒹葭風，孤城狐兔窟。
且復考詩書，無因見簪笏。古訓屹如山，古風冷刮骨。
周鼎列瓶罌，荊璧橫拋擲。力盡不可取，忽忽狂歌發。
三年未為苦，兩郡非不達。秋浦倚吳江，去楫飛青鶻。
溪山好畫圖，洞壑深閨闥。竹岡森羽林，花塢圍宮纈。
景物非不佳，獨坐如轉紲。丹鵲東飛來，喃喃送君札。
呼兒旋供衫，走門空踏韈。手把一枝物，桂花香帶雪。
喜極至無言，笑餘翻不悅。人生直作百歲翁，亦是萬古一瞬中。
我欲東召龍伯翁，上天揭取北斗柄。蓬萊頂上斡海水，水盡到底看海空。
月於何處去，日於何處來？跳丸相趁走不住，堯舜禹湯文武周孔皆為灰。

酌此一杯酒，與君狂且歌。離別豈足更關意，衰老相隨可奈
何。（頁 129）

此詩寫杜牧曾經與孟遲多次見面，在宣州、和州、長安都曾經見面，而
在今天見面更是高興，但是「喜極至無言，笑餘翻不悅」，態度突然轉
變，乃是因為時間流逝太快而產生人生苦短的痛楚，因此杜牧最後建
議飲酒狂歌來對抗衰老。

又如〈送沈處士赴蘇州李中丞招以詩贈行〉：

山城樹葉紅，下有碧溪水。溪橋向吳路，酒旗誇酒美。
下馬此送君，高歌為君醉。念君苞材能，百工在城壘。
空山三十年，鹿裘掛窗睡。自言隴西公，飄然我知己。
舉酒屬吳門，今朝為君起。貙弓一白斤，囊書數萬紙。
戰賊即戰賊，為吏即為吏。盡我所有無，惟公之指使。
予曰隴西公，滔滔大君子。常思掄群材，一為國家治。
譬如匠見木，礙眼皆不棄。大者粗十圍，小者細一指。
掎桷與棟樑，施之皆有位。忽然豎明堂，一揮立能致。
予亦何為者，亦受公恩紀。處士有常言，殘虜為犬豕。
常恨兩手空，不得一馬箠。今依隴西公，如虎傅兩翅。
公非刺史材，當坐巖廊地。處士魁奇姿，必展平生志。
東吳饒風光，翠巘多名寺。疏煙靄靄秋，獨酌平生思。
因書問故人，能忘批紙尾。公或憶姓名，為說都憔悴。（頁 105）

此詩前面寫的是沈處士的才能和李中丞的慧眼識珠，並表達了杜牧對
沈處士的祝福。但是在最後杜牧才寫沈處士離開以後自己獨酌的窘況，
並期望沈處士幫問向李中丞求助。

又如〈杜秋娘詩〉：

京江水清滑，生女白如脂。其間杜秋者，不勞朱粉施。
老濞即山鑄，後庭千雙眉。秋持玉斝醉，與唱金縷衣。
濞既白首叛，秋亦紅淚滋。吳江落日渡，瀲岸綠楊垂。
聯裾見天子，盼眄獨依依。椒壁懸錦幕，鏡奩蟠蛟螭。

低鬟認新寵，窈嫋復融怡。月上白璧門，桂影涼參差。
金階露新重，閒捻紫簫吹。莓苔夾城路，南苑雁初飛。
紅粉羽林杖，獨賜辟邪旗。歸來煮豹胎，饜飫不能飴。
咸池升日慶，銅雀分香悲。雷音後車遠，事往落花時。
燕祿得皇子，壯髮綠緌緌。畫堂授傅姆，天人親捧持。
虎睛珠絡褓，金盤犀鎮帷。長楊射熊羆，武帳弄啞咿。
漸拋竹馬劇，稍出舞雞奇。崭崭整冠珮，侍宴坐瑤池。
眉宇儼圖畫，神秀射朝輝。一尺桐偶人，江充知自欺。
王幽茅土削，秋放故鄉歸。艫棱拂斗極，回首尚遲遲。
四朝三十載，似夢復疑非。潼關識舊吏，吏髮已如絲。
卻喚吳江渡，舟人那得知。歸來四鄰改，茂苑草菲菲。
清血瀝不盡，仰天知問誰。寒衣一匹素，夜借鄰人機。
我昨金陵過，聞之為獻欷。自古皆一貫，變化安能推。
夏姬滅兩國，逃作巫臣姬。西子下姑蘇，一舸逐鴟夷。
織室魏豹俘，作漢太平基。誤置代籍中，兩朝尊母儀。
光武紹高祖，本係生唐兒。珊瑚破高齊，作婢舂黃糜。
蕭后去揚州，突厥為閼氏。女子固不定，士林亦難期。
射鉤後呼父，釣翁王者師。無國要孟子，有人毀仲尼。
秦因逐客令，柄歸丞相斯。安知魏齊首，見斷簀中屍。
給喪蹶張輩，廊廟冠峨危。珥貂七葉貴，何妨戎虜支。
蘇武卻生返，鄧通終死飢。主張既難測，翻覆亦其宜。
地盡有何物，天外復何之。指何為而捉，足何為而馳。
耳何為而聽，目何為而窺。已身不自曉，此外何思惟。
因傾一樽酒，題作杜秋詩。愁來獨長詠，聊可以自貽。（頁 45
～47）

此詩寫的是杜秋娘的遭遇，杜秋娘先是被藩王李錡納為妾，李錡造反
失敗後，她被送入後宮，成為唐憲宗之寵。唐憲宗死後，杜秋娘成為唐
穆宗之子漳王的保姆，漳王被廢削而杜秋娘被外放回鄉。之後杜牧安

慰杜秋娘塞翁失馬焉知非福，即使是男子亦是如此。但是在最後，杜牧
困惑天命到底是怎麼的，但是得不到答案而放棄思考，因此以飲酒作
結，不再思考。

其中常常有舉酒共祝的。如〈寄內兄和州崔員外十二韻〉：

歷陽崔太守，何日不含情。恩義同鍾李，塤篪實弟兄。
光塵能混合，孿畫最分明。台閣仁賢譽，閨門孝友聲。
西方像教毀，南海繡衣行。金橐寧回顧，珠箄肯一根。
只宜裁密詔，何自取專城。進退無非道，徊翔必有名。
好風初婉軟，離思苦縈盈。金馬舊遊貴，桐廬春水生。
雨侵寒牖夢，梅引凍醪傾。共祝中興主，高歌唱太平。（頁572）

此詩寫於847年杜牧在睦州任上，此時唐宣宗已經登基，武宗朝被外
放的大臣不少已經回朝。杜牧先寫與繼妻之兄崔員外的交情甚洽，並
且稱讚他的政績，而在最後委婉地說明崔員外等　眾朋友已經顯貴，
而杜牧自己依然落魄在睦州的情況，於是舉杯祝願皇帝把自己調回京
城。

還有〈昔事文皇帝三十二韻〉：

昔事文皇帝，叨官在諫垣。奏章為得地，齗齒負明恩。
金虎知難動，毛犛亦恥言。掩頭雖欲吐，到口卻成吞。
照膽常懸鏡，窺天自戴盆。周鍾既窈槬，黥陣亦瘢痕。
鳳闕觚棱影，仙盤曉日暾。雨晴文石滑，風暖戟衣翻。
每慮號無告，長憂駭不存。隨行唯踽踽，出語但寒暄。
宮省咽喉任，戈矛羽衛屯。光塵皆影附，車馬定西奔。
億萬持衡價，錙銖挾契論。堆時過北斗，積處滿西園。
接棹隋河溢，連蹄蜀棧刓。瀝空滄海水，搜盡卓王孫。
鬭巧猴雕刺，誇趫索掛跟。狐威假白額，梟嘯得黃昏。
馥馥芝蘭圃，森森枳棘藩。吠聲嗾國猘，公議怯膺門。
竄逐諸丞相，蒼茫遠帝閽。一名為吉士，誰免弔湘魂。
間世英明主，中興道德尊。崑崗憐積火，河漢注清源。

　　　川口堤防決，陰車鬼怪掀。重雲開朗照，九地雪幽冤。

　　　我實剛腸者，形甘短褐髡。曾經觸薰尾，猶得憑熊軒。

　　　杜若芳洲翠，嚴光釣瀨喧。溪山侵越角，封壤盡吳根。

　　　客恨縈春細，鄉愁壓思繁。祝堯千萬壽，再拜揖餘樽。（頁 303）

杜牧首先回憶了文宗朝在京任職的經歷，因為懺悔當時因為害怕小人
而在朝中噤若寒蟬，又描述了小人氣焰囂張把持朝政的狀況，以及當
今皇帝登基使得朝政煥然一新的狀況。前面這些鋪墊其實是為了向皇
帝說明自己潦倒和思鄉的狀態。最後舉起酒杯，祝願皇帝壽比南山。

　　又如〈題木蘭廟〉：

　　　彎弓征戰作男兒，夢裏曾經與畫眉。

　　　幾度思歸還把酒，拂雲堆上祝明妃。（頁 599）

此詩寫的是木蘭對出塞的昭君的祝酒，前面寫木蘭白天和夜晚的不同
活動，引出了木蘭思鄉之心，最後木蘭對昭君祝酒應該是希望不要像
昭君一樣在塞外獨留青冢吧。

第二節　以酒為喻

　　酒是漢唐時期最重要的飲料〔註 1〕，因此有無酒可飲可以算是生
活品質的反映。杜牧常以酒作為美好生活的代稱，有時也可以作為對
奢侈荒淫生活的諷刺，總之杜牧筆下的酒有借代的作用。

　　酒是杜牧美好生活的代稱，在寒冷的時節飲酒對他來說是一件美
事，如〈獨酌〉：

　　　窗外正風雪，擁爐開酒缸。何如釣船雨，蓬底睡秋江。（頁 301）

詩歌寫到杜牧一個人喝酒的所見所感。前兩句是自己，後兩句是漁翁。
前兩句寫窗外正風吹雪打，對比之下自己所處的地方溫暖且又有酒喝，
突出了自己所處環境的愜意；後兩句又寫了風雪底下、在釣魚船裡面

─────────────

〔註 1〕黎虎主編：《漢唐飲食文化史》（北京，北京師範大學出版社，1998 年），
　　　　頁 106。

的人，他此時睡在漁船蓬底，漁船在秋江，一片淒清。杜牧在酒足之餘疑惑此人此時是如何的感覺，表達了杜牧風雪中擁爐飲酒的快樂和希望人民生活過得更好。

如〈醉眠〉：

> 秋醪雨中熟，寒齋落葉中。幽人本多睡，更酌一樽空。（頁302）

在秋寒落葉的時節，秋醪剛好已經釀好。杜牧本來就喜歡睡覺，此時有酒更助睡眠。酒在秋雨之中，而寒齋在落葉之中，杜牧得以好好睡覺也有賴於這樽雨中熟的秋醪。

如〈商山麻澗〉：

> 雲光嵐彩四面合，柔柔垂柳十餘家。雉飛鹿過芳草遠，牛巷
> 雞塒春日斜。
>
> 秀眉老父對樽酒，褊袖女兒簪野花。征車自念塵土計，惆悵
> 溪邊書細沙。（頁484）

此詩寫於839年杜牧赴京任職途中。詩歌寫杜牧路過鄉村所見：天上有美麗的雲彩，柳樹邊有十餘戶人家。野外有野鳥野鹿，人民家中有牛有雞。老父對飲，小女簪花，人民生活何其快樂。杜牧反觀自己常常為了實現世俗的抱負而奔波勞碌，於是惆悵地在沙地寫下這首詩。

此詩以人民美好的生活以反襯杜牧遊宦的無奈和厭倦。描寫村中人民的生活，先從最不相關的雲朵和垂柳寫來，再寫到野外的動物，然後寫到家中所養的牛和雞，最後寫到村中老父和女兒，從遠到近，一步步描寫村民美好的生活。老父有酒可飲，女兒有花可簪，各得其好，表現了各自的快樂。

又如〈郡齋獨酌〉其中一段寫到：

> 我愛朱處士，三吳當中央。罷亞百頃稻，西風吹半黃。
> 尚可活鄉里，豈唯滿囷倉？後嶺翠撲撲，前溪碧決決。
> 霧曉起鳧鴈，日晚下牛羊。叔舅欲飲我，社甕爾來嘗。
> 伯姊子欲歸，彼亦有壺漿。（頁64）

杜牧喜愛朱處士那樣的隱居生活，原因不只是因為糧食充足「滿囷倉」，

在杜牧看來，那只是基本條件而已，還因為這裡的山光水色很優美，而且有鳧雁和牛羊這些動物。當然，村居的美好生活少不了酒。村民祭祀社神的酒會請杜牧喝；大姊的女兒要出嫁也準備好酒漿。對杜牧來說，有糧食以果腹只是基本生活所需，有食有酒才可以算是美好的生活。

　　人們不會滿足於有酒可喝，當然還希望喝更多的酒，如描寫揚州人們生活的〈揚州三首・其一〉：

　　　　煬帝雷塘土，迷藏有舊樓。誰家唱水調，明月滿揚州。

　　　　駿馬宜閒出，千金好暗遊。喧闐醉年少，半脫紫茸裘。（頁335）

杜牧此時在牛僧孺揚州幕府中，詩中描寫了揚州的繁華和人民生活的美好。詩歌寫揚州是隋煬帝耽戀葬身之處，他造的迷樓仍然還在。三、四句杜牧有聲有色地描寫揚州的美好：明亮的月光灑滿揚州，好像有人還在唱隋煬帝所創的水調。在這樣美好的環境下，少年騎駿馬、攜千金出來遊玩，杜牧看到在路上看到這個少年，他醉酒而半脫了名貴的衣服，可見這個少年是個有錢人。

　　杜牧從揚州的人文歷史背景和當下美好的環境寫出揚州的美好，再以揚州少年為例，重點刻畫了一個富家少爺的形象。以他的醉態突出了少年生活的悠遊閒適。

　　〈長安雜題長句六首・其三〉：

　　　　雨晴九陌鋪江練，嵐嫩千峰疊海濤。南苑草芳眠錦雉，夾城
　　　　雲暖下霓旄。

　　　　少年羈絡青紋玉，遊女花簪紫蒂桃。江碧柳深人盡醉，一瓢
　　　　顏巷日空高。（頁176）

此詩是描寫長安人們的美好生活，寫法幾乎和〈商山麻澗〉一致，都從遠到近描寫風物，以展現人民生活的美好。先從遠處描寫天空和山峰，顯現了長安周邊風景的美麗。然後描寫皇城內的動物和皇帝的儀仗，凸顯了帝都的雍容華貴。之後描寫長安富貴人家的兒女，都有名貴的飾品。最後寫京城眾人皆沉醉，只有杜牧如顏回一樣簡樸和寂寞。

　　人民鬥酒也能得到快樂，如〈街西長句〉：

碧池新漲浴嬌鴉，分鎖長安富貴家。遊騎偶同人鬬酒，名園相倚杏交花。

銀鞦騕褭嘶宛馬，繡鞅璁瓏走鈿車。一曲將軍何處笛，連雲芳草日初斜。（頁242）

此詩也描寫了長安富貴人家的活動，他們不只是為了飲酒，而且還要有情趣地飲，即是「鬬酒」。杜牧以善於吹笛的桓伊作為長安的富人代指，他們趁著春天到來，騎駿馬、乘鈿車，在名園裡面鬬酒，好不快樂。

再如〈奉和門下相公送西川相公兼領相印出鎮全蜀詩十八韻〉：

盛業冠伊唐，臺階翊戴光。無私天雨露，有截舜衣裳。
蜀輟新衡鏡，池留舊鳳凰。同心真石友，寫恨蔑河梁。
虎騎搖風旆，貂冠韻水蒼。彤弓隨武庫，金印逐文房。
棧壓嘉陵咽，峰橫劍閣長。前驅二星大，開險五丁忙。
回首崢嶸盡，連天草樹芳。丹心懸魏闕，往事愴甘棠。
治化輕諸葛，威聲懾夜郎。君平教說卦，犬子召升堂。
塞接西山雪，橋維萬里檣。奪霞紅錦爛，撲地酒壚香。
忝逐三千客，曾依數仞牆。滯頑堪白屋，攀附亦同行。
肉管伶倫曲，簫韶清廟章。唱高知和寡，小子斐然狂。（頁264）

此詩是奉和李德裕送別崔鄲離京赴蜀之時所作的。開篇先稱讚崔鄲和李德裕一番，指出他們兩人都輔助皇帝創造了輝煌的功業。兩人要分別，崔鄲即將出鎮蜀地，李德裕剛剛任宰相。杜牧自說與崔鄲兩人情比金堅，超過了蘇武和李陵的友誼。兩人都為朝廷鞠躬盡瘁而受到朝廷重用，上任受到皇帝重視，佩戴華麗的飾品。前面有李德裕在開荒，得到人民的愛戴；這次崔鄲去治理蜀地一定勝過孔明、一定震懾夜郎，必定得到嚴君平、司馬相如一樣賢人，依據蜀地的地理，之後必有蜀錦、劍南春等名產產出。最後杜牧說了一通自謙之詞，並讚美了李德裕的奉和之作。此詩讚美了李德裕和崔鄲二人的政績，崔鄲即將離開京城到蜀地任職，杜牧祝福他能治理好蜀地，使當地民眾安居樂業，期待出現「奪霞紅錦

爛，撲地酒壚香」的局面，可見滿地酒壚就是美好生活的一個反映。

　　酒雖然是美好生活的代稱，但是過度地沉酣，會變成危險的信號。杜牧描述人民因為沉湎於酒反映出國家已經埋下危險的禍根。

　　如〈感懷詩一首〉開頭的一段寫到：

　　　　高文會隋季，提劍徇天意。扶持萬代人，步驟三皇地。

　　　　聖云繼之神，神仍用文治。德澤酌生靈，沉酣薰骨髓。

　　　　旄頭騎箕尾，風塵薊門起。胡兵殺漢兵，屍滿咸陽市。（頁34）

此段寫唐高祖、唐太宗平定天下後，以文治國，使百姓得以安居樂業。唐朝皇帝的恩德像美酒一樣施予百姓，使百姓如醉醇酒般地熏入骨髓，直到安史之亂爆發。說明唐在建國後到安史之亂前，百姓生活是美好的。杜牧在〈為中書門下請追尊號表〉也寫到：「天寶之末，天下泰寧，恃富庶而飽醉無虞」（頁944）〈感懷詩一首〉所「感懷」的對象，便是安史之亂前這段百姓能夠安居樂業的時候。

　　安史之亂的前夜是唐玄宗的天寶年間，因此杜牧也多提及此時。

　　如〈華清宮三十韻〉：

　　　　繡嶺明珠殿，層巒下繚牆。仰窺丹檻影，猶想赭袍光。

　　　　昔帝登封後，中原自古強。一千年際會，三萬里農桑。

　　　　几席延堯舜，軒墀接禹湯。雷霆馳號令，星斗煥文章。

　　　　釣築乘時用，芝蘭在處芳。北扉閒木索，南面富循良。

　　　　至道思玄圃，平居厭未央。鉤陳裹巖谷，文陛壓青蒼。

　　　　歌吹千秋節，樓臺八月涼。神仙高縹緲，環珮碎丁當。

　　　　泉暖涵窗鏡，雲嬌惹粉囊。嫩嵐滋翠葆，清渭照紅妝。

　　　　帖泰生靈壽，歡娛歲序長。月聞仙曲調，霓作舞衣裳。

　　　　雨露偏金穴，乾坤入醉鄉。玩兵師漢武，回手倒干將。

　　　　鯨鬣掀東海，胡牙揭上陽。喧呼馬嵬血，零落羽林槍。

　　　　傾國留無路，還魂怨有香。蜀峰橫慘澹，秦樹遠微茫。

　　　　鼎重山難轉，天扶業更昌。望賢餘故老，花萼舊池塘。

　　　　往事人誰問，幽襟淚獨傷。碧檐斜送日，殷葉半凋霜。

逆水傾瑤砌，踈風罅玉房。塵埃羯鼓索，片段荔枝筐。

鳥啄摧寒木，蝸涎蠹畫樑。孤煙知客恨，遙起泰陵傍。（頁 161）

華清宮是天寶年間唐玄宗和楊貴妃經常遊玩的地方。此詩以「雨露偏金穴，乾坤入醉鄉」一句，將全詩分成前後兩部分，前一部分描述的是安史之亂發生前的情況，而後一部分則是安史之亂發生後的情況。前一部分描述了玄宗登基封禪，朝政運行十分順暢。之後玄宗開始寵愛楊貴妃而荒廢朝政，將朝政交予楊國忠，人民還沉浸在美好的生活中，即是「雨露偏金穴，乾坤入醉鄉」；後一段則寫邊地將領兵權很大，因此導致安史之亂，終結了開元盛世，人民的美好生活化為泡影，玄宗後來也不得不逼楊貴妃自盡。

還有〈過華清宮絕句三首・其二〉：

萬國笙歌醉太平，倚天樓殿月分明。雲中亂拍祿山舞，風過重巒下笑聲。（頁 221）

此詩也是寫玄宗朝的故事。這個時候大唐全國百姓都沉浸在太平之中，而驪山上高聳的宮殿月色分明，安祿山為玄宗跳胡旋舞，引得玄宗等人大笑，陣陣的笑聲隨風吹下山巒。此詩寫百姓沉浸在太平中，而不知道玄宗被楊貴妃和安祿山等人蒙蔽，安史之亂正在醞釀。

除了諷刺前代，借古諷今，杜牧也寫到當今百姓的狀況，如著名的〈泊秦淮〉：

煙籠寒水月籠沙，夜泊秦淮近酒家。商女不知亡國恨，隔江猶唱後庭花。（頁 517）

詩歌開篇便渲染了淒冷幽深的氣氛，秦淮河被煙霧籠罩，沙洲被月光籠罩，杜牧泊船在酒家旁邊，看到了不知亡國之恨的商女，正在唱著象徵亡國之音的〈玉樹後庭花〉。煙霧籠罩江水、月光籠罩的沙洲是比喻當今天下的大環境，酒家比喻朝廷內部的小環境。當今天下的形勢已經是多麼嚴峻，而朝廷內部依然夜夜笙歌。商女固然不知亡國恨，因此杜牧要指責的當然不是商女，而是聽商女唱歌的朝廷內部的人。因此此「酒家」就指代不知亡國恨的朝廷及朝廷中人。

第三節　涉酒詩的體裁

　　杜牧涉酒詩的體裁主要分為古體詩與近體詩，近體詩中再細分為絕句、律詩與排律。另外有兩首比較特殊的詩，一是〈送王侍御赴夏口座主幕〉只有六句；二是〈代人寄遠‧其一〉，是一首六言詩；均排除以下的統計表中，各體裁數量統計如下表：

表6：杜牧涉酒詩體裁表

詩歌體裁		數量小計	總　　計
古體詩		27	27
近體詩	絕句	35	85
	律詩	36	
	排律	14	

　　在杜牧涉酒詩裡面，其古體詩與近體詩各有特點。古體詩的特點是以文為詩；近體詩特點是靈活運用詩律，用韻方面不避窄韻、險韻，甚至出韻，對仗方面常用半對、借對、蹉對、當句對。

一、涉酒古體詩的特點：以文為詩

　　杜牧涉酒詩中的古體詩的主要特點是以文為詩，這很可能是杜牧受到杜甫和韓愈等影響。

　　韓愈為了恢復大唐的盛世，以古文作為載道的工具，尊崇經世致用的儒家思想。杜牧也有著經世致用的志向，也對韓愈稱讚有嘉，杜牧在〈冬至日寄小侄阿宜詩〉寫到：「李杜泛浩浩，韓柳摩蒼蒼。近者四君子，與古爭強梁」，將李白杜甫與韓愈柳宗元放在很高的地位；〈讀韓杜集〉寫到：「杜詩韓筆愁來讀，似倩麻姑癢處搔。天外鳳凰誰得髓？無人解合續絃膠」，可見杜牧對杜甫的詩歌和韓愈的文章高度肯定。杜牧也是繼承了韓愈古文傳統的優秀散文家，[註2]可以推斷，杜牧的詩歌也會受到韓愈的詩歌的影響，而韓愈的詩歌有個很顯著的特點，就

〔註 2〕吳在慶：《杜牧集繫年校注》（北京，中華書局，2011 年），前言頁 10。

是以文為詩。陳師道在《後山詩話》中說：「退之以文為詩」。

　　韓愈對杜甫推崇不已，杜甫的詩歌已經出現了散文化的傾向，而韓愈則把這種傾向繼續闊達；杜牧對韓愈也很推崇，對以文為詩的手法也有吸收。杜牧也學習了韓詩的這一特點，尤其體現在杜牧的古體詩中。繆鉞說：「杜牧作古文是學韓愈的，他的古詩也汲取了韓詩的特長，善於敘事、抒情、甚至發表議論，氣格緊健，造句瘦硬，如〈感懷詩一首〉、〈杜秋娘詩〉、〈張好好詩〉、〈雪中書懷〉、〈郡齋獨酌〉等，都是典型的例子」。〔註3〕巧合的是，繆鉞所舉的例子全是涉酒詩，可見杜牧的涉酒詩和古詩是有很大的交集，實際上杜牧古體詩的「涉酒率」也極高。

　　杜牧古體詩共27題，28首；當中屬於涉酒詩的共19題，19首，涉酒詩的比例高達67.8%，大大高於涉酒詩總體的比例（26.5%），可見對於杜牧來說，涉酒的內容更適合以不受詩律拘束的古體詩來書寫，易於表達豐沛的情感。繆鉞還認為：「晚唐詩人，一般說來，才力比較薄弱，長於作律詩與絕句，很少能作長篇古詩的，只有杜牧與皮日休二人的古詩作得多而且較好」。〔註4〕羅聯添也說：「韓愈所以多作古詩，少作近體，是因近體篇幅短小，又有格式限制，不易發揮其才力，也較難於表現雄偉奇崛的氣勢風氣。」〔註5〕杜牧才力很高，他或許與韓愈一樣，想要表現飲酒之後的豪氣，因此要在古體詩中以文為詩直接抒發自己的情感。

　　以下試說明杜牧以文為詩四個比較顯著的特點：

（一）以文章章法、句法來書寫

　　杜牧的古體詩可以見到文章的謀篇佈局，以及文章句式的變化。

〔註3〕（唐）杜牧著，（清）馮集梧注：《樊川詩集注》（上海：上海古籍出版社，1998年），前言頁8。

〔註4〕（唐）杜牧著，（清）馮集梧注：《樊川詩集注》（上海：上海古籍出版社，1998年），前言頁8。

〔註5〕羅聯添：《韓愈研究》（台北：台灣學生書局，1977年），頁303。

1. 文章的章法

比較多的是以時間的順序來寫，而且有比較明顯的表示時間的詞語，如〈感懷詩一首〉，主要是以時間推進的順序來寫的：

> 高文會隋季，提劍徇天意……旄頭騎箕尾，風塵薊門起……
> 宣皇走豪傑，談笑開中否……至於貞元末，風流恣綺靡。艱
> 極泰循來，元和聖天子……繼於長慶初，燕、趙終異繮……
> 骨添薊垣沙，血漲嘑沱浪……

此詩可以看到杜牧用了「高文」分別指唐高祖李淵與文皇帝李世民、「宣皇」指的是唐肅宗，「貞元」是唐德宗的年號、「元和」是唐憲宗的年號，「長慶」則是是唐穆宗的年號，而用「薊門」這個地點表示安史之亂的爆發，「薊垣」和「嘑沱」表示盧龍和成德反叛。杜牧用這些詞語來表示時間變換。而全詩是以時間推進的順序來書寫唐朝國運的嬗變，以及杜牧對該時期的態度。此詩敘述了從唐高祖李淵、唐太宗李世民開始，經過安史之亂使國家混亂，又到元和中興重新安定，再到元和之後藩鎮重新反叛的事情。杜牧以唐高祖、唐太宗立國為起，以安史之亂為承，又以唐德宗時期為詩歌的低潮，以唐憲宗時期的高潮為轉，而唐憲宗過世之後，詩歌又進入低潮，低潮一直持續到詩歌結束，是為合。這樣的謀篇佈局正像古文的起承轉合，以唐代的國運作為詩人情緒變化的脈絡。

又如〈張好好詩（並序）〉：

> 君為豫章姝，十三纔有餘……自此每相見，三日已為疎……
> 旌旆忽東下，笙歌隨舳艫……飄然集仙客，諷賦欺相如。聘
> 之碧瑤珮，載以紫雲車……爾來未幾歲，散盡高陽徒。洛城
> 重相見，婷婷為當壚……

此詩也是以時間順序來書寫的，在詩序中其實也有介紹。詩的開頭寫杜牧大和三年在沈傳師洪州幕府中初見張好好，當時張好好十三歲；後來事情發展到杜牧和張好好常常見面；之後杜牧和張好好都跟著沈傳師從洪州到宣州，再後來過了三年，沈傳師的弟弟沈述師將張好好

納為妾，杜牧和張好好就無法見面了；又過了三年，杜牧在洛陽再次見到張好好之時，她已經被沈述師拋棄，自己在洛陽當墟賣酒。

比較典型的還有〈池州送孟遲先輩〉：

> 昔子來陵陽，時當苦炎熱……仲秋往歷陽，同上牛磯歌……
> 明年乘諫官，綠樹秦川闊。子提健筆來，勢若夸父渴……青
> 雲馬生角，黃州使持節……三年未為苦，兩郡非不達……

此詩寫的是送別孟遲，但實際以很大篇幅書寫一直以來和孟遲交往的經歷。詩歌開頭交代，杜牧開成三年在崔鄲宣州幕府任職時初次見孟遲，當時天氣炎熱；然後杜牧在秋天與孟遲一起去牛渚山；到了次年，杜牧到京城任職，孟遲也來到京城與杜牧會面；之後杜牧外放黃州，繼而轉到池州，到寫此詩時先後擔任了兩州刺史。從時間的推移來深化與孟遲的友誼，體現了文章的筆法。

而〈杜秋娘詩（并序）〉，是用事情發展的順序來寫的：

> 京江水清滑，生女白如脂……老濞即山鑄，後庭千雙眉。秋
> 持玉斝醉，與唱《金縷衣》。濞既白首叛，秋亦紅淚滋……聯
> 裾見天子，盼眄獨依依……咸池昇日慶，銅雀分香悲……畫
> 堂授傅姆，天人親捧持……漸拋竹馬劇，稍出舞難奇……王
> 幽茅土削，秋放故鄉歸……我昔金陵過，聞之為獻欷……因
> 傾一樽酒，題作《杜秋詩》。愁來獨長詠，聊可以自貽。

開頭寫杜秋娘的出生，到成為為李錡之妾，李錡叛亂被滅，杜秋娘就被納入唐憲宗的後宮，唐憲宗死後，穆宗即位，杜秋娘成為漳王的保姆，漳王後來被削職，杜秋娘也被放歸故鄉金陵。此時杜牧路過金陵，了解到杜秋娘的身世，於是飲酒賦詩。此時以事情的發展為脈絡，前面以杜秋娘等視角來觀照，後面以杜牧的視角來敘述。

也有舉例子書寫志向的結構來寫的，如〈郡齋獨酌〉：

> 前年鬢生雪，今年鬚帶霜……我愛李侍中……我愛朱處
> 士……爾來十三歲，斯人未曾忘……池邊成獨酌，擁鼻菊枝
> 香。

此詩以舉例子為文章的佈局結構。開頭寫目前的不得志的窘況,而中間兩段杜牧表達對李侍中和朱處士的讚美,分別表達了自己有像李侍中和朱處士那樣的志向,而在最後則說明十三年來都沒有忘記李侍中和朱處士,又將描繪的場景帶回現在獨酌的狀況。

2. 文章的句法

杜牧在古體詩運用了不少非典型的詩歌句式。

A. 特殊句法

如〈感懷詩一首〉寫到:「聖云繼之神,神仍用文治」,此句的「聖」指唐高祖,「神」指唐太宗,說的是在唐高祖之後,繼承他的是唐太宗,唐太宗接著繼續用文治理天下。可見「云」字無義,因此這兩句句的節拍是「聖/云/繼之神,神/仍用/文治」,前句的節拍是一字、一字、三字,後句是一字、二字、二字;而一般的五言詩句多是前面三字,後面兩字,或前面兩字,後面三字。可見此兩句詩的特殊,與普通詩句迥異。又如〈雪中書懷〉寫到:「如日月絪升,若鸞鳳葳蕤」,此句寫的是朝中人才濟濟的景象。這兩句句的節拍是「如/日月/絪升,若/鸞鳳/葳蕤」,兩句都是一字、二字、二字的結構。

還有類似列錦一樣的句式,如〈感懷詩一首〉寫到:「號為精兵處,齊蔡燕趙魏」,以及〈郡齋獨酌〉寫到:「出語無近俗,堯舜禹武湯」。其中的「齊蔡燕趙魏」和「堯舜禹武湯」兩句皆是普通名詞的羅列,之所以說這兩句異於一般的列錦,因為所羅列的並非景物,比較難產生借景抒情的效果。這樣的寫法類似文章舉例子的手法,是文章一種理性的論述手段。

B. 雜言交錯

如〈池州送孟遲先輩〉結尾部分,將五、七、十一言交錯並用:

> 喜極至無言,笑餘翻不悅。人生直作百歲翁,亦是萬古一瞬中。
> 我欲東召龍伯翁,上天揭取北斗柄,蓬萊頂上斡海水,水盡
> 到底看海空。

月於何處去，日於何處來？跳丸相趁走不住，堯舜禹湯文武
周孔皆為灰。

酌此一杯酒，與君狂且歌。離別豈足更關意，衰老相隨可奈
何！

杜牧的感情是起伏有波動的，形之於詩句就是雜言的形式。前文寫到
自己喜極，結尾則不開心，句式由此轉為七言，以幾句七言句表達人生
的短促，希望有生之年看到滄海桑田的景象；然後又轉為雜言，發出對
時間的疑問，以及表達及時行樂的想法。

3. 對話

杜牧會在詩中置入人物的對話，比較明顯的是〈送沈處士赴蘇州
李中丞招以詩贈行〉：

（沈處士）自言隴西公，飄然我知己。舉酒屬吳門，今朝為
君起。懸弓三百斤，囊書數萬紙。戰賊即戰賊，為吏即為吏。
盡我所有無，惟公之指使。（杜牧）予口隴西公，洄洄大君子。
常思掄群材，一一為國家治。譬如匠見木，礙眼皆不棄。大者
粗十圍，小者細一指。榰梐與棟梁，施之皆有位。忽然豎明
堂，一揮立能致。予亦何為者？亦受公恩紀。（沈）處士有常
言，殘虜為犬豕。常恨兩手空，不得一馬箠……（杜牧說：）
公非刺史材，當坐巖廊地……

此詩幾乎全詩用對話寫成，描寫杜牧自己與沈處士的對話，幾乎完全
是一篇記敘文。

另外還有〈郡齋獨酌〉：

叔舅欲飲我，（對杜牧說：）社甕爾來嘗……

（朱處士）問今天子少，誰人為棟梁？（杜牧）我曰天子聖，
晉公提紀綱。聯兵數十萬，附海正誅滄。謂言大義小不義，
取易卷席如探囊。犀甲吳兵鬪弓弩，蛇矛燕騎馳鋒鋩。豈知
三載幾百戰，鉤車不得望其牆。（朱處士）答云此山外，有事
同胡羌。誰將國伐叛，話與釣魚郎。

此段描寫的是杜牧與村中叔舅及朱處士的對話，說話對象的順序分別
為：村中叔舅、朱處士、杜牧、朱處士。

〈感懷詩一首〉裡面也有兩句：

故老撫兒孫，（對兒孫說：）爾生今有望。

這兩句寫的是大唐實現元和中興時，老人對兒孫說話的場景。

從上述幾段引文來看，杜牧常以古文對話的形式入詩，並且常省
略說話的主語。

（二）多用議論

杜牧的議論有時是直接議論而一針見血的，有時則以反問的形式
出現。

1. 直接議論

杜牧直接議論入詩的例子很多，姑舉其較為精闢的直接議論。

如〈感懷詩一首〉：

流品極蒙尨，網羅漸離弛。夷狄日開張，黎元愈憔悴。

這幾句一針見血地指出朝廷為了招撫叛亂的藩鎮，設置了冗雜的官職，
造成不少混亂。而觀天下大勢，叛亂的藩鎮日益囂張，百姓則日益憔
悴，兩者對比，明顯看到各自是一進一退的狀態。

〈感懷詩一首〉中還有一句：

取之難梯天，失之易反掌。

指出收復藩鎮像登天一樣難，而失去它們則易如反掌，以對比的手法
說明了收復藩鎮的困難，令人印象深刻。

如〈杜秋娘詩（並序）〉：

自古皆一貫，變化安能推。

……

女子固不定，士林亦難期。

杜牧了解到杜秋娘的身世，說出了「自古皆一貫，變化安能推」以安慰
她，說明人生命運自古以來都是變化不定的；杜牧又從安慰杜秋娘延

伸到對自己命運的感慨，說出「女子固不定，士林亦難期」，表示男子和女子一樣，命運也變化不定、不是自己能把握的。

如〈冬至日寄小姪阿宜詩〉：

李、杜泛浩浩，韓、柳摩蒼蒼。近者四君子，與古爭強梁。

一針見血準確指出李杜韓柳的崇高成就和地位，表示這四人與前代的人相比，而毫不遜色。

如〈雪中書懷〉：

向來躐等語，長作陷身機。

此句是杜牧反思越俎代庖行為的想法，說明講了超越自己身份的話，會給自己帶來危機。

再如〈池州送孟遲先輩〉：

人生直作百歲翁，亦是萬古一瞬中。

此句直接表示人生即使長命百歲，也不過是萬古之中的一個瞬間，更何況壽命不到百歲的人，暗示了人生的短暫的道理。

2. 反問

杜牧的議論也常常以反問的形式出現。如〈感懷詩一首〉裡面很多議論的句子就是如此：

如何七十年，汗赧含羞恥？

⋯⋯

累聖但日吁，閫外將誰寄？

⋯⋯

秖云徒有征，安能問無狀？

⋯⋯

七十里百里，彼亦何嘗爭？

這幾句分別反問安史之亂結束七十年來，為何朝廷一直忍辱含羞；唐玄宗後面的幾位聖上只能日日歎息，打仗之事究竟能托付給誰；朝廷對反叛的藩鎮只能空喊征討的口號，哪裡有能力真正責問藩鎮的罪狀；商湯和文王分別以七十里和一百里的土地發跡，哪裡在乎土地的大小

呢？可見這幾句詩以反問的形式表達了杜牧對大唐政事的看法。

杜牧有時也會連續地議論和發問，如〈杜秋娘詩（并序）〉：

地盡有何物，天外復何之？指何為而捉，足何為而馳？耳何

為而聽，目何為而窺？己身不自曉，此外何思惟？

此段以一連串的發問，表達了對自然和人體的思考：地之外有什麼？天之外有什麼？指為什麼能拿東西？足為何能奔跑？耳為何能聽到聲音？目為何能看到物體？杜牧最後表示對自己的身體都不了解，還要去想其他什麼東西呢？

類似的反問還有，〈郡齋獨酌〉：「人生落其內，何者為彭、殤」；〈長安送友人遊湖南〉：「相捨囂讀中，吾過何由鮮」；〈池州送孟遲先輩〉：「月於何處去，日於何處來」，等等。

（三）多用虛字

杜牧常常使用古文出現的虛字，而這些字一般比較少出現在唐詩中，如「之」、「以」等字。

如〈張好好詩（并序）〉寫到：「贈之天馬錦，副以水犀梳……聘之碧瑤珮，載以紫雲車」，類似的還有〈洛中送冀處士東游〉：「贈以蜀馬垂，副之胡罽裘」。

這兩首詩都出現了「之」和「以」字，並且將二字對舉，讀起來就像文章一般。

當然還出現了其他的虛字，如〈感懷詩一首〉：「誓將付孱孫，血絕然方已。邈矣遠太平，蕭然盡煩費」，「血絕然方已」甚至出現了三個虛詞連用。如〈杜秋娘詩（并序）〉：「其間杜秋者，不勞朱粉施」，句式就像《水經注‧江水》所寫的：「其間千二百里，雖乘奔御風不以疾也」。至於〈冬至日寄小姪阿宜〉裡面寫到的：「尚可與爾讀，助爾為賢良」等等的句子，簡直就是書信一樣的話。上述幾首詩中的「然」、「方」、「已」、「矣」、「其」、「者」、「尚」、「可」、「與」皆是虛字，且密集使用這些虛字，大大增強了這些詩散文化的程度。

　　當然，杜牧以文為詩的手法雖然主要出現在古體詩，但是其律詩也有出現這樣的手法。例如在文章章法的運用方面，〈華清宮三十韻〉是用事情發展順序來書寫的：

> 繡嶺明珠殿，層巒下繚牆……昔帝登封後，中原自古強……
> 至道思玄圃，平居厭未央……雨露偏金穴，乾坤入醉鄉。玩
> 兵師漢武，迴手倒干將。鯨鬣掀東海，胡牙揭上陽。喧呼馬
> 嵬血，零落羽林槍。傾國留無路，還魂怨有香……鼎重山難
> 轉，天扶業更昌。望賢餘故老，花萼舊池塘……

杜牧以事情發展為脈絡，主要書寫了安史之亂前後華清宮的變化。開始先寫在驪山華清宮望到的美景；再寫到唐玄宗封禪之事，表示大唐國力達到巔峰，而玄宗後來開始寵幸女道士楊貴妃；之後還發展到愛屋及烏，對楊家都十分偏寵；玄宗又好大喜功，開拓邊疆，邊將則挑起戰爭來邀功，手握重兵；終於釀成了安史之亂，玄宗帶著楊貴妃離京入蜀，躲避戰火，楊貴妃在途中的馬嵬坡被迫自殺；後來大唐收復了長安，玄宗回鑾，看到衰敗的華清宮。

　　在大量使用虛字方面，杜牧一些律詩有所體現。如〈牧陪昭應盧郎中在江西宣州，佐今吏部沈公幕，罷府周歲，公宰昭應，牧在淮南縻職，敘舊成二十二韻，用以投寄〉：「去矣時難遇，沽哉價莫酬」，〈早春寄岳州李使君李善碁愛酒情地閑雅〉：「此興予非薄，何時得奉陪？」，〈自遣〉：「四十已云老，況逢憂窘餘……還稱二千石，於我意何如」，〈昔事文皇帝三十二韻〉：「我實剛腸者，形甘短褐髡」，〈湖州正初招李郢秀才〉：「高人以飲為忙事，浮世除詩盡強名」等等。

　　總之，杜牧的涉酒詩以文為詩的特點在其中的古體詩表現得比較明顯，體現為以文章起承轉合的方式書寫，常用文章那樣的特殊句式，結合一些人物的對話，運用議論和大量虛字，來表達飲酒產生的豐沛的感情。

二、涉酒近體詩的特色

杜牧涉酒詩靈活運用詩律，其近體詩特點主要有兩點，一是用韻方面不不拘常格，二是對仗方面對仗常用半對、借對、交錯對。

（一）用韻方面

唐人押韻基本是符合平水韻的，平水韻各個韻部有不同數量的字數，根據王力《漢語詩律學》的分類，可將平聲的韻按字數多少分為四類，分別是寬韻、中韻、窄韻和險韻。〔註6〕而杜牧的涉酒詩用到不少韻部，窄韻、險韻，甚至還打破常規而出韻。

1. 窄韻

根據王力的分類，窄韻共有七個，分別為：微、文、刪、青、蒸、覃和鹽。而杜牧也常用到這些韻部，例如用到微韻的，包括他著名的一首律詩〈九日齊山登高〉：

> 江涵秋影雁初飛，與客攜壺上翠微。
>
> 塵世難逢開口笑，菊花須插滿頭歸。
>
> 但將酩酊酬佳節，不用登臨恨落暉。
>
> 古往今來只如此，牛山何必獨沾衣。（頁 371）

此詩是杜牧最著名的近體詩之一，在後世贏得激賞。如清代的何焯說：「發端卻暗藏一怨字。此句（頷聯）妙在不實接登高，撇開怨字。後半都一氣貫注」。同是清人的胡以梅說：「起賦景，次寫事，下六句皆議論，另一氣局，格亦俊朗鬆靈」可見杜牧此詩並不被窄韻約束，而且還用得如此出色，使得詩歌的章法自然。

還有〈新轉南曹未敘朝散初秋暑退出守吳興書此篇以自見志〉：

> 捧詔汀洲去，全家羽翼飛。喜拋新錦帳，榮借舊朱衣。
>
> 且免材為累，何妨拙有機。宋株聊自守，魯酒怕旁圍。
>
> 清尚寧無素，光陰亦未晞。一杯寬幕席，五字弄珠璣。
>
> 越浦黃柑嫩，吳溪紫蟹肥。平生江海志，佩得左魚歸。（頁 407）

〔註 6〕王力：《漢語詩律學》（北京，中華書局，2015 年），頁 44〜45。

同樣是用到微韻這個窄韻來寫排律，也體現了杜牧對窄韻已經運用自如，不被格律約束。

2. 險韻

　　根據王力的分類，險韻共有四個，分別為：江、佳、肴和咸。其中例如三江韻，韻部只有幾十個字，其中又多是僻字，常用字基本只有幾個，如：江、窗、雙、邦、降、缸等，限制可以說是非常大，但是杜牧依然有幾首詩押此韻。如〈九日〉：

　　　　金英繁亂拂闌香，明府辭官酒滿缸。

　　　　還有玉樓輕薄女，笑他寒燕一雙雙。（頁 622）

首句本來並不需要押韻，而此詩首句是借鄰韻的陽韻來作襯韻，中晚唐漸多此種襯韻的現象。〔註7〕至於二四句，用的就是三江韻。

　　同樣壓三江韻的還有〈獨酌〉：

　　　　窗外正風雪，擁爐開酒缸。何如釣船雨，篷底睡秋江。（頁 301）

　　以及〈秋晚早發新定〉：

　　　　解印書千軸，重陽酒百缸。涼風滿紅樹，曉月下秋江。

　　　　巖壑會歸去，塵埃終不降。懸纓未敢濯，嚴瀨碧淙淙。（頁 402）

這三首詩都是用三江韻，三首詩中的韻腳缸、雙、江、降等字幾乎就是三江韻中僅有的幾個非生僻字，而杜牧正是在這樣的束縛下創作律詩。

3. 出韻

　　杜牧的涉酒詩中甚至還有一首出韻的，就是〈題木蘭廟〉：

　　　　彎弓征戰作男兒，夢裏曾經與畫眉。

　　　　幾度思歸還把酒，拂雲堆上祝明妃。

此詩首句和次句分別用了韻腳用「兒」和「眉」字，同屬於支韻，但是末句韻腳「妃」字卻屬於微韻，此乃大忌，在宋代之前近體詩出律是極為罕見的，〔註8〕可見杜牧已經不滿足於常規，而要突破固有的束縛了。

〔註 7〕王力：《漢語詩律學》（北京，中華書局，2015 年），頁 54。

〔註 8〕王力：《漢語詩律學》（北京，中華書局，2015 年），頁 60。

寫格律詩就是戴著鐐銬跳舞，鐐銬就是格律，而杜牧並未被所謂的鐐銬束縛，可以靈活運用窄韻、險韻，甚至突破格律而出韻，杜牧用韻不拘常格反而使這些鐐銬與詩歌內容相得益彰。

（二）對仗方面

杜牧不單是對用韻得心應手，而且對於對仗也是運用自如，體現在他常常運用半對、借對、蹉對以及當句對。

1. 半對

所謂半對就是兩個句子並非所有字詞都一一對仗，王力所言：「工整的對仗和高雅的詩意不能兩全的時候，詩人寧願犧牲對仗來保存詩意」〔註9〕，說的就是半對的情況。

典型的如「十年一覺揚州夢，占得青樓薄倖名」，這兩句的前半句沒有相互對仗，只是句末三字以「揚州夢」對「薄倖名」；「為君蘸甲十分飲，應見離心一倍多」和上一句也很類似，句末的「十分飲」對「一倍多」，不過中間兩字「蘸甲」與「離心」也造成對仗，僅剩下首兩字沒有對仗了。還有「偃須求五鼎，陶只愛吾廬」，這兩句除了五和吾，每字皆對，兩句的首字「偃」和「陶」分別指主父偃和陶淵明。

〈和州絕句〉的前兩句則有些特殊，此詩開頭兩句：「江湖醉度十年春，牛渚山邊六問津」不僅用到半對，或許還有借對。此兩句不僅以「十年春」對「六問津」，而且以「度」字對「邊」字，因為雖然句中「度」字意思是動詞度過，但借用法制、規範的意思，所以成為名詞，以對同是名詞的「邊」字。

2. 借對

指字在句中的意義對起來本不甚工，但那字另有一個意義卻恰和並行句中相當的字成為頗工或極工的對仗。〔註10〕借對還可分為分為借義和借音。

〔註9〕王力：《漢語詩律學》（北京，中華書局，2015年），頁187。
〔註10〕王力：《漢語詩律學》（北京，中華書局，2015年），頁206。

　　杜牧涉酒詩中的借對多為借義。如「至道思玄圃，平居厭未央」，出句前兩字指的是「至道大聖大明孝皇帝」，也就是唐玄宗，對句前兩字「平居」指平時閒居，那麼「至道」即是把帝號借為「極盡道路」的意思，以此與平時閒居相對應；又如「拂匣調珠柱，磨鉛勘《玉杯》」兩句句木二字，「珠柱」代指琴，而「《玉杯》」是《春秋繁露》中的第二篇，在這裡篇名《玉杯》借為玉石的杯子的意思；又如「銀鞦騕褭嘶宛馬，繡鞅璁瓏走鈿車」中的「宛馬」與「鈿車」相對，「鈿車」指用金銀珠寶裝飾的車，「宛馬」指大宛出產的馬，此處的「宛」字借為宛轉的意思；又如「杜若芳洲翠，嚴光釣瀨喧」兩句的首兩字相對，「嚴光」是人名，指東漢的隱士，杜若為一種植物，因此此處的「杜若」的「杜」借為姓氏。又如「謝公城畔溪驚夢，蘇小門前柳拂頭」兩句首兩字相對，「謝公」指的是宣城太守謝朓，「蘇小」為蘇小小的省稱，「小」本是名詞，此處借用作形容詞，為細小或年輕之意，以對「謝公」的「公」。

　　至於借音的借對則有「牛歌漁笛山月上，鷺渚鶯梁溪口斜」，此兩句前四字相對，對句「鷺渚鶯梁」出現了「鷺」和「鶯」兩種動物，而相應的可以知道，出句「牛歌漁笛」也有兩種動物對應，於是就可以知道是「牛」和「漁」，而「漁」就是借用「魚」音以對仗。

3. 蹉對

　　即是王力所說的錯綜對，意思為對仗的字詞不拘位置，顛倒錯綜。〔註11〕表現出靈活的風格，同時適應格律的需要。

　　如「十載違清裁，幽懷未一論」，此句本來的語序應該為「清裁違十載，幽懷未一論」，「清裁」指清鑒，「清裁」對「幽懷」，「違」對「未」，「十載」對「一論」，名詞對名詞，否定詞對否定詞，可謂是工對。不過也因為太工整而板滯，而且若以此語序，對句就犯了失對的錯誤了。又如「偶發狂言驚滿坐，三重粉面一時回」，本來的語序應該是「偶發

〔註11〕王力：《漢語詩律學》（北京，中華書局，2015年），頁217。

狂言滿坐驚，三重粉面一時回」，「偶發」對「三重」，「狂言」對「粉面」，「滿坐」對「一時」，「驚」對「回」，可見杜牧是將「驚」字的位置從第五字放到句末第七字，以造成錯綜靈活的效果，同時合符格律。

上面兩句是語序改變比較少的錯綜對，還有比較複雜的。如「青梅雨中熟，檣倚酒旗邊」，這兩句原本的語序是「青梅雨中熟，酒旗檣邊倚」；「陶潛官罷酒瓶空，門掩楊花一夜風」原本語序是「陶潛官罷空酒瓶，楊花門掩一夜風」，更是出句和對句都要變更語序的，或許也有借對的可能，即「楊花」的「楊」借為姓氏的「楊」以對「陶」字。

4. 當句對

當句對就是字詞在句中自對的情況。這樣的情況雖然不多，但是也為杜牧所用。如「飲酒論文四百刻，水分雲隔二三年」，兩句前四個字就是這種情況，「飲酒論文」與「水分雲隔」並不對仗，而這兩組分別在句中自對。「飲酒」與「論文」對仗；「水分」與「雲隔」對仗。類似的還有「雉飛鹿過芳草遠，牛巷雞塒春日斜」，「雉飛鹿過」本句的「雉飛」與「鹿過」兩個偏正短語對仗，而「牛巷雞塒」中的「牛巷」與「雞塒」兩個名詞相對。

第四節　涉酒詩的意象

本節論述杜牧涉酒詩比較喜愛的意象，主要分為時間意象和空間意象，以及其他意象。時間意象主要是春和秋兩季，代表意象是春雨和秋山；空間意象的代表意象是寺廟；其他意象的代表是酒旗（酒家）。

杜牧〈念昔游三首·其一〉寫到：「十載飄然繩檢外，樽前自獻自為酬。秋山春雨閒吟處，倚遍江南寺寺樓。」此詩後兩句寫出了杜牧涉酒詩的比較突出的意象，一是時間多與春秋兩季相關，二是空間多在江南的寺廟中，因此本節主要針對杜牧的涉酒詩與其時間與空間的意象作分析。下面以創作時的季節為標準，將杜牧的涉酒詩詩題作分類如下：

　　春天：雪中書懷、惜春、題宣州開元寺、自宣州赴官入京路逢裴坦判官歸宣州因題贈、長安雜題長句六首・其三、其四、街西長句、春日言懷寄虢州李常侍十韻、早春寄岳州李使君李善棊愛酒情地閑雅、送王侍御赴夏口座主幕、贈沈學士張歌人、昔事文皇帝三十二韻、江南春絕句、自宣城赴官上京、春末題池州弄水亭、池州春送前進士蒯希逸、睦州四韻、題茶山、茶山下作、入茶山下題水口草市絕句、春日茶山病不飲酒因呈賓客、不飲贈官妓、早春贈軍事薛判官、代吳興妓春初寄薛軍事、題禪院、罷鍾陵幕吏十三年來泊湓浦感舊為詩、商山麻澗、商山富水驛、題武關、途中作、和州絕句、寄內兄和州崔員外十二韻、春盡途中、和嚴惲秀才落花、及第後寄長安故人・同趙二十二訪張明府郊居聯句、陝州醉贈裴四同年、隋苑、洛中一首、并州道中。

　　夏天：長安送友人遊湖南、大雨行。

　　秋天：杜秋娘詩、郡齋獨酌、張好好詩・洛中送冀處士東遊、送沈處士赴蘇州李中丞招以詩贈行、雨中作、獨酌（長空碧杳杳）、池州送孟遲先輩、題池州弄水亭、許七侍御棄官東歸瀟灑江南頗聞自適高秋企望題詩寄贈十韻、李給事二首・其二、題桐葉、獨酌（窗外正風雪）、醉眠、潤州二首、齊安郡晚秋、九日齊山登高、秋晚早發新定、夜泊桐廬先寄蘇臺盧郎中、新轉南曹未敘朝散初秋暑退出守吳興書此篇以自見志、懷鍾陵舊游四首・其四、泊秦淮、送薛種游湖南、早秋、九日、登九峰樓、宿長慶寺、書懷寄盧歔州、牧陪昭應盧郎中在江西宣州佐今吏部沈公幕罷府周歲公宰昭應牧在淮南縻職敘舊成二十二韻用以投寄、送趙十二赴舉、兵部尚書席上作。

　　冬天：冬至日寄小姪阿宜詩、奉和門下相公送西川相公兼領相印出鎮全蜀詩十八韻、寄李起居四韻、梅、湖州正初招李郢秀才、初冬夜飲、哭韓綽。

　　根據本人統計，在杜牧113首涉酒詩中，只有34首不確定創作時的季節，餘下的80首可以知道創作時的季節。在這80首中，在夏天創作的是最少的，只有2首；次少的是在冬天創作的，有7首；餘下

共 71 首，都是在春天或秋天創作的，其中在秋天創作的有 31 首，在秋天創作的則有 40 首。以表格形式整理如下：

表 7：杜牧涉酒詩季節數量一覽表

	春　天	夏　天	秋　天	冬　天	季節未知	總　　計
數量（首）	31	2	40	7	33	113

一、酒與時間

　　春天與秋天是一年中比較溫度適中的兩個季節，四季中春天代表大自然開始甦醒，而秋天則標誌著物華開始凋傷。對中國的詩人來說，在這兩個舒適的季節裡，萬物的新生和初老都能觸動他們敏感的神經與精妙的詩思，因此他們的詩歌創作相對集中於春與秋兩季。杜牧也不例外，他創作涉酒詩的時間也主要集中於春和秋。也正如上文杜牧〈念昔游三首・其一〉所言，在春和秋的景色中，他比較喜歡的是春雨和秋山。

（一）涉酒詩的春雨意象

　　在本文第三章已經提及過杜牧常常因為不得志而及時行樂，及時行樂的其中一個表現就是在把握春光、對花而飲。不過面對大好春光，杜牧並不只有及時行樂而飲酒而已，他還對春天的景色由衷地欣賞，尤其是春雨。

　　最為直接表達杜牧對春雨的喜愛的如〈題宣州開元寺〉：「留我酒一樽，前山看春雨。」當時春雨還沒下，杜牧已經想到要準備好一樽酒來迎接了。

　　〈春日言懷寄虢州李常侍十韻〉：「岸蘚生紅藥，巖泉漲碧塘。地分蓮嶽秀，草接鼎原芳。雨派潨潨急，風畦芷若香」。春雨潨潨，池塘因而水漲，春天展現出一片生機，芍藥、芳草和芷若都在生長，它們的生長都離不開春雨的澆灌，面對生機勃勃的景象，杜牧想到虢州的李常侍，而舉酒遙祝他長壽。又如〈途中作〉：「碧溪風澹態，芳樹雨餘

姿」，描寫了一幅雨後溪邊的風景畫，溪水被春風吹皺而形態萬種，樹木被春雨點綴而婀娜多姿，最後杜牧在欣賞此番景色中行樂飲酒。

如〈長安雜題長句六首・其四〉：「期嚴無奈睡留癖，勢窘猶為酒泥慵。偷釣侯家池上雨，醉吟隋寺日沉鐘」，杜牧飲酒偷懶，喜歡去到富貴人家邊的池塘冒雨釣魚，釣魚的過程漫長，正好可以欣賞春雨了。

又如〈長安雜題長句六首・其三〉：「雨晴九陌鋪江練」，寫的是春雨後長安道路的景象。長安的街道經過春雨的滋潤，太陽出來後，光照反射，好像白色的江水一般。

（二）涉酒詩的秋山意象

對於涉酒詩中的秋色，杜牧比較喜愛的則是秋山。

如〈洛中送冀處士東遊〉：「餞酒載二斗，東郊黃葉稠。我感有淚下，君唱高歌酬。嵩山高萬尺，洛水流千秋。」面對著萬尺的嵩山，杜牧深深感受到自然的力量，感受到人的渺小、生命的短暫，飲酒送別不禁潸然淚下。

又有〈送沈處士赴蘇州李中丞招以詩贈行〉：「山城樹葉紅，下有碧溪水。溪橋向吳路，酒旗誇酒美。」在秋天山城之中的酒家，酒味亦是特別美的。

又有〈長安送友人遊湖南〉：「山密夕陽多，人稀芳草遠……酒醒且眠飯」。重重疊疊的山巒，將夕陽分割成很多片，因此姑且好好飲酒和睡覺，醒了就加餐飯。獨自出遊，把泰山看作秋毫一樣渺小，這是莊子齊物的思想，在杜牧酒後表現得淋漓盡致，同時也側面看出杜牧涉酒詩中體現的對秋山的喜愛。

〈許七侍御棄官東歸瀟灑江南頗聞自適高秋企望題詩寄贈十韻〉：寫到「江山九秋後，風月六朝餘。」深秋之後的長江和高山的景致，也像六朝時候一樣美麗。〈題桐葉〉：「江畔秋光蟾閣鏡，檻前山翠茂陵眉。樽香輕泛數枝菊……」秋天的江水反射月光，像鏡子一般；而秋山蒼翠如同卓文君之眉般漂亮，難怪杜牧陶醉其中而酒興大發。

二、酒與空間：寺廟

　　對於涉酒詩中的空間，杜牧對寺廟有所偏愛。江南一帶從六朝以來都是繁華之地且寺廟眾多，杜牧長期在江南一帶任職，面對眾多的佛寺，杜牧或路過遊玩，甚至住在佛寺，這都引起了他的深思或酒興。胡遂在《佛教與晚唐詩》中寫到此期（晚唐）此類（融合佛教教義）詩歌的重點乃落在苦、空、寂、靜等幾方面，其中「苦」是對生活現實的反映，「空」是對歷史人生的認識，「寂」是寂滅來自世俗社會的種種塵勞妄念，「靜」是自靜其心，自淨其性，從而使身心歸於平靜，安於平靜。〔註12〕這幾方面的思想或多或少都存在於杜牧的思想中，因此以佛寺為依託，在酒詩中表達出來。

　　杜牧指出六朝以來寺廟林立的狀況，以表達一些耐人尋味的思想。杜牧在〈送沈處士赴蘇州李中丞招以詩贈行〉說：「東吳饒風光，翠巘多名寺。疎煙靄靄秋，獨酌平生思」，就說出了六朝故地寺廟眾多的情況，為他提供了駐足之所，或者成為他引發歷史思考的因素。〈題宣州開元寺〉：「亡國去如鴻，遺寺藏煙塢。」杜牧在開元寺中，看著天外的飛鳥，產生了對歷史的感慨，已經滅亡的六朝如同遠逝的飛鳥，當時建造的寺廟還空留在被煙霧圍繞的地方，表達出一種耐人尋味的興亡之感。〈池州送孟遲先輩〉：「寺樓最騫軒，坐送飛鳥沒。一樽中夜酒，半破前峰月。」杜牧夜晚坐在寺樓的最高層，看著飛鳥的離開，月亮的出現，舉起一樽酒而飲，足以引發他的詩思。〈潤州二首・其一〉：「青苔寺裏無馬跡，綠水橋邊多酒樓。」杜牧所到的寺廟也是人迹罕至的，而正是這樣的地方，卻成為杜牧飲酒流連之處。最著名的要數〈江南春絕句〉：「千里鶯啼綠映紅，水村山郭酒旗風。南朝四百八十寺，多少樓臺煙雨中。」在春光爛漫的水村山郭，也想到了六朝以來眾多的佛寺，對比熱鬧的春意和迷蒙的煙雨，令人深思。

　　隋朝是前代中時間最接近唐朝且國祚極短的朝代，因此成為杜牧

〔註12〕　胡遂：《佛教與晚唐詩》（北京，東方出版社，2004年），頁6。

關注的對象。〈獨酌〉：「煙深隋家寺，殷葉暗相照」，隋朝所建的寺廟依然存在，但已經被煙霧籠罩，紅葉相互映照，但是已經暗淡無光，似乎是在描摹杜牧獨酌之時沉重的心情。〈長安雜題長句六首・其四〉：「偷釣侯家池上雨，醉吟隋寺日沉鐘。」杜牧偶爾有特別的興致，他釣魚喜歡趁著雨勢在富貴人家旁的池邊去釣，飲酒喜歡則伴隨寺的鐘聲在日落時分去飲。

　　杜牧有時甚至住在佛寺裡面。如〈宣州開元寺南樓〉：「小樓才受一牀橫，終日看山酒滿傾。」在佛寺的樓上，流連終日。〈宿長慶寺〉：「終日官閒無一事，不妨長醉是遊人。」也許是因為悠閒而得以出遊宿於這長慶寺裡面，因此酒興大發。〈念昔遊三首・其三〉：「李白題詩水西寺，古木回巖樓閣風。半醒半醉遊三日，紅白花開山雨中。」面對美好的自然景致，以及曾有李白題詩的古寺，對於杜牧來說是值得連飲三日的。

三、酒旗（酒家）意象

　　杜牧的涉酒詩中，還有其他與酒相關的意象值得關注，尤其是酒旗。所謂的酒旗，其實是酒家打廣告的手段，而旗亭也就是酒家。酒家以酒旗打廣告，是比較古老的廣告的形式，相傳在春秋時期就已出現，至唐代已經是非常常見的廣告手法了。

　　有酒旗之處就是有酒家之地，酒家所在之地人來人往，常具有生活氣息，而且與周遭的風景相得益彰，讓杜牧感到愜意，而激起杜牧的詩興。例如在河網密佈，水運便利的地方，乘船是當地出行的重要的交通方式，因此河邊很多酒樓。杜牧兩首去茶山採茶的詩歌：〈入茶山下題水口草市絕句〉：「倚溪侵嶺多高樹，誇酒書旗有小樓」；〈題茶山〉：「溪盡停蠻棹，旗張卓翠苔」都寫到了蒼翠的茶山邊的溪水，溪邊便有酒旗（酒樓）。

　　最為著名的莫過於〈江南春絕句〉對江南美景的描寫：「千里鶯啼綠映紅，水村山郭酒旗風」，此兩句詩中出現了各種對比，如鶯與綠紅（動物和植物）、啼與映（聲響與光照）、水與山（動態和靜態）、首句

與次句（自然和人文），而在次句的人文景觀中，又可分為居住與經營的對比（村郭和酒旗），因此酒旗也是這個對比系統中不可或缺的一環，承擔了營造詩歌生活氣息和美感的任務。

又如〈送沈處士赴蘇州李中丞招以詩贈行〉：「山城樹葉紅，下有碧溪水。溪橋向吳路，酒旗誇酒美。下馬此送君，高歌為君醉」。在紅葉樹下，碧溪水錢，溪橋邊，吳路旁，這樣一眾景觀中有一間酒家，使此處種種景觀增添了生氣，煥發了生機，可以說是非常有美感了。

又如〈代人寄遠・其一〉：「河橋酒旆風軟，候館梅花雪嬌」，這首是杜牧代言體之作，以女子的口吻表達對男子的思念，女子在候館樓上遠眺，看到河橋邊的酒樓，酒旗在春風中飄動，仿佛女子的思念被春風攪動一樣。杜牧將女子的思念實體化，卻又未明確指出，其中的美感由讀者自行感受。

又如〈潤州二首・其一〉：「向吳亭東千里秋，放歌曾作昔年遊。青苔寺裏無馬跡，綠水橋邊多酒樓。大抵南朝皆曠達，可憐東晉最風流。月明更想桓伊在，一笛聞吹出塞愁。」此詩寫到杜牧在無人的寺廟遊覽，在水邊的酒樓遊玩或是飲酒，一片爽朗高秋的氣氛，令杜牧想到六朝的風流人物桓伊吹簫的情景。可以看出在詩歌描繪的畫面是靜謐的，唯有酒樓是富有生氣，使得杜牧詩興大發。

又如〈自宣州赴官入京路逢裴坦判官歸宣州因題贈〉的開頭：「敬亭山下百頃竹，中有詩人小謝城。城高跨樓滿金碧，下聽一溪寒水聲。梅花落徑香繚繞，雪白玉瑤花下行。縈風酒旆掛朱閣，半醉遊人聞弄笙」。此段描寫了杜牧遇到裴坦而為他送別的場景。杜牧在春日的宣州看著溪水初漲，梅花新落，一片生機，風中的酒旗也掛在朱閣上，非常醒目，因而杜牧就與裴坦在此喝得半醉。

不過有時候杜牧也用截然相反的筆調塑造酒家周遭的風景，帶來的生活感與美感都不同。最為顯著且最有有名的當數〈泊秦淮〉：「煙籠寒水月籠沙，夜泊秦淮近酒家。商女不知亡國恨，隔江猶唱後庭花」。杜牧在首句描寫了酒家周遭的環境，是一片被煙霧籠罩的流水，以及

被月光籠罩的堤岸，渲染了一個壓抑淒清的氣氛，奠定了此詩的感情基調。後面寫杜牧泊船於酒家的對岸，或許是被歌女之聲而吸引而泊船，聽到歌女唱的是陳後主所創的亡國之音。但杜牧只是作客觀的描寫和敘述，並未作任何評論，耐人尋味，留下空間讓讀者自行感受。很明顯地，杜牧雖然不置臧否，但是讀者從作者對酒家周邊環境的描寫已經領會到其意圖了。這是杜牧涉酒詩中唯一一首描寫帶有負面色彩的酒家的詩歌。

總的來講，杜牧筆下的酒旗（酒家）往往與周遭的美景搭配得相得益彰，也往往傳達出一份生活氣息，讓杜牧感到愜意而作詩。

本章小結

總體來講，杜牧涉酒詩多以卒章顯志和以酒為喻的方式來表達情志。杜牧常用卒章顯志的手法來表達及時行樂思想，常常描寫周遭美好的環境，最後把話題引向把握時光而飲酒；杜牧也常在結尾處勸朋友喝酒來維繫友情，也常在詩歌結尾處以祝酒的形式來抒發各種情志。在以酒為喻方面，杜牧常常把酒作為美好的代稱，有時書寫自己一人飲酒睡覺的快樂，有時描寫百姓有酒可飲的美好生活；不過人民過度地飲酒的時候，酒也可以成為危險的象徵。而在涉酒詩的體裁方面，以杜牧的古體詩主要通過以文為詩來表達豐沛的感情，表現為以文章章法和句法來書寫、多用議論、多用虛字；杜牧的近體詩則靈活運用詩律，體現為用韻方面不避窄韻、險韻，甚至出韻，對仗常用半對、借對、蹉對、當句對。以上種種手法，都體現了杜牧涉酒詩的高超的技巧和藝術價值。在涉酒詩的意象方面，杜牧這句「秋山春雨閒吟處，倚遍江南寺寺樓」就交代了他涉酒詩中最喜歡的時間意象和空間意象，分別是春秋與寺廟。而在其他意象中，杜牧筆下的酒旗（酒家）是比較特別的，酒旗代表著生活氣息，與周遭風景的搭配相得益彰，成為杜牧涉酒詩中一個精彩的意象。

第六章　杜牧涉酒詩對後世詩歌和詩話的影響

　　杜牧的涉酒詩對後代的詩歌和詩話都產生了不少影響，本章分三節論述這些影響，分別是對晚唐五代、宋代及元明清的影響。

第一節　對晚唐的影響：唱和與本事敷衍

　　杜牧的涉酒詩對晚唐詩的影響主要體現在兩方面，一是得到晚唐詩人的唱和，二是涉酒詩中的詩酒風流事跡開始被敷衍。

一、晚唐詩人唱和杜牧涉酒詩

　　杜牧贈與朋友的涉酒詩以及張祜對杜牧涉酒詩的唱和在前文已經講過，本節主要講除了張祜以外的人對杜牧的涉酒詩的唱和，舉其要者，有許渾、趙嘏、薛能以及李郢。

　　如許渾〈酬河中杜侍御重寄〉：「五色如絲下碧空，片帆還繞楚王宮。文章已變南山霧，羽翼應摶北海風。春雪預呈霜簡白，曉霞先染繡衣紅。十千沽酒留君醉，莫道歸心似轉蓬」。〔註1〕從題目可以看出此詩是為和杜牧原詩的，此詩大概是說，杜牧孤獨地在楚地任太守，杜牧

〔註1〕清聖祖御製：《全唐詩》（台北：明倫出版社，1971 年），卷 536，頁6114。

文章很好，本應飛黃騰達，而張祜希望和杜牧一起飲酒，以慰離顏。杜牧本來寫了〈許七侍御棄官東歸瀟灑江南頗聞自適高秋企望題詩寄贈十韻〉等涉酒詩給許渾，許渾大概也是回應此類的涉酒詩，因此才表示希望與杜牧飲酒。

又如趙嘏的〈題杜侍御別業〉（一作〈杜陵貽杜牧侍御〉）：「紫陌塵多不可尋，南溪酒熟一披襟。山高晝枕石床隱，泉落夜窗煙樹深。白首尋人嗟問計，青雲無路覓知音。唯君懷抱安如水，他日門牆許醉吟」。〔註2〕從題目得知此詩是趙嘏贈杜牧或題於杜牧別業上的，此詩意思大概是趙嘏攜壺披襟去尋訪杜牧，因杜牧不在家，趙嘏因此想象杜牧在家中的場景，並對杜牧懷才不遇表示同情，但也對杜牧的心如止水表示欣賞，希望與杜牧一起醉吟。可以看出趙嘏對杜牧的讚美，也知道杜牧喜愛飲酒，可以共同創作涉酒詩。

薛能有一首詩或是回應杜牧〈早春贈軍事薛判官〉和〈代吳興妓春初寄薛軍事〉，題目為〈投杜舍人〉，詩曰：「床上新詩詔草和，欄邊清酒落花多。閑消白日舍人宿，夢覺紫薇山鳥過。春刻幾分添禁漏，夏桐初葉滿庭柯。風騷委地苦無主，此事聖君終若何」。〔註3〕杜牧在〈早春贈軍事薛判官〉和〈代吳興妓春初寄薛軍事〉勸薛能飲酒，因此薛能此詩就寫到自己一邊寫詩一邊在起草詔書，同時還飲酒和欣賞落花，時間白白流逝而不能和杜牧對飲，即使是聖君也無可奈可，表達了希望和杜牧詩酒玩樂的冀望。

再有李郢〈和湖州杜員外冬至日白蘋洲見憶〉：「白蘋亭上一陽生，謝朓新裁錦繡成。千嶂雪消溪影淥，幾家梅綻海波清。已知鷗鳥長來狎，可許汀洲獨有名。多愧龍門重招引，即拋田舍棹舟行」〔註4〕。此

〔註2〕清聖祖御製：《全唐詩》（台北：明倫出版社，1971 年），卷 549，頁 6360。

〔註3〕清聖祖御製：《全唐詩》（台北：明倫出版社，1971 年），卷 559，頁 6483。

〔註4〕清聖祖御製：《全唐詩》（台北：明倫出版社，1971 年），卷 590，頁 6850。

詩是李郢和杜牧的〈湖州正初招李郢秀才〉所作。杜牧的原詩表達了及
時行樂的想法，並邀請李郢一同飲酒作詩。而李郢此詩表達了對杜牧
邀請的感謝，並且表示不顧一切馬上相訪的熱情。

以上幾首詩都體現了晚唐詩人受杜牧涉酒詩的影響，紛紛寫詩唱
和，希望與杜牧飲酒作詩。

二、《本事詩》敷衍杜牧涉酒詩的本事

杜牧涉酒詩的本事在晚唐開始被敷衍，其中以孟啟的《本事詩》
最早且最詳細。

孟啟《本事詩》最早記載了杜牧涉酒詩本事的，其中〈高逸第三〉
寫到：「杜為御史，分務洛陽時，李司徒罷鎮閑居，聲伎豪華，為當時
第一。洛中名士，咸謁見之。李乃大開筵席，當時朝客高流，無不臻
赴。以杜持憲，不敢邀置。杜遣座客達意，願與斯會。李不得已，馳
書。方對花獨酌，亦已酣暢，聞命遽來。時會中已飲酒，女奴百餘人，
皆絕藝殊色。杜獨坐南行，睜目注視，引滿三巵，問李云：『聞有紫雲
者，孰是？』李指示之。杜凝睇良久，曰：『名不虛得，宜以見惠。』
李俯而笑，諸妓亦皆回首破顏。杜又自飲三爵，朗吟而起曰：『華堂今
日綺筵開，誰喚分司御史來？忽發狂言驚滿座，兩行紅粉一時迴。』
意氣閑逸，傍若無人。杜登科後，狎遊飲酒，為詩曰：『落拓江湖載酒
行，楚腰纖細掌中情。三年一覺揚州夢，贏得青樓薄倖名。』後又題
詩曰：『觥船一棹百分空，十載青春不負公。今日鬢絲禪榻畔，茶煙輕
颺落花風』」。〔註5〕

《本事詩》此則引了杜牧三首涉酒詩，分別是〈兵部尚書席上作〉
（華堂今日綺筵開，誰喚分司御史來？忽發狂言驚滿座，兩行紅粉一
時迴）、〈遣懷〉（落拓江湖載酒行，楚腰纖細掌中情。三年一覺揚州夢，
贏得青樓薄倖名）和〈題禪院〉（觥船一棹百分空，十載青春不負公。
今日鬢絲禪榻畔，茶煙輕颺落花風），三首詩雖然都是涉酒詩，但本身

〔註5〕唐·孟啟著：《本事詩》（北京：中華書局，2014年），頁114。

並無關係，也並非同時所作，而孟啟將三首涉酒詩放在一起，使這三首詩成為該故事的注腳，增加了該流傳故事的真實性，塑造杜牧詩酒風流的形象。

第二節　對宋代的影響：化用、襲用和點評

杜牧的涉酒詩對宋詩的影響主要有三點，一是宋詩常常化用杜牧的涉酒詩，二是在宋詩中出現並襲用「三生杜牧」的典故，三是宋詩話常常對杜牧涉酒詩點評。

一、宋詩化用杜牧涉酒詩

化用是一種修辭手法，即是後人對前人作品的詞句或思想等的借鑒，而創作出新的作品的一種手法。點評則是詩話類作品對詩歌的批評。

宋人喜歡化用杜牧的涉酒詩，因其中以對〈九日齊山登高〉的化用為多，因此下面的論述分為對〈九日齊山登高〉的化用和對杜牧其他涉酒詩的化用。

（一）對〈九日齊山登高〉的化用

宋人喜歡化用杜牧的涉酒詩，其中最喜愛化用的是〈九日齊山登高〉，甚至還出現了「紫薇壺」的典故。〔註6〕

有點題的。如王安石〈次韻和吳仲庶池州齊山畫圖〉：「省中何忽有崔嵬，六幅生綃坐上開。指點便知巖石處，登臨新作使君來。雅懷重向丹青得，勝勢兼隨翰墨回。更想杜郎詩在眼，一江春雪下離堆。」此詩寫的是王安石見到吳仲庶池州齊山畫圖之後的喜悅心情，由看圖而想到「杜郎詩」，杜郎的詩也就是〈九日齊山登高〉。〔註7〕

有用句式的。如王安石〈和王微之秋浦望齊山感李太白杜牧之〉：

〔註6〕侯麗麗：〈杜牧詩歌在晚唐五代及兩宋時期的傳播接受史研究〉，福州，福建師範大學碩士學位論文，2008 年，頁 47。
〔註7〕吳在慶：《杜牧集繫年校注》（北京，中華書局，2011 年），頁 373。

「齊山置酒菊花開，秋浦聞猿江上哀。此山漠漠雲垂地，南埭悠悠水映人。馳道蔽虧松半死，射場埋沒雉多馴。登高一曲悲亡國，想繞紅梁落暗塵」首句即是化用〈九日齊山登高〉的「與客攜壺上翠微」和「菊花須插滿頭歸」。〔註8〕

胡仔《苕溪漁隱叢話》提到杜牧之〈九日齊安登高〉云：「江涵秋影雁初飛，與客攜壺上翠微」又有詩云：「煙深隋家寺，殷葉暗相照。獨佩一壺遊，秋毫泰山小」東坡用其語作詩云：「明日南山春色動，不知誰佩紫微壺」，以牧之曾作中書舍人，故言紫薇也。又杜牧之詩：「何如釣船雨，蓬底臥秋江」……東坡用其語作詩云：「客睡不妨船背雨」。〔註9〕

有反用其意的。如楊萬里〈宿池州齊山寺即杜牧之九日登高處〉：「我來秋浦正逢秋，夢裡曾來似舊遊。風月不供詩酒債，江山長管古今愁。謫仙狂飲顛吟寺，小杜倡情冶思樓。問著州民渾不識，齊山依舊俯寒流。」〔註10〕對杜牧原詩的句式沒有化用，而反用其本意。杜牧本意是不用在意古往今來、人事代謝的自然規律，而要豁達地享受當下；此詩則是表達了風景依舊而人事寂寥之感。

如洪适《盤洲文集》的〈次韻施德初遊齊山〉寫到：「詩壇誰復數齊梁，小杜文章擅大邦。曾為黃花酬九日，至今陳迹擅三江。新亭高下依喬木，遠岫參差倚曲牕。著屐與君時茗飲，後車何必酒盈缸」。〔註11〕結句和〈九日齊山登高〉結句「牛山何必獨沾衣」句式相似，意思則將飲酒改為飲茶。

因為宋人愛此詩，因此還出現了「紫薇壺」的典故。〔註12〕此典語出杜牧《九日齊山登高》詩「江涵秋影雁初飛，與客攜壺上翠微。塵世難逢開口笑，菊花須插滿頭歸。」後人用紫微壺來表達攜壺登高遠足

〔註 8〕吳在慶：《杜牧集繫年校注》（北京，中華書局，2011 年），頁 373。
〔註 9〕吳在慶：《杜牧集繫年校注》（北京，中華書局，2011 年），頁 374。
〔註 10〕吳在慶：《杜牧集繫年校注》（北京，中華書局，2011 年），頁 374。
〔註 11〕吳在慶：《杜牧集繫年校注》（北京，中華書局，2011 年），頁 374。
〔註 12〕侯麗麗：〈杜牧詩歌在晚唐五代及兩宋時期的傳播接受史研究〉，福州，福建師範大學碩士學位論文，2008 年，頁 47。

之意。如上文提到的蘇軾《章錢二君見和復次韻答之》：「明日南山春色動，不知誰佩紫微壺」；沈與求《還憩湖光亭複次江元壽韻》中曾用「舫艋興饒青絡馬，答管自當紫微壺。」〔註13〕

（二）對杜牧其他涉酒詩句的化用

如胡仔《苕溪漁隱叢話》：又云「平生五色線，願補舜衣裳」魯直皆用其語，詩云⋯⋯又云：「公有胸中五色綾，平生補袞用功深」〔註14〕；又有王直方《王直方詩話》：「韓存中云：家中有山谷寫詩一紙，乃是『公有胸中五色筆，平生補袞用功深』」。〔註15〕可以看出黃庭堅〈再次韻四首〉，對〈郡齋獨酌〉名句的模仿。

曾季狸《艇齋詩話》認為東坡：「美滿風帆十幅蒲」出杜牧〈池州送孟遲先輩〉詩：「千帆美滿風」，東湖亦用美滿字云：「正須美滿十分晴」。〔註16〕

吳子良《荊溪林下偶談》云：杜牧《贈宣州元處士云》：「蓬蒿三畝居，寬於一天下」，潘興嗣《逍遙亭詩》，用其語云：「寬於一天下，原憲惟桑樞」〔註17〕

陸游《入蜀記》記載：東坡絕句云：「梨花淡白柳深青，柳絮飛時花滿城。惆悵東欄一株雪，人生看得幾清明？」紹興中，予在福州，見何晉之大著，自言嘗從張文潛遊，每見文潛哦此詩，以為不可及。余按杜牧之有句云：「砌下梨花一堆雪，明年誰此憑闌干。」東坡固非竊牧之詩者，然竟是前人已道之句，何文潛愛之深也，豈別有所謂乎。聊記之俟識者。〔註18〕陸游疑惑蘇軾是否化用杜牧〈初冬夜飲〉的詩意。

宋人李治認為李公麟作《陽關圖》，以別離慘恨為人之常情，而設

〔註13〕 侯麗麗：〈杜牧詩歌在晚唐五代及兩宋時期的傳播接受史研究〉，福州，福建師範大學碩士學位論文，2008 年，頁 47。

〔註14〕 宋・胡仔：《苕溪漁隱叢話後集》（北京，長安出版社，1978 年），頁 522。

〔註15〕 郭紹虞：《宋詩話輯佚》（台北，文泉閣出版社，1972 年），頁 50。

〔註16〕 宋・曾季狸：《艇齋詩話》（台北，藝文印書館，1967 年），頁 20。

〔註17〕 宋・吳子良：《荊溪林下偶談》（台北，藝文印書館，1966 年），頁 7。

〔註18〕 宋・陸游：《老學庵筆記》（台北，台灣商務印書館，1966 年），頁 91。

釣者於水濱，忘形塊坐，哀樂不關其意……予侄張子敬云：「『公麟此筆，當取杜牧〈齊安郡晚秋〉詩意，蓋其詩末云：可憐赤壁爭雄渡，唯有簑翁坐釣魚』此論甚好」。〔註19〕李治認為李公麟的畫作也化用了杜牧的詩意。

　　司馬光〈寒食許昌道中寄幕府諸君〉中間兩聯簡直就是杜牧〈江南春絕句〉前兩句「千里鶯啼綠映紅，水村山郭酒旗風」的改編，司馬光該詩如下：

> 原上煙蕪淡復濃，寂寥佳節思無窮。
> 竹林近水半邊綠，桃樹連村一片紅。
> 盡日解鞍山店雨，晚天回首酒旗風。
> 遙知幕府清明飲，應笑驅馳羈旅中。

此詩頷聯的紅和綠，就是杜牧原句「綠映紅」的體現，出句的「水」和對句的「村」即為杜牧原句的「水村」，加上頸聯出句的「山店」以及頸聯對句的「酒旗風」，幾乎就是對杜牧原句的擴充版本。

二、三生杜牧典故的襲用

　　黃庭堅有一首詩〈往歲過廣陵值早春〉寫到：「春風十里珠簾卷，髣髴三生杜牧之。紅藥梢頭初繭栗，揚州風物鬢成絲」，《杜牧研究資料彙編》註云此詩化用杜牧兩首詩，一是〈贈別·其一〉：「娉娉裊裊十三餘，豆蔻梢頭二月初。春風十里揚州路，卷上珠簾總不如」，二是〈題禪院〉「觥船一棹百分空，十歲青春不負公。今日鬢絲禪榻畔，茶煙輕颺落花風」。〔註20〕自從黃庭堅創造了「三生杜牧」這個詞後，這個詞就常常出現，成為典故。

　　三生杜牧這個詞的含義和杜牧的佛家思想無關，因為杜牧並沒有認為自己有前世今生；這個詞乃是與他一些涉酒詩有關係，如〈杜秋娘

〔註19〕宋·李治：《敬齋古今黈》（台北，世界書局，1963年），頁4。
〔註20〕譚黎宗慕編撰：《杜牧研究資料彙編》（台北，藝文印書館，1972年），頁242。

詩〉等，因為這些詩都有追憶的色彩。〔註 21〕三生杜牧這個典故大致可以理解為，風流過後的心態改變，對往事的惆悵和恍如隔世之感等等。可以說是杜牧涉酒詩中多情思想和衰老思想的結合。

後來宋人常以「三生杜牧」這個詞入詩，如項安世〈次韻蘇教授飯鄭教授五首·其五〉：「三生杜牧垂綸手，渠自長安障日頭。我意從來端易敗，分司御史莫來休」。俞德鄰〈泊閶橋有懷〉：「青鏡霜刀杏莫尋，陳留巷陌故陰陰。鴻飛猶記東西跡，燕去難留下上音。多病樂天悲老近，三生杜牧恨春深。浮雲柳絮元無准，慚愧人間兒女心」。

其實宋詞也有大量使用「三生杜牧」一詞，不過不在此文討論範圍，茲不贅述。

總之，杜牧的涉酒詩常被宋詩化用，有化用句式的，也有化用但是反用其意的，其中宋人尤其喜歡化用〈九日齊山登高〉；而且宋人對杜牧不少詩句有正面評價，從中看出宋人對之的喜愛；宋人甚至整合了杜牧不同詩歌的思想，從而創造了「三生杜牧」的典故，並使這個典故經典化。這些種種素材都有賴於杜牧涉酒詩的提供。

三、宋詩點評杜牧涉酒詩

宋人喜歡點評杜牧的涉酒詩及其詩句，多是持肯定態度。

宋人對杜牧的涉酒，常常指出詩歌關鍵的句子。如謝枋得《碧湖雜記》云：「杜牧之〈華清宮詩〉：『雨露偏金穴，乾坤入醉鄉』……蓋以明皇寵幸妃族，賞賚無極，君臣終日憨宴，所以兆漁陽之變耳」。〔註 22〕

同樣的有許顗《許彥周詩話》：小杜作〈華清宮詩〉云：「雨露偏金穴，乾坤入醉鄉」如此天下焉得不亂。〔註 23〕

又有指出杜牧辭藻立意之美的。如魏泰：《臨漢隱居詩話》：「杜牧

〔註21〕 曹麗芳：〈宋代詩詞中「三生杜牧」意象解讀〉，南京，古典文學知識 2015 年，第五期，頁 65。
〔註22〕 宋·謝枋得：《碧湖雜記》（台北，藝文印書館，1965 年），頁 4。
〔註23〕 宋·許顗《彥周詩話》，收入清·何文煥輯：《歷代詩話》（內含二十七種詩話），北京：中華書局，1981 年。

之彎弓征戰作男兒，夢裏曾經與畫眉。幾度思歸還把酒，拂雲堆上祝明妃」殊有美思也。〔註24〕

黃徹《䂬溪詩話》：「王夷甫、蔡景節並號口不言錢，二子皆因弊矯之過者……小杜：清貧長欠一杯錢……曾不害諸公之高」。〔註25〕

魏慶之《詩人玉屑》說道：「唐人句法：懷古：『江山九秋後，風月六朝餘』〔註26〕、佳景：『碧溪風澹態，芳樹雨餘姿』」。〔註27〕

周紫芝《竹坡老人詩話》說到：「杜牧之《華清宮三十韻》無一字不可人意。其敘開元一事，意直而詞隱，曄然有騷、雅之風……」。〔註28〕

甚至有人收集杜牧涉酒詩的佳句，如吳聿《觀林詩話》：予家有聽雨軒，嘗集古今人句，杜牧之云：「可惜和風夜來雨，醉中虛度打窗聲」……〔註29〕

對杜牧的涉酒詩，宋人也有一些負面評價，不過數量是很少的。

張戒《歲寒堂詩話》指出杜牧之云：「多情卻似總無情，惟覺樽前笑不成」意非不佳，然而詞意淺露，略無餘韻。元白張籍，其病正在此，只知道得人心中事，而不知道盡則又淺露也。他還說：「杜牧之〈華清宮三十韻〉鏗鏘飛動，極其敘事之工，然意則不及也。」〔註30〕

宋人喜歡點評杜牧的涉酒詩，其中多數是讚美的，可見宋人對杜牧涉酒詩之喜歡，以及杜牧涉酒詩影響之大。

第三節　對元明清的影響：以資考據

總體上看，元明清人他們喜歡以杜牧詩歌為佐證去考據史實，考

〔註24〕宋·魏泰《臨漢隱居詩話》，收入清·何文煥輯：《歷代詩話》（內含二十七種詩話），北京：中華書局，1981年。

〔註25〕宋·黃徹：《䂬溪詩話》（臺北，廣文書局有限公司，1973年），頁48。

〔註26〕宋·魏慶之：《詩人玉屑》（台北，台灣商務印書館，1968年），頁51。

〔註27〕宋·魏慶之：《詩人玉屑》（台北，台灣商務印書館，1968年），頁76。

〔註28〕宋·周紫芝《竹坡詩話》，收入清·何文煥輯：《歷代詩話》（內含二十七種詩話），北京：中華書局，1981年。

〔註29〕宋·吳聿：《觀林詩話》（北京，中華書局，1985年），頁4。

〔註30〕宋·張戒：《歲寒堂詩話》（北京，中華書局，1985年），頁10～11。

據範圍主要集中在纏足究竟起源於何時及西施和范蠡的結局兩種。

一、纏足起源時間問題

元明清人常引杜牧〈詠襪〉（鈿尺裁量減四分，纖纖玉筍裹輕雲。五陵年少欺他醉，笑把花前出畫裙）一詩來考證纏足的起源。對纏足起源時間的說法主要有二，一是五代或宋代說，二是五代之前說。

（一）五代或宋代說

元人陶宗儀在《南村輟耕錄》提到宋人張邦基的《墨莊漫錄》說：「婦人之纏足，起於近世，前世書傳，皆無所自。《南史》齊東昏侯為潘貴妃鑿金為蓮花以帖地，令妃行其上，曰『此步步生蓮華』，然亦不言其弓小也。如古樂府、《玉臺新詠》，皆六朝詞人纖艷之言，類多體狀美人容色之殊麗，又言妝飾之華，眉目、唇口、腰肢、手指之類，無一言稱纏足者。如唐之杜牧、李白、李商隱之徒，作詩多言閨幃之事，亦無及之者……」〔註31〕引文可見，陶宗儀引用且贊同張邦基的說法，認為纏足這個風俗是近世才興起的，因為六朝人、唐代李白、杜牧、李商隱等愛寫閨幃之事的人都沒有提及過此事。

清人趙翼：「婦女弓足，不知起於何時，有謂起於五代者……然伊世珍《嫏嬛記》謂馬嵬老嫗拾得太真襪以致富，其女名玉飛，得雀頭履一隻，長僅三寸。《詩話總龜》亦載明皇自蜀回，作楊妃所遺羅襪銘，曰：『羅襪羅襪，香塵生不絕。細細圓圓，地下得瓊鉤。窄窄弓弓，手中弄初月。』又如『脫履露纖圓，恰似同衾見時節。方知清夢事非虛，暗引相思幾時歇。』又杜牧詩：『鈿尺裁量減四分，纖纖玉筍裹輕雲。』周達觀引之以為唐人亦裹足之證。韓偓〈屐子〉詩云：『六寸膚圓光致致。』《花間集》詞云：『慢移弓底繡羅鞋。』楊用修因之，並引六朝〈雙行纏〉詩，所謂『新羅繡行纏，足趺如春妍。他人不言好，獨我知可憐。』以為六朝已裹足。不特此也，《雜事秘辛》載漢保林吳姁足長八

〔註31〕元・陶宗儀：《南村輟耕錄》（北京，中華書局，2008 年），頁 126～127。

寸，脛跗豐妍，底平趾斂，約纖迫襪，收束微如禁中。《史記》云：『臨
淄女子，彈弦纏屣。』又云：『揄修袖，躡利屣。』利屣者，以首之銳
言之也。則纏足之風，戰國已有之。高江村《天祿識余》亦祖其說，謂
弓足相傳起於東昏侯使潘妃以帛纏足，金蓮貼地，行其上，謂之步步生
蓮花，然石崇屑沉香為塵，使姬人步之無跡，已先之。而《史記》並有
『利屣』之語，則裹足之風由來已久云云。此主弓足起於秦、漢之說
也。是二說固皆有所據，然《娜嬛記》及《詩話總龜》所云，恐係後人
附會之詞。而李白之詠素足則確有明據，即杜牧詩之『尺減四分』，韓
偓詩之『六寸膚圓』，亦尚未纖小也。第詩家已詠其長短，則是時俗尚
已漸以纖小為貴可知，至於五代乃盛行紮腳耳」。﹝註32﹞趙翼不贊同杜
牧〈詠襪〉詩是描寫纏足，而且認為古代以纖小的足部為貴，但並未普
遍纏足，纏足的行為在五代才盛行起來。

（二）五代之前說

沈德符：「婦人纏足，不知始自何時。或云，始於齊東昏，則以『步
步生蓮』一語也。然余向年觀唐文皇長孫后繡履圖，則與男子無異……
惟大曆中夏侯審〈詠被中睡鞋〉云：『運力蟾鈎落鳳窩，玉郎沉醉也摩
挲。』蓋弓足始見此。至杜牧詩云：『鈿尺裁量減四分，纖纖玉筍裹輕
雲。五陵年少欺他醉，笑把花前出畫裙。』……因思此法始於唐之中
葉……」。﹝註33﹞沈德符根據夏侯審與杜牧的詩，而認為纏足始於中唐。

胡震亨《唐音癸籤》：「愚謂纏足事始雖不見史傳，然善讀史者，
自當以意求之……亦何必明白言之，始謂史書有載哉？……古人定蚤
鑿此竅，不待今日……『鈿尺裁量減四分，纖纖玉筍裹輕雲。五陵年少
欺他醉，笑把花前出畫裙』杜牧有詩……云古無詩，亦失考。」認為杜
牧之詩確實描寫纏足的，亦即是認為纏足至少在晚唐已經出現。

俞弁說：「《墨莊漫錄》載，婦人弓足，始於五代李後主，非也。

﹝註32﹞清・趙翼：《陔餘叢考》（台北，華世出版社，1975 年），頁 347～348。
﹝註33﹞明・沈德符：《敝帚軒剩語》（北京，中華書局，1985 年），頁 29～30。

予觀六朝樂府有〈雙行纏〉，其辭云：『新羅繡行纏，足跌如春妍，他人不言好，獨我知可憐。』唐杜牧詩云：『鈿尺裁量減四分，纖纖玉筍裏輕雲。五陵年少欺他醉，笑把花前出畫裙』……則此飾不始於五代也。」〔註34〕俞弁認為杜牧所寫的是纏足，認為纏足絕不始於五代，而最晚在晚唐已經出現。

　　明人胡應麟說：「《墨莊漫錄》載婦人弓足，始於五代李後主，非也。予觀六朝樂府有〈雙行纏〉，其辭云：『新羅繡行纏，足跌如春妍。他人不言好，獨我知可憐。』唐杜牧詩云：『鈿尺裁量減四分，碧琉璃滑裏春雲。五陵年少欺他醉，笑把花前出畫裙。』……則此飾不始於五代也……杜牧之詩『纖纖玉筍裏輕雲』見《合璧事類》，楊作『碧琉璃滑』誤也。婦人纏足，實起於此時……然《合璧》引杜詩，乃入襪類，恐唐人自以為足指為玉筍，非必以弓纖也。」〔註35〕胡應麟認為杜牧所寫或並非纏足，但纏足起源應早於五代。

　　上述可見，元明清人常常引用杜牧〈詠襪〉一詩以資考據纏足起源的問題，但仍眾說紛紜，沒有定論。

二、西施（和范蠡）的結局問題

　　另外，元明清人（尤其是明清人）也著眼杜牧〈杜秋娘詩〉中的「西子下姑蘇，一舸逐鴟夷」，一句，討論越滅吳之後西施（和范蠡）的結局。有人讚同杜牧的說法，也有反對的聲音，同時也有人表示暫時不能確定。

（一）讚同杜牧：西施隨范蠡而去

　　少有的讚同杜牧的是明人曹安，他說：「毘陵謝應芳謂吳人不當祀范蠡，本文史公之筆。杜牧、蘇子瞻皆謂蠡私西施，以申公夏姬為比。

〔註34〕明・俞弁《逸老堂詩話》，收入丁福保編：《歷代詩話續編》（上海，上海醫學書局，1916年），卷上，頁64。

〔註35〕明・胡應麟著，徐紹啟輯：《少室山房筆叢》續《丹鉛新錄》八（廣州，廣雅書局，1920年），頁86～90。

越人祀之可也，如諸葛武侯，蜀人祀之，吳越未嘗祀也……」。〔註36〕他認為越滅吳戰爭結束後，范蠡攜西施而去，可見他贊同杜牧的說法。

（二）反對杜牧：西施沉江而死

何孟春：「賦范蠡五湖，而附以載西子事；賦秦長城，而附以婦哭城崩事；賦漢四皓而商山，而言圍碁之事，皆無本源，出處特見唐人詩句中，而好事者又從而實之耳」。〔註37〕《杜牧資料彙編》編者按，何孟春指的杜集卷一〈杜秋娘詩〉「西子下姑蘇，一舸逐鴟夷」之語。〔註38〕何氏認為唐詩（杜牧〈杜秋娘詩〉）中范蠡載西施隱居的事只在唐人詩句中出現，純屬附會而不可信。

游潛更是說明唐人詩句典故不可信的具體原因，他說：「詩人題詠多出一時之興遇，難謂盡有根據。如牛女七夕之說，轉相沿襲，遂以為真矣。嘗論范蠡歸湖以西施自隨事，傳籍無考。杜牧之〈秋娘〉詩云：『夏姬滅兩國，逃作巫臣姬。西子下姑蘇，一舸逐鴟夷。』東坡《戲書吳江三賢畫像》云：『郤遣姑蘇有麋鹿，更憐夫子得西施』……蘇之言本杜，不知杜之言復何所據。竊意鴟夷子明哲有謀，必不以此尤物自惑，況既潔身以去，何暇更為多慮，廿自污以取不違之譏哉」。〔註39〕與何孟春相似地，游潛也反對杜牧的說法，認為杜牧作詩用典只是出於一時興起，並無依據。

楊慎也懷疑杜牧的說法，後來在《墨子》中發現西施最後的結局是沉江而死。楊慎《升庵詩話》說到：「杜牧之詩：『西子下姑蘇，一舸逐鴟夷。』後人遂謂范蠡載西施以去，然不見其所據。余按《墨子》云：『西施之沉，其美也。』蓋勾踐平吳後，沉之於江也，又兼此詩

〔註36〕　明·曹安《讕言長語》，收入文淵閣《四庫全書》（台北，商務印書館，1986年），頁36。

〔註37〕　明·何孟春《餘冬詩話》，收入《古今詩話叢編》（新北，廣文書局，1971年），頁20。

〔註38〕　張金海編：《杜牧資料彙編》（北京，中華書局，2006年），頁161。

〔註39〕　明·游潛《夢蕉詩話》，收入《古今詩話叢編》（新北，廣文書局，1971年），頁29～30。

可證」。〔註40〕楊慎先是懷疑杜牧的說法，同時認為西施最後的結局是沉江而死。楊慎在《麗情集》又云：「世傳西施隨范蠡去，不見所出，只因杜牧『西子下姑蘇，一舸逐鴟夷』之句而附會也。予竊疑之，未有可證，以析其是非。一日讀《墨子》，曰：『吳起之裂，其功也；西施之沉，其美也』喜曰，此吳亡之後，西施亦死於水，不從范蠡去之一證……」。〔註41〕可見楊慎始終反對杜牧，並有古籍佐證。

　　俞弁與楊慎頗相似，也參考《墨子》的說法，認為西施是吳亡後沉江而死。：「古人文辭中往往談及西子事，而其說不一。《吳越春秋》云：『吳亡，西子被殺。』則西子之在當時，固已死矣。宋之問詩：『一朝還舊都，靚妝尋若耶。鳥驚入松網，魚畏沉荷花。』則西子復還會稽矣。杜牧之詩：『西子下姑蘇，一舸逐鴟夷。』則西子甘心隨范蠡矣。及觀東坡《范蠡》詩：『卻遣姑蘇有麋鹿，更憐夫子得西施。』則又為蠡竊西子而去矣。余按《墨子·親士篇》曰：『西施之沉，其美也。』西施之終，不見於史傳，古今咸謂其從范蠡五湖之遊，今乃知其終於沉，可以為西子浣千古之冤矣。墨子春秋末人，其所言當信」。〔註42〕可見俞弁反對杜牧的說法，而認為西施結局是沉江。

　　錢曉反對杜牧，也認為西施是沉江而死，但是他認為西施是吳亡前被沉江的，以告慰伍子胥，而且說明杜牧混淆了伍子胥與范蠡。錢曉的《庭帷雜錄》說到：「讀書貴博，亦貴精……自杜牧有『西子下姑蘇，一舸逐鴟夷』之句，世皆傳范蠡載西施以逃。及觀《修文御覽》引《吳越春秋》逸篇云：『吳亡後浮西施於江，令隨鴟夷以終。』蓋當時子胥死，盛以鴟夷浮之江。今沉西施於江，所以謝子胥也。范蠡去越，亦鴟夷子，杜牧遂誤以為蠡耳……」錢曉也反對杜牧的說法。因為吳國亡後

〔註40〕明·楊慎《升庵詩話》，收入《叢書集成新編》（台北，新文豐出版公司，1984年），頁153。

〔註41〕明·楊慎著，嚴一萍選輯：《麗情集》，收入《百部叢書集成》（台北，藝文印書館，1966年），頁1～3。

〔註42〕明·俞弁著，明·宋孟清輯：《逸老堂詩話》（無錫，丁氏鉛印本，1927年），頁40。

將西施投江以祭伍子胥，因為伍子胥死之時是用盛酒的囊革（鴟夷子皮）沉江的，所以伍子胥也叫鴟夷，因此西施隨伍子胥沉江被杜牧誤認為西施跟隨范蠡（鴟夷子皮）遠走高飛。

（三）不支持亦不反對杜牧

胡應麟不確定越滅吳之後西施是沉江抑或隨范蠡而去，但反對陳耀文引《吳地志》所說的范蠡與西施在去吳國的途中私通而產女的說法。胡應麟引《藝苑卮言》云：「用修（楊慎）證西施之沉江，與陳晦伯（耀文）證西施隨范蠡以去，俱有所出，難以臆斷。第陳引《吳記》：『勾踐令范蠡取西施以獻夫差，西施於路與范蠡潛通，三年始達於吳。』此太可笑。按記亭在嘉興縣南一百里，為吳地。范蠡為越成大事，豈肯作此無賴事？未有奉使進女，三年於數百里間而不露，露而越王不怒蠡，吳王不怒越者也」。〔註 43〕胡應麟又認為：「長公（王世貞）所駁陳引《吳地志》當矣。然《越絕書》載女陽亭事云：『勾踐入臣於吳，夫人道中產一女於此亭。勾踐勝吳，名名亭曰女陽，更就李為女兒鄉。』蓋《吳地志》即此事，加於范蠡，其訛灼然不待辯。而亦可見西施蠡，唐俗已有此談矣」。〔註 44〕這裡胡應麟雖然贊同王世貞批判陳耀文引《吳地志》的說法，但是不確定越滅吳以後西施與范蠡的結局，只是知道唐人俗話中已經有這個說法。

清人吳景旭也表示無法判斷，他說：「楊升庵引《墨子》云……又《吳越春秋》逸篇云……陳晦伯引《吳地記》云……《越絕書》云……諸說紛紛，自余斷之，蠡沉鷙善決策必不潛通於未獻之前，而或載泛於既亡之後。此與三致千金，總不可於聲色貨利中位之也，何必硬證沉江」。〔註 45〕他推斷范蠡不會與西施私通，最終或許是范蠡載西施而去，

〔註 43〕明・胡應麟著，徐紹啟輯：《少室山房筆叢》續《丹鉛新錄》六（廣州，廣雅書局，1920 年），頁 61～63。

〔註 44〕明・胡應麟著，徐紹啟輯：《少室山房筆叢》續《丹鉛新錄》六（廣州，廣雅書局，1920 年），頁 61～63。

〔註 45〕清・吳景旭：《歷代詩話》（吳興，吳興劉氏嘉業堂，1927 年），頁 115。

而證據也不足以證明西施最後沉江。

盧文弨認為要證明「鴟夷」究竟是伍子胥還是范蠡，才能知道杜牧所說的是否正確。盧文弨引諸書：「……蓋子胥既死，吳王載鴟夷而浮之江，而范蠡乃自號鴟夷子皮，意當時因此誤傳，遂皆有流江之說。至唐人杜牧之詩云：『西子下姑蘇，一舸逐鴟夷。』不知其從子胥歟？從少伯（范蠡）歟？流俗遂有蠡載西施之說」。〔註46〕意思是吳王夫差把伍子胥的屍首用裹於鴟夷革之中並拋棄於錢塘江，范蠡自號鴟夷子皮，所以范蠡被誤認為滅吳後投江而死，因此范蠡的結局眾說紛紜。之後杜牧所寫的「西子下姑蘇，一舸逐鴟夷」的「鴟夷」不知道是指伍子胥還是范蠡。所以盧文弨亦未表態支持或反對杜牧。

元明清人多數否定杜牧「西子下姑蘇，一舸逐鴟夷」描述的西施最後跟隨范蠡而去的說法，他們傾向認為西施是沉江而死的，至於是什麼時候沉江也莫衷一是。也有部分人未明確表態。

總體來講，元明清人以杜牧的涉酒詩來考據纏足的起源於西施（和范蠡）的結局，杜牧的詩歌並不能幫助他們考據以得到正確的答案。

本章小結

杜牧的涉酒詩對後世的詩歌和詩話都有比較大的影響。第一，在對晚唐五代的影響方面，杜牧的涉酒詩被當時的詩人唱和、涉酒詩的本事被《本事詩》敷衍。在被晚唐詩人唱和方面，除去第四章提到與杜牧有較深友誼的張祜與王十以外，還有如許渾、趙嘏、薛能、李郢等的晚唐大家都對杜牧的涉酒詩有和作；涉酒詩本事被敷衍方面，體現在孟啟的《本事詩》把杜牧的涉酒詩作為杜牧傳聞中的風流事跡的注腳，塑造了杜牧詩酒風流的形象。第二，對宋代的影響方面，體現在宋詩對其涉酒詩的化用、在宋詩中形成並襲用了「三生杜牧」的典故以及宋人

〔註46〕清・盧文弨：《鍾山札記》（台北，廣文書局，1971 年），頁 79～80。

喜歡點評杜牧的涉酒詩。在化用方面，宋人詩話尤其喜歡〈九日齊山登高〉等詩；在襲用方面，黃庭堅創造了「三生杜牧」的典故，成為了一個宋詩常常出現的典故；在點評方面，杜牧的涉酒詩成為了宋人津津樂道的素材，而且對其涉酒詩多持肯定態度。第三，在對元明清的影響方面，杜牧涉酒詩中的〈詠襪〉和〈杜秋娘詩〉成為幫助元明清人考據的資料。元明清人對纏足的起源時間以及越滅吳之後西施和范蠡的結局眾說紛紜。針對纏足的問題，其中有人引杜牧的〈詠襪〉去佐證纏足起源早於五代或宋代，也有人認為纏足早於五代；針對西施和范蠡的問題，有人贊成杜牧說法，認為西施最終和范蠡私奔，但多數人西施最終沉江而死，也有人並未表態。不過這兩個問題都未因為有杜牧的詩佐證而得到解決。

第七章　結　論

　　在杜牧涉酒詩的內容方面，本文將杜牧的仕宦生涯分了四個時期，通過杜牧的涉酒詩來觀照這四個時期杜牧心境的變化，杜牧家庭環境的影響，在早年就展現了經世致用的思想，這種積極進取的思想後來十年幕府時期中又糅合了風流玩世的思想。但是經過十年幕府時期及甘露之變，杜牧心境發生了轉變，積極進取和風流玩世的思想大大減少，而代之以受挫失志等其他消極思想。尤其體現在「三守僻左，七換星霜」這段時期內，出現了及時行樂、歸隱和歸鄉等思想。在最後的晚年長安時期，杜牧幾乎不再有進取之心。杜牧的涉酒詩中除了表達自己的失志受挫後產生的及時行樂、歸隱和歸鄉的志趣外，還展示了他的友情與愛情及其他情誼。在表達友情方面，杜牧的涉酒詩反映了他樂於與朋友交往，善於維繫友情的一面；在表現愛情等其他情感方面，杜牧的涉酒詩也反映了他風流多情的一面。可以看出杜牧的形象是複雜的，除了不得志的一面之外，杜牧還在涉酒詩中體現了其樂於交友、風流多情等關於個人情誼的一面。

　　在杜牧涉酒詩的藝術特色方面，第一，杜牧涉酒詩多以卒章顯志和以酒為喻的方式來表達情志。杜牧常用卒章顯志的手法來表達及時行樂思想，即常常在開頭描寫周遭美好的環境，最後把話題引向把握時光而飲酒。在以酒為喻方面，杜牧傾向把酒作為美好的代稱，不過酒

也可以成為危險的象徵。第二,關於杜牧的涉酒詩的兩個體裁,即是古體詩與近體詩,杜牧的古體詩主要通過以文為詩的手法來展示其情感;杜牧的近體詩則靈活運用詩律,無論在用韻方面,還是對仗方面,運用種種手法,體現其高超的技巧和藝術價值。第三,關於涉酒詩的意象方面,春秋與寺廟是杜牧涉酒詩中最喜歡的時間意象和空間意象。而在其他意象中,杜牧筆下的酒旗(酒家)是比較特別的,酒旗代表的生活氣息,與杜牧詩中的周遭風景搭配得相得益彰,使該詩更加精彩。

在杜牧涉酒詩的影響方面,杜牧的涉酒詩對後世的詩歌和詩話都有比較大的影響。第一,在對晚唐五代的影響方面,杜牧的涉酒詩的影響體現為被當時的詩人唱和、涉酒詩的本事被《本事詩》敷衍。第二,對宋代的影響方面,體現在宋詩對其涉酒詩的化用、「三生杜牧」的典故的形成與襲用,還有宋人詩話對其涉酒詩點評。第三,在對元明清的影響方面,杜牧涉酒詩中的〈詠襪〉和〈杜秋娘詩〉成為幫助元明清人考據的資料。這兩個問題一直被討論,也一直沒有被解決,並不因為杜牧的涉酒詩的佐證而產生公論。

本文論述了杜牧涉酒詩的內容、藝術價值以及影響等等,但此論題非常豐富,因此本文也有很多內容並未論述,例如在同文類的比較中,可將同時或異時詩人如李商隱、張祜、蘇軾、黃庭堅等人的涉酒詩與杜牧的涉酒詩作比較;又如可探討杜牧涉酒詩跨文類的影響,如對宋詞、元曲、明清小說的影響等等,這些內容也是非常重要的,有待將來探討。

參考書目

一、**古籍**（依年代順序）

1. 晉・陶淵明著，逯欽立校注：《陶淵明集》，北京：中華書局，2011 年。

2. 唐・孟啟著：《本事詩》，北京：中華書局，2014 年。

3. 唐・杜牧著，清・馮集梧注：《樊川詩集注》，上海：上海古籍出版社，1998 年。

4. 唐・杜牧著，陳允吉校點：《樊川文集》，上海：上海古籍出版社，2014 年。

5. 唐・高彥休著，清・鮑廷博輯，清・鮑志祖續輯：《御覽唐闕史》，上海：上海古書流通處據清鮑氏刊本景印，1921 年。

6. 五代・王定保著，姜漢椿校注：《唐摭言校注》，上海：上海社會科學院出版社，2003 年。

7. 五代・劉昫等著，《舊唐書》：北京，中華書局，1975 年。

8. 宋・歐陽修等著，《新唐書》：北京，中華書局，1975 年。

9. 宋・李昉等編，張國風會校：《太平廣記會校》，北京：北京燕山出版社，2011 年。

10. 宋・黃徹著：《䂬溪詩話》，臺北：廣文書局有限公司，1973 年。

11. 宋・曾季貍著：《艇齋詩話》，台北：藝文印書館，1967 年。

12. 宋・張戒著：《歲寒堂詩話》，北京：中華書局，1985 年。

13. 宋・吳聿著：《觀林詩話》，北京：中華書局，1985 年。

14. 宋・胡仔著：《苕溪漁隱叢話後集》，北京：長安出版社，1978 年。

15. 宋・陸游著：《老學庵筆記》，台北：台灣商務印書館，1966 年。

16. 宋・吳子良著：《荊溪林下偶談》，台北：藝文印書館，1966 年。

17. 宋・魏慶之著：《詩人玉屑》，台北：台灣商務印書館，1968 年。

18. 宋・謝枋得著：《碧湖雜記》，台北：藝文印書館，1965 年。

19. 宋・李治著：《敬齋古今黈》，台北：世界書局，1963 年。

20. 清・彭定求等編：《全唐詩》，北京：中華書局，1960 年。

21. 清・聖祖御製：《全唐詩》，台北：明倫出版社，1971 年。

22. 清・何文煥輯：《歷代詩話》（內含二十七種詩話），北京：中華書局，1981 年。

　　臨漢隱居詩話

　　竹坡詩話

　　彥周詩話

23. 清・趙鉞、勞格著：《唐尚書省郎官石柱題名考　唐御史台精舍題名考》，京都：中文出版社，1978 年。

24. 清・丁福保編：《歷代詩話續編》，上海：上海醫學書局，1916 年。

　　逸老堂詩話

二、專書（依作者姓氏筆畫）

1. 王瑤：《文人與酒》，上海：上海古籍出版社，1982 年。

2. 王景霓：《杜牧及其作品》，長春：時代文藝出版社，1985 年。

3. 王西平、張田：《杜牧評傳》，西安：陝西人民出版社，1987 年。

4. 王穎樓：《隋唐官制》，成都：四川大學出版社，1995 年。

5. 王書奴：《中國娼妓史》，北京：團結出版社，2004 年。

6. 王力：《漢語詩律學》，北京：中華書局，2015 年。

7. 何滿子：《醉鄉日月》，上海：上海古籍出版社，1991 年。

8. 杜景華：《中國酒文化》，北京：新華出版社，1993 年。

9. 朱碧蓮、王淑均：《杜牧詩文選注》，台北縣：建宏出版社，1996 年。

10. 李浩：《唐詩美學精讀》，上海：復旦大學出版社，2009 年。

11. 李澤厚：《美的歷程》，台東：元山書局，1985 年。

12. 吳在慶：《杜牧集繫年校注》，北京：中華書局，2009 年。

13. 吳在慶：《杜牧論稿》，廈門：廈門大學出版社，1991 年。

14. 吳鷗：《杜牧詩文選譯》，成都：巴蜀書社，1991 年。

15. 呂志武：《杜牧散文研究》，台北：台灣學生書局，1994 年。

16. 林淑貞：《詩話論風格》，台北：文津出版社，1999 年。

17. 林淑貞：《對蹠與融攝：唐人生命情調與審美風尚》，台北：台灣學生書局，2016 年。

18. 林淑貞：《詩話美典的傳釋》，台北：台北新文豐出版公司，2020 年。

19. 郁賢皓：《唐刺史考全編》，合肥：安徽大學出版社，2000 年。

20. 胡可先：《杜牧研究叢稿》，北京：人民文學出版社，1993 年。

21. 胡遂：《佛教與晚唐詩》，北京：東方出版社，2004 年。

22. 郭泮溪：《中國飲酒習俗》，台北：文津出版社，1990 年。

23. 高亨注：《詩經今注》，上海：上海古籍出版社，2009 年。

24. 陳植鍔：《詩歌意象論——微觀文學史初探》，北京：中國社會科學出版社，1990 年。

25. 陳尚君選注：《歷代文選　唐文》，石家莊：河北教育出版社，2001 年。

26. 黃清連：《酒與中國文化》，台北：行政院文化建設委員會，1999 年。

27. 孫琴安：《唐詩與政治》，上海：上海人民出版社，2003 年。

28. 曹中孚：《晚唐詩人杜牧》，西安：陝西人民出版社，1985 年。

29. 湯炳正等注：《楚辭今注》，上海：上海古籍出版社，2015 年。

30. 張松輝注譯，陳全得校閱：《新譯杜牧詩文集》，台北：三民書局書局，2002 年。

31. 張金海編：《杜牧資料彙編》，北京：中華書局，2006 年。

32. 馮海榮：《杜牧》，上海：上海古籍出版社，1991 年。

33. 黎虎主編：《漢唐飲食文化史》，北京：北京師範大學出版社，1998 年。

34. 傅璇琮：《唐代科舉與文學》，西安：陝西人民出版社，2003 年。

35. 劉揚忠：《詩與酒》，台北：文津出版社，1994 年。

36. 劉武：《醉裡看乾坤——中國士人飲酒心態》，長沙：嶽麓書社，1995 年。

37. 錢鍾書：《談藝錄》，北京：中華書局，1988 年。

38. 繆鉞：《杜牧傳》，北京：人民文學出版社，1977 年。

39. 繆鉞：《杜牧年譜》，北京：人民文學出版社，1980 年。

40. 戴偉華：《唐方鎮文職僚佐考》，南寧：廣西師範大學出版社，2015 年。

41. 薛軍：《中國酒政》，成都：四川人民出版社，1992 年。

42. 譚黎宗慕編撰：《杜牧研究資料彙編》，台北：藝文印書館，1972 年。

43. 羅聯添：《韓愈研究》，台北：台灣學生書局，1977 年。

44. 顧紹柏：《謝靈運集校注》，台北：里仁書局，2004 年。

45. 〔日〕松浦友久著，陳植鍔、王曉平譯：《唐詩語彙意象論》，北京：中華書局，1992 年。

46. 〔美〕高友工、梅祖麟著，李世耀譯，武菲校：《唐詩的魅力》，上海：上海古籍出版社，1990 年。

三、期刊論文（依出版時間排序）

1. 任暉：〈晚唐社會風氣對杜牧創作的影響〉，重慶：《西南師範大學學報》1988 年第 5 期。

2. 孟修祥：〈論李白的飲酒詩〉，長沙：《中國文學研究》1989 年第 4 期。

3. 孟修祥：〈論中國古代詩人的詩酒精神〉，荊州：《荊州師專學報》1994 年第 3 期。

4. 李小梅：〈深婉含蓄的唐代愛情詩〉，西安：《西北大學學報》，1991 年第 2 期。

5. 胡可先：〈寂寞詩壇兩知音——李商隱贈杜牧的兩首詩發覆〉，徐州：《徐州師範學院學報》1995 年第 3 期。

6. 胡可先：〈論杜牧詩文的淵源〉，徐州：《徐州師範大學學報》1997 年第 3 期。

7. 胡可先：〈杜牧大和九年行跡思想初探〉，南京：《南京師大學報（社會科學版）》2002 年第 3 期。

8. 何錫光：〈杜牧詩歌繫年拾遺〉，北京：《文獻》2001 年第 3 期。

9. 高建新：〈「以文為詩」始於陶淵明〉，呼和浩特：《內蒙古大學學報》2002 年第 4 期。

10. 王輝彬：〈杜牧婚姻辯說〉，煙台：《煙台師範學院學報》2002 年第 4 期。

11. 王輝彬：〈杜牧的登高詩及其藝術精神〉，西安：《唐都學刊》2009 年第 5 期。

12. 張叔寧：〈從阮籍到陶潛——晉人飲酒風氣之演變〉，南京：《南京理工大學學報》2003 年第 1 期。

13. 楊廣才：〈杜牧與《歎花》詩本事〉，濟南：《東岳論叢》2004 年第 3 期。

14. 張明華、魏宏燦：〈「以文為詩」不始於陶淵明——兼與高建新先

生商榷〉，淮南：《淮南師範學院學報》2004 年第 2 期。

15. 魏峨：〈杜牧思想框架論〉，商丘：《商丘職業技術學院學報》2004 年第 1 期。

16. 楊廣才：〈杜牧與《嘆花》詩本事〉，濟南：《東岳論叢》2004 年第 3 期。

17. 趙松元、許澤平：〈論杜甫的飲酒詩〉，長春：《古籍整理研究學刊》2008 年第 4 期。

18. 趙非、曲曉明：〈尋僧解憂夢，乞酒緩愁腸——析杜牧酒後詩中的憂生之嗟〉，濟南：《時代文學（下半月）》2009 年第 1 期。

19. 趙非、曲曉明：〈杜牧涉酒詩中的憂患意識〉，河北：《燕山大學學報（哲學社會科學版）》，2009 第 4 期。

20. 鄧喬彬：〈進士風與晚唐詞〉，北京：《文學遺產》2009 年第 2 期。

21. 劉青海：〈末世篇章有逸才——試論杜牧詩之學李〉，北京：《北京大學學報（哲學社會科學版）》2010 年第 4 期。

22. 王建濤：〈論杜牧與宣州詩歌〉，宜春：《宜春學報》2011 年第 9 期。

23. 歐陽春勇：〈「揚州夢」故事的文本流變及其文化意蘊〉，駐馬店：《天中學刊》2014 年第 1 期。

24. 臧要科：〈酒、詩、思——對陶淵明《飲酒》詩的哲學詮釋〉，鄭州：《中州學刊》2015 年第 7 期。

25. 李軍、丁進：〈論「三曹」與中國文學詩酒傳統的確立〉，牡丹江：《牡丹江大學學報》2015 年第 5 期。

26. 曹麗芳：〈宋代詩詞中「三生杜牧」意象解讀〉，南京：《古典文學知識》2015 年第 5 期。

27. 于東新：〈唐代飲酒詩的審美形態〉，沈陽：《蘭臺世界》2015 年第 1 期。

28. 王澍：〈「以文為詩」的四種形態〉，長沙：《求索》2017 年第 8 期。

29. 寧稼雨：〈從《世說新語》看魏晉名士飲酒文化的內涵嬗變〉，濟南：《文史哲》2018 年第 2 期。

30. 唐亞：〈「三生杜牧」的典故化与杜牧詩歌經典化〉，嘉興：《嘉興學院學報》，2019 年第 5 期。

31. 彭笑遠：〈論杜牧「以議論為詩」〉，北京：《北京教育學院學報》2019 年第 1 期。

32. 張敬辰：〈「杜牧與揚州」典故及後世評判〉，武漢：《文學教育（下）》，2021 年。

33. 〔美〕文征：〈再論杜牧之〈歎花〉詩本事〉，武漢：《長江學術》2016 年第 4 期。

四、學位論文（依時間順序）

1. 李紅霞：〈唐代隱逸風尚與詩歌研究〉，西安：陝西師範大學博士學位論文，2002 年。

2. 曾宗宇：〈杜牧詩中唐代之「女性形象」研究〉，嘉義：南華大學碩士學位論文，2003 年。

3. 祝乃花：〈唐代友朋交往詩初探〉，上海：華東師範大學碩士學位論文，2004 年。

4. 廬嬌：〈張祜詩歌研究〉，合肥：安徽師範大學碩士論文，2005 年。

5. 朱光：〈杜牧詩歌藝術研究〉，南京：南京師範大學碩士論文，2007 年。

6. 李愚墉：〈杜牧詩歌研究〉，上海：復旦大學博士學位論文，2007 年。

7. 趙會嫻：〈杜詩與酒〉，保定：河北大學碩士學位論文，2008 年。

8. 侯麗麗：〈杜牧詩歌在晚唐五代及兩宋時期的傳播接受史研究〉，福州：福建師範大學碩士學位論文，2008 年。

9. 章佳萍：〈中晚唐政治諷刺詩研究〉，杭州：浙江工業大學碩士學

位論文，2009 年。

10. 李向菲：〈甘露之變及其對晚唐文人的影響〉，上海：復旦大學博士學位論文，2010 年。

11. 廖怡雅：〈宋人論杜牧詩研究〉，屏東：國立屏東大學碩士學位論文，2012 年。

12. 李春霞：〈唐代懷鄉詩研究〉，哈爾濱：哈爾濱師範大學博士學位論文，2012 年。

13. 秦利英：〈白居易飲酒詩研究〉，西安：陝西理工大學碩士學位論文，2012 年。

14. 簡秀娟：〈杜牧形象之廓清與還原〉，新竹：國立清華大學博士學位論文，2013 年。

15. 王斌：〈杜牧詩史意義綜合研究〉，南京：南京大學博士論文，2013 年。

16. 李禎：〈陶淵明酒詩研究〉，蘭州：蘭州大學碩士學位論文，2013 年。

17. 劉樂：〈宋元文學作品中的杜牧形象研究〉，西安：陝西新師範大學碩士學位論文，2013 年。

18. 韓秋穎：〈白居易酒詩研究〉，瀋陽：遼寧大學碩士學位論文，2013 年。

19. 文家均：〈失意背景下的仕、隱抉擇與心態轉換──以杜牧詩作為例〉，新竹：國立清華大學碩士學位論文，2015 年。

20. 徐雅麗：〈杜牧贈答詩研究〉，漳州，閩南師範大學碩士學位論文，2015 年。

21. 韋偉祿：〈李商隱酒詩研究〉，重慶：西南大學碩士學位論文，2015 年。

22. 鄧晶：〈杜牧詩歌修辭藝術研究〉，長沙：湖南大學碩士論文，2017 年。

23. 宋潔鑫：〈李杜飲酒詩之比較〉，蘭州：西北師範大學碩士學位論文，2017 年。

24. 陳姵羽：〈取象、立義與審美效能：唐詩「以妓為喻」研究〉，台中：國立中興大學碩士學位論文，2020 年。

25. 吳紘禎：〈杜牧七言律詩格律研究〉，桃園：國立中央大學碩士學位論文，2021 年。

26. 〔韓〕金准錫：〈中國古代飲酒詩研究──以陶淵明、李白、蘇軾為中心〉，南京：南京大學博士學位論文，2012 年。

附錄一:《杜牧集繫年校注》杜牧涉酒詩繫年詩題一覽表

序號	中西曆	杜牧年齡	涉酒詩題
1	唐文宗大和元年（827 年）	25	感懷詩一首
2	唐文宗大和二年春（828 年）	26	及第後寄長安故人
3	唐文宗大和六年（832 年）	30	贈沈學士張歌人
4	約唐文宗大和六年至九年春間（832 年～835 年）	30～33	送王侍御赴夏口座主幕
5	唐文宗大和八年春（834 年）	32	隋苑
6	唐文宗大和八年秋（834 年）	32	牧陪昭應盧郎中在江西宣州，佐今吏部沈公幕，罷府周歲，公宰昭應，牧在淮南縻職，敘舊成二十二韻，用以投寄
7	唐文宗大和八年（834 年）	32	揚州三首·其一
8	唐文宗大和九年春或夏間（835 年）	33	贈別二首·其二
9	唐文宗大和九年春或夏間（835 年）	33	遣懷
10	唐文宗大和九年（835 年）	33	張好好詩
11	疑唐文宗大和九年秋至開成元年秋（835 年～836 年）	33～34	兵部尚書席上作

序號	中西曆	杜牧年齡	涉酒詩題
12	唐文宗開成元年春（836 年）	34	洛中二首
13	唐文宗開成元年秋（836 年）	34	洛中送冀處士東遊
14	唐文宗開成二年春（837 年）	35	陝州醉贈裴四同年
15	唐文宗開成二年秋（837 年）	35	潤州二首
16	唐文宗開成二年秋末（837 年）	35	杜秋娘詩並序
17	唐文宗開成三年春（838 年）	36	題宣州開元寺
18	唐文宗開成三年六月（838 年）	36	大雨行
19	唐文宗開成三年秋（838 年）	36	送沈處士赴蘇州李中丞招以詩贈行
20	唐文宗開成三年（838 年）	36	念昔遊三首・其一、其三
21	唐文宗開成三年（838 年）	36	宣州開元寺南樓
22	唐文宗開成三年（838 年）	36	書懷寄盧歙州
23	唐文宗開成三年至五年（838 年～840 年）	36～38	許秀才至辱李蘄州絕句問斷酒之情因寄
24	唐文宗開成四年春（839 年）	37	自宣州赴官入京路逢裴坦判官歸宣州因題贈
25	唐文宗開成四年春（839 年）	37	自宣城赴官上京
26	唐文宗開成四年春（839 年）	37	和州絕句
27	唐文宗開成四年春末（839 年）	37	途中作
28	唐文宗開成四年春（839 年）	37	商山麻澗
29	唐文宗開成四年春（839 年）	37	商山富水驛
30	唐文宗開成五年冬（840 年）	38	冬至日寄小姪阿宜詩
31	唐武宗會昌元年春末（841 年）	39	罷鍾陵幕吏十三年來泊溢浦感舊為詩
32	唐武宗會昌元年十一月（841 年）	39	奉和門下相公送西川相公兼領相印出鎮全蜀詩十八韻
33	唐武宗會昌二年秋（842 年）	40	題桐葉
34	唐武宗會昌二年至會昌四年秋（842 年～844 年）	40～42	題木蘭廟

序號	中西曆	杜牧年齡	涉酒詩題
35	唐武宗會昌二年十二月（842 年）	40	雪中書懷
36	唐武宗會昌二年（842 年）	40	郡齋獨酌
37	唐武宗會昌一年（842 年）	40	自遣
38	唐武宗會昌二年至會昌四年晚秋（842 年～844 年）	40～42	齊安郡晚秋
39	約唐武宗會昌二年（842 年）或稍後	40	春日言懷寄虢州李常侍十韻
40	唐武宗會昌二年至會昌四年秋（842 年～844 年）	40	雨中作
41	唐武宗會昌四年秋（844 年）	42	池州送孟遲先輩
42	唐武宗會昌四年九月至六年九月 844 年 9 月～846 年 9 月	42～44	登九峰樓
43	唐武宗會昌四年（844 年）	42	寄浙東韓乂評事
44	唐武宗會昌五年或六年春（845 年或 846 年）	43 或 44	池州春送前進士蒯希逸
45	唐武宗會昌五年秋（845 年）	43	題池州弄水亭
46	唐武宗會昌五年九月（845 年）	43	九日齊山登高
47	唐武宗會昌五年（845 年）	43	李給事二首·其二
48	唐武宗會昌六年春末（846 年）	44	春末題池州弄水亭
49	唐武宗會昌六年秋冬間（846 年）	44	泊秦淮
50	唐宣宗大中元年春（847 年）	45	寄內兄和州崔員外十二韻
51	唐宣宗大中元年春或二年春（847 年）	45 或 46	睦州四韻
52	唐宣宗大中元年春或二年春間（847 年或 848 年）	45 或 46	昔事文皇帝三十二韻
53	唐宣宗大中二年九月（848 年）	46	秋晚早發新定
54	唐宣宗大中二年九月（848 年）	46	夜泊桐廬先寄蘇臺盧郎中
55	唐宣宗大中三年深秋（849 年）	47	許七侍御棄官東歸，瀟灑江南，頗聞自適，高秋企望，題詩寄贈十韻
56	唐宣宗大中四年春（850 年）	48	長安雜題長句六首·其三、其四

序號	中西曆	杜牧年齡	涉酒詩題
57	唐宣宗大中四年七月（850年）	48	新轉南曹未敘朝散初秋暑退出守吳興書此篇以自見志
58	唐宣宗大中四年冬（850年）	48	寄李起居四韻
59	唐宣宗大中四年冬（850年）	48	湖州正初招李郢秀才
60	唐宣宗大中五年正月（851年）	49	早春贈軍事薛判官
61	唐宣宗大中五年春（851年）	49	代吳興妓春初寄薛軍事
62	約唐宣宗大中五年春（851年）	49	早春寄岳州李使君李善棊愛酒情地閑雅
63	唐宣宗大中五年三月（851年）	49	題茶山
64	唐宣宗大中五年三月（851年）	49	茶山下作
65	唐宣宗大中五年三月（851年）	49	入茶山下題水口草市絕句
66	唐宣宗大中五年三月（851年）	49	春日茶山病不飲酒因呈賓客
67	唐宣宗大中五年春（851年）	49	不飲贈官妓
68	唐宣宗大中五年（851年）	49	和嚴惲秀才落花
69	唐宣宗大中六年（852年）	50	華清宮三十韻

附錄二：《杜牧集繫年校注》未繫年涉酒詩一覽表

序號	涉酒詩題名	卷數、頁碼	序號	涉酒詩題名	卷數、頁碼
1	長安送友人遊湖南	卷一 108	13	梅	卷三 425
2	獨酌（長空碧杳杳）	卷一 123	14	醉後題僧院	卷三 450
3	惜春	卷一 125	15	題禪院	卷三 450
4	贈宣州元處士	卷一 154	16	哭韓綽	卷三 463
5	過華清宮絕句三首·其三	卷二 221	17	懷鍾陵舊游四首·其四	卷四 476
6	街西長句	卷二 242	18	寄崔鈞	卷四 530
7	出宮人二首·其一	卷二 295	19	送薛種游湖南	卷四 551
8	獨酌(窗外正風雪)	卷二 301	20	寄宣州鄭諫議	卷四 560
9	醉眠	卷二 302	21	鄭瓘協律	卷四 562
10	不飲贈酒	卷二 302	22	早秋	卷四 577
11	江南春絕句	卷三 349	23	春盡途中	卷四 580
12	初冬夜飲	卷三 422	24	代人寄遠·其一	卷四 582

25	醉題	卷四 605	34	宿長慶寺	樊川外集 1260
26	九日	卷四 622	35	寄杜子二首·其一	樊川外集 1272
27	少年行	卷四 629	36	羊欄浦夜陪宴會	樊川外集 1277
28	醉贈薛道封	樊川外集 1196	37	并州道中	樊川別集 1312
29	詠襪	樊川外集 1198	38	寓題	樊川別集 1330
30	宮詞二首·其一	樊川外集 1201	39	送趙十二赴舉	樊川別集 1330
31	同趙十二訪張明府郊居聯句	樊川外集 1232	40	醉倒	樊川別集 1346
32	對花微疾不飲呈坐中諸公	樊川外集 1234	41	後池泛舟送王十秀才	樊川別集 1347
33	後池泛舟送王十	樊川外集 1238	42	南樓夜	樊川別集 1405

附錄三：杜牧涉酒詩全覽

1. 感懷詩一首

高文會隋季，提劍徇大意。扶持萬代人，步驟三皇地。
聖云繼之神，神仍用文治。德澤酌生靈，沉酣薰骨髓。
旄頭騎箕尾，風塵薊門起。胡兵殺漢兵，屍滿咸陽市。
宣皇走豪傑，談笑開中否。蟠聯兩河間，燼萌終不弭。
號為精兵處，齊蔡燕趙魏。合環千里疆，爭為一家事。
逆子嫁虜孫，西鄰聘東里。急熱同手足，唱和如宮徵。
法制自作為，禮文爭僭擬。壓階螭鬥角，畫屋龍交尾。
署紙日替名，分財賞稱賜。刳隍歁萬尋，繚垣疊千雉。
誓將付孱孫，血絕然方已。九廟仗神靈，四海為輸委。
如何七十年，汗祝含羞恥。韓彭不再生，英衛皆為鬼。
凶門爪牙輩，穰穰如兒戲。累聖但日吁，閫外將誰寄。
屯田數十萬，堤防常懼慄。急征赴軍須，厚賦資凶器。
因隳畫一法，且逐隨時利。流品極蒙尨，網羅漸離弛。
夷狄日開張，黎元愈憔悴。邈矣遠太平，蕭然盡煩費。
至於貞元末，風流恣綺靡。

艱極泰循來，元和聖天子。元和聖天子，英明湯武上。
茅茨覆宮殿，封章綻帷帳。伍旅拔雄兒，夢卜庸真相。

-189-

勃雲走轟霆，河南一平盪。繼於長慶初，燕趙終舁繼。
攜妻負子來，北闕爭頓顙。故老撫兒孫，爾生今有望。
茹鯁喉尚隘，負重力未壯。坐幄無奇兵，吞舟漏疎網。
骨添薊垣沙，血漲潭沱浪。祇云徒有征，安能問無狀。
一日五諸侯，奔亡如鳥往。取之難梯天，失之易反掌。
蒼然太行路，翦翦還榛莽。

關西賤男子，誓肉虜杯羹。請數係虜事，誰其為我聽。
蕩蕩乾坤大，瞳瞳日月明。叱起文武業，可以豁洪溟。
安得封域內，長有扈苗征。七十里百里，彼亦何常爭。
往往念所至，得醉愁蘇醒。韜舌辱壯心，叫閽無助聲。
聊書感懷韻，焚之遺賈生。

2. 杜秋娘詩

京江水清滑，生女白如脂。其間杜秋者，不勞朱粉施。
老濞即山鑄，後庭千雙眉。秋持玉斝醉，與唱金縷衣。
濞既白首叛，秋亦紅淚滋。吳江落日渡，瀟岸綠楊垂。
聯裾見天子，盼盻獨依依。椒壁懸錦幕，鏡奩蟠蛟螭。
低鬟認新寵，窈嫋復融怡。月上白璧門，桂影涼參差。
金階露新重，閒捻紫簫吹。莓苔夾城路，南苑雁初飛。
紅粉羽林杖，獨賜辟邪旗。歸來煮豹胎，饜飫不能飴。
咸池升日慶，銅雀分香悲。雷音後車遠，事往落花時。
燕祿得皇子，壯髮綠綏綏。畫堂授傅姆，天人親捧持。
虎睛珠絡褓，金盤犀鎮帷。長楊射熊羆，武帳弄啞咿。
漸拋竹馬劇，稍出舞雞奇。嶄嶄整冠珮，侍宴坐瑤池。
眉宇儼圖畫，神秀射朝輝。一尺桐偶人，江充知自欺。
王幽茅土削，秋放故鄉歸。觚棱拂斗極，回首尚遲遲。
四朝三十載，似夢復疑非。潼關識舊吏，吏髮已如絲。
卻喚吳江渡，舟人那得知。歸來四鄰改，茂苑草菲菲。

清血灑不盡，仰天知問誰。寒衣一匹素，夜借鄰人機。
我昨金陵過，聞之為歔欷。自古皆一貫，變化安能推。
夏姬滅兩國，逃作巫臣姬。西子下姑蘇，一舸逐鴟夷。
織室魏豹俘，作漢太平基。誤置代籍中，兩朝尊母儀。
光武紹高祖，本係生唐兒。珊瑚破高齊，作婢舂黃糜。
蕭后去揚州，突厥為閼氏。

女子固不定，士林亦難期。射鉤後呼父，釣翁王者師。
無國要孟子，有人毀仲尼。秦因逐客令，柄歸丞相斯。
安知魏齊首，見斷籃中屍。給喪蹣張輩，廊廟冠峨危。
珥貂七葉貴，何妨戎虜支。蘇武卻生返，鄧通終死飢。
主張既難測，翻覆亦其宜。地盡有何物，天外復何之。
指何為而捉，足何為而馳。耳何為而聽，目何為而窺。
已身不自曉，此外何思惟。因傾一樽酒，題作杜秋詩。
愁來獨長詠，聊可以自貽。

3. 郡齋獨酌

前年鬢生雪，今年鬚帶霜。時節序鱗次，古今同鴈行。
甘英窮西海，四萬到洛陽。東南我所見，北可計幽荒。
中畫一萬國，角角棊布方。地頑壓不穴，天迥老不僵。
屈指百萬世，過如霹靂忙。人生落其內，何者為彭殤？
促束自繫縛，儒衣寬且長。旗亭雪中過，敢問當壚娘。

我愛李侍中，標標七尺強。白羽八札弓，髀壓綠檀槍。
風前略橫陣，紫髯分兩傍。淮西萬虎士，怒目不敢當。
功成賜宴麟德殿，猿超鶻掠廣毬場。三千宮女側頭看，相排踏碎
雙明璫。

旌竿標標旗爚爚，意氣橫鞭歸故鄉。

我愛朱處士，三吳當中央。罷亞百頃稻，西風吹半黃。
尚可活鄉里，豈唯滿困倉？後嶺翠撲撲，前溪碧決決。

霧曉起鳧鴈，日晚下牛羊。叔舅欲飲我，社甕爾來嘗。
伯姊子欲歸，彼亦有壺漿。西阡下柳塢，東陌繞荷塘。
姻親骨肉舍，煙火遙相望。太守政如水，長官貪似狼。
征輸一云畢，任爾自存亡。我昔造其室，羽儀鸞鶴翔。
交橫碧流上，竹映琴書牀。出語無近俗，堯舜禹武湯。
問今天子少，誰人為棟梁？我曰天子聖，晉公提紀綱。
聯兵數十萬，附海正誅滄。

謂言大義小不義，取易卷席如探囊。犀甲吳兵鬭弓弩，蛇矛燕騎
馳鋒鋩。

豈知三載幾百戰，鉤車不得望其牆。

答云此山外，有事同胡羌。誰將國伐叛，話與釣魚郎。
溪南重迴首，一徑出脩篁。

爾來十三歲，斯人未曾忘。往往自撫己，淚下神蒼茫。
御史詔分洛，舉趾何猖狂！闕下諫官業，拜疏無文章。
尋僧解憂夢，乞酒緩愁腸。豈為妻子計，未去山林藏。
平生五色線，願補舜衣裳。絃歌教燕趙，蘭芷浴河湟。
腥膻一掃灑，兇狠皆披攘。生人但眠食，壽域富農桑。
孤吟志在此，自亦笑荒唐。江郡雨初霽，刀好截秋光。
池邊成獨酌，擁鼻菊枝香。醺酣更唱太平曲，仁聖天子壽無疆。

4. 張好好詩

君為豫章姝，十三纔有餘。翠茁鳳生尾，丹葉蓮含跗。
高閣倚天半，章江聯碧虛。此地試君唱，特使華筵鋪。
主公顧四座，始訝來踟躕。吳娃起引贊，低徊映長裾。
雙鬟可高下，才過青羅襦。盼盼乍垂袖，一聲雛鳳呼。
繁弦迸關紐，塞管裂圓蘆。眾音不能逐，嫋嫋穿雲衢。
主公再三嘆，謂言天下殊。贈之天馬錦，副以水犀梳。
龍沙看秋浪，明月遊朱湖。自此每相見，三日已為疏。

玉質隨月滿，豔態逐春舒。絳脣漸輕巧，雲步轉虛徐。
旌旆忽東下，笙歌隨舳艫。霜凋謝樓樹，沙暖句溪蒲。
身外任塵土，樽前極歡娛。飄然集仙客，諷賦欺相如。
聘之碧瑤珮，載以紫雲車。洞閉水聲遠，月高蟾影孤。
爾來未幾歲，散盡高陽徒。洛城重相見，婥婥為當壚。
怪我苦何事，少年垂白鬚。朋遊今在否，落拓更能無。
門館慟哭後，水雲秋景初。斜日掛衰柳，涼風生座隅。
灑盡滿襟淚，短歌聊一書。

5. 冬至日寄小姪阿宜詩

小姪名阿宜，未得三尺長。頭圓筋骨緊，兩眼明且光。
去年學官人，竹馬繞四廊。指揮群兒輩，意氣何堅剛。
今年始讀書，下口二五行。隨兄旦夕去，歛手整衣裳。
去歲冬至日，拜我立我旁。祝爾願爾貴，仍且壽命長。
今年我江外，今日生一陽。憶爾不可見，祝爾傾一觴。
陽德比君子，初生甚微茫。排陰出九地，萬物隨開張。
一似小兒學，日就復月將。勤勤不自已，二十能文章。
仕宦至公相，致君作堯湯。

我家公相家，劍佩嘗丁當。舊第開朱門，長安城中央。
第中無一物，萬卷書滿堂。家集二百編，上下馳皇王。
多是撫州寫，今來五紀強。尚可與爾讀，助爾為賢良。
經書括根本，史書閱興亡。高摘屈宋艷，濃薰班馬香。
李杜泛浩浩，韓柳摩蒼蒼。近者四君子，與古爭強梁。
願爾一祝後，讀書日日忙。一日讀十紙，一月讀一箱。
朝廷用文治，大開官職場。願爾出門去，取官如驅羊。
吾兄苦好古，學問不可量。晝居府中治，夜歸書滿床。
後貴有金玉，必不為汝藏。崔昭生崔芸，李兼生窟郎。
堆錢一百屋，破散何披猖。今雖未即死，餓凍幾欲僵。

參軍與縣尉，塵土驚劻勷。一語不中治，笞棰身滿瘡。
官罷得絲髮，好買百樹桑。稅錢未輸足，得米不敢嘗。
願爾聞我語，歡喜入心腸。大明帝宮闕，杜曲我池塘。
我若自潦倒，看汝爭翱翔。總語諸小道，此詩不可忘。

6. 洛中送冀處士東遊

處士有儒術，走可挾車輈。壇宇寬帖帖，符彩高酋酋。
不愛事耕稼，不樂干王侯。四十餘年中，超超為浪遊。
元和五六歲，客於幽魏州。幽魏多壯士，意氣相淹留。
劉濟願跪履，田興請建籌。處士拱兩手，笑之但掉頭。
自此南走越，尋山入羅浮。願學不死藥，粗知其來由。
卻於童頂上，蕭蕭玄髮抽。我作八品吏，洛中如繫囚。
忽遭冀處士，豁若登高樓。拂榻與之坐，十日語不休。
論今星璨璨，考古寒颼颼。治亂掘根本，蔓延相牽鉤。
武事何駿壯，文理何優柔。顏回捧俎豆，項羽橫戈矛。
祥雲繞毛髮，高浪開咽喉。但可感神鬼，安能為獻酬。
好入天子夢，刻像來爾求。

胡為去吳會，欲浮滄海舟。贈以蜀馬箠，副之胡罽裘。
餞酒載三斗，東郊黃葉稠。我感有淚下，君唱高歌酬。
嵩山高萬尺，洛水流千秋。往事不可問，天地空悠悠。
四百年炎漢，三十代宗周。二三里遺堵，八九所高丘。
人生一世內，何必多悲愁。歌闋解攜去，信非吾輩流。

7. 送沈處士赴蘇州李中丞招以詩贈行

山城樹葉紅，下有碧溪水。溪橋向吳路，酒旗誇酒美。
下馬此送君，高歌為君醉。念君苞材能，百工在城壘。
空山三十年，鹿裘掛窗睡。

自言隴西公，飄然我知己。舉酒屬吳門，今朝為君起。

懸弓三百斤，囊書數萬紙。戰賊即戰賊，為吏即為吏。
盡我所有無，惟公之指使。

予曰隴西公，滔滔大君子。常思掄摹材，一為國家治。
譬如匠見木，礙眼皆不棄。大者粗十圍，小者細一指。
搹橛與棟樑，施之皆有位。忽然豎明堂，一揮立能致。
予亦何為者，亦受公恩紀。處士有常言，殘虜為犬豕。
常恨兩手空，不得一馬箠。今依隴西公，如虎傅兩翅。
公非刺史材，當坐巖廊地。處上魁奇姿，必展平生志。
東吳饒風光，翠巘多名寺。疎煙亹亹秋，獨酌平生思。
因書問故人，能忘批紙尾。公或憶姓名，為說都憔悴。

8. 長安送友人遊湖南

子性劇弘和，愚衷深褊狷。相捨嚻譊中，吾過何由鮮。
楚南饒風煙，湘岸苦縈宛。山密夕陽多，人稀芳草遠。
青梅繁枝低，斑筍新梢短。莫哭葬魚人，酒醒且眠飯。

9. 雪中書懷

臘雪一尺厚，雲凍寒頑癡。孤城人澤畔，人疏煙火微。
憤悱欲誰語，憂慍不能持。
天子號仁聖，任賢如事師。凡稱曰治具，小大無不施。
明庭開廣敞，才儁受羈維。如日月絚昇，若鸞鳳葳蕤。
人才自朽下，棄去亦其宜。
北虜壞亭障，聞屯千里師。牽連久不解，他盜恐旁窺。
臣實有長策，彼可徐鞭笞。如蒙一召議，食肉寢其皮。
斯乃廟堂事，爾微非爾知。向來躞等語，長作陷身機。
行當臘欲破，酒齊不可遲。且想春候暖，甕間傾一巵。

10. 雨中作

賤子本幽慵，多為儁賢侮。得州荒僻中，更值連江雨。
一褐擁秋寒，小窗侵竹塢。濁醪氣色嚴，皤腹瓶罍古。

酣酣天地寬，悅悅稀劉伍。但為適性情，豈是藏鱗羽。
一世一萬朝，朝朝醉中去。

11. 獨酌

長空碧杳杳，萬古一飛鳥。生前酒伴閑，愁醉閑多少。
煙深隋家寺，殷葉暗相照。獨佩一壺遊，秋毫泰山小。

12. 惜春

春半年已除，其餘強為有。即此醉殘花，便同嘗臘酒。
悵望送春杯，殷勤掃花帚。誰為駐東流，年年長在手。

13. 池州送孟遲先輩

昔子來陵陽，時當苦炎熱。我雖在金臺，頭角長垂折。
奉披塵意驚，立語平生豁。寺樓最騫軒，坐送飛鳥沒。
一樽中夜酒，半破前峰月。煙院松飄蕭，風廊竹交戛。
時步郭西南，繚徑苔圓折。好鳥響丁丁，小溪光汎汎。
籬落見娉婷，機絲弄啞軋。煙濕樹姿嬌，雨餘山態活。
仲秋往歷陽，同上牛磯歇。大江吞天去，一練橫坤抹。
千帆美滿風，曉日殷鮮血。歷陽裴太守，襟韻苦超越。
鞭鼓畫麒麟，看君擊狂節。離袖颭應勞，恨粉啼還咽。
明年忝諫官，綠樹秦川闊。子提健筆來，勢若夸父渴。
九衢林馬撾，千門織車轍。秦臺破心膽，黥陣驚毛髮。
子既屈一鳴，余固宜三刖。慵憂長者來，病怯長街喝。
僧爐風雪夜，相對眠一褐。暖灰重擁瓶，曉粥還分鉢。
青雲馬生角，黃州使持節。秦嶺望樊川，只得回頭別。
商山四皓祠，心與撝蒲說。大澤蒹葭風，孤城狐兔窟。
且復考詩書，無因見簪笏。古訓屹如山，古風冷刮骨。
周鼎列瓶罌，荊璧橫抛撇。力盡不可取，忽忽狂歌發。
三年未為苦，兩郡非不達。秋浦倚吳江，去楫飛青鶻。
溪山好畫圖，洞壑深閨闥。竹岡森羽林，花塢團宮纈。

景物非不佳，獨坐如轟紲。丹鵲東飛來，喃喃送君札。

呼兒旋供衫，走門空踏襪。手把一枝物，桂花香帶雪。

喜極至無言，笑餘翻不悅。人生直作百歲翁，亦是萬古一瞬中。

我欲東召龍伯翁，上天揭取北斗柄。蓬萊頂上幹海水，水盡到底看海空。

月於何處去，日於何處來？跳丸相趁走不住，堯舜禹湯文武周孔皆為灰。

酌此一杯酒，與君狂且歌。離別豈足更關意，衰老相隨可奈何。

14. 題池州弄水亭

弄水亭前溪，颭灩翠綃舞。綺席草芊芊，紫嵐峰伍伍。

螭蟠得形勢，翬飛如軒戶。一鏡奩曲堤，萬爿跳猛雨。

檻前燕雁棲，枕上巴帆去。叢筠侍修廊，密蕙媚幽圃。

杉樹碧為幢，花駢紅作堵。停樽遲晚月，咽咽上幽渚。

客舟耿孤燈，萬里人夜語。漫流冒苔槎，饑梟曬雪羽。

玄絲落鉤餌，冰鱗看吞吐。斷霓天帔垂，狂燒漢旗怒。

曠朗半秋曉，蕭瑟好風露。光潔疑可攬，欲以襟懷貯。

幽抱吟九歌，羈情思湘浦。四時皆異狀，終日為良遇。

小山浸石稜，撐舟入幽處。孤歌倚桂巖，晚酒眠松塢。

紆餘帶竹村，蠶鄉足砧杵。塍泉落環珮，畦苗差纂組。

風俗知所尚，豪強恥孤侮。鄰喪不相舂，公租無詬負。

農時貴伏臘，簪瑱事禮賂。鄉校富華禮，征行產強弩。

不能自勉去，但愧來何暮。故園漢上林，信美非吾土。

15. 題宣州開元寺

南朝謝朓城，東吳最深處。亡國去如鴻，遺寺藏煙塢。

樓飛九十尺，廊環四百柱。高高下下中，風繞松桂樹。

青苔照朱閣，白鳥兩相語。溪聲入僧夢，月色暉粉堵。

閱景無旦夕，憑闌有今古。留我酒一樽，前山看春雨。

16. 大雨行

東垠黑風駕海水，海底捲上天中央。三吳六月忽悽慘，晚後點滴來蒼茫。

錚棧雷車軸轍壯，矯躩蛟龍爪尾長。神鞭鬼馭載陰帝，來往噴灑何顛狂。

四面崩騰玉京仗，萬里橫互羽林槍。雲纏風束亂敲磕，黃帝未勝蚩尤強。

百川氣勢苦豪俊，坤關密鎖愁開張。

大和六年亦如此，我時壯氣神洋洋。東樓聳首看不足，恨無羽翼高飛翔。

盡召邑中豪健者，闊展朱盤開酒場。奔觥槌鼓助聲勢，眼底不顧纖腰娘。

今年闒茸鬢已白，奇遊壯觀唯深藏。景物不盡人自老，誰知前事堪悲傷。

17. 自宣州赴官入京路逢裴坦判官歸宣州因題贈

敬亭山下百頃竹，中有詩人小謝城。城高跨樓滿金碧，下聽一溪寒水聲。

梅花落徑香繚繞，雪白玉璫花下行。縈風酒斾掛朱閣，半醉遊人聞弄笙。

我初到此未三十，頭腦釽利筋骨輕。畫堂檀板秋拍碎，一引有時聯十觥。

老閑腰下丈二組，塵土高懸千載名。重遊鬢白事皆改，唯見東流春水平。

對酒不敢起，逢君還眼明。雲罍看人捧，波臉任他橫。

一醉六十日，古來聞阮生。是非離別際，始見醉中情。

今日送君話前事，高歌引劍還一傾。江湖酒伴如相問，終老煙波不計程。

18. 贈宣州元處士

陵陽北郭隱，身世兩忘者。蓬蒿三畝居，寬於一天下。
樽酒對不酌，默與玄相話。人生自不足，愛嘆遭逢寡。

19. 華清宮三十韻

繡嶺明珠殿，層巒下繚牆。仰窺丹檻影，猶想赭袍光。
昔帝登封後，中原自古強。一千年際會，三萬里農桑。
几席延堯舜，軒墀接禹湯。雷霆馳號令，星斗煥文章。
釣築乘時用，芝蘭在處芳。北扉閑木索，南面富循良。
至道思玄圃，平居厭未央。鉤陳裹巖谷，文陛壓青蒼。
歌吹千秋節，樓臺八月涼。神仙高縹緲，環珮碎丁當。
泉暖涵窗鏡，雲嬌惹粉囊。嫩嵐滋翠葆，清渭照紅妝。
帖泰生靈壽，歡娛歲序長。月聞仙曲調，霓作舞衣裳。
雨露偏金穴，乾坤入醉鄉。玩兵師漢武，回手倒干將。
鯨鬣掀東海，胡牙揭上陽。喑呼馬嵬血，零落羽林槍。
傾國留無路，還魂怨有香。蜀峰橫慘澹，秦樹遠微茫。
鼎重山難轉，天扶業更昌。望賢餘故老，花萼舊池塘。
往事人誰問，幽襟淚獨傷。碧檐斜送日，殷葉半凋霜。
迸水傾瑤砌，疎風罅玉房。塵埃羯鼓索，片段荔枝筐。
鳥啄摧寒木，蝸涎蠹畫梁。孤煙知客恨，遙起泰陵傍。

20. 長安雜題長句六首·其三

雨晴九陌鋪江練，嵐嫩千峰疊海濤。南苑草芳眠錦雉，夾城雲暖下霓旄。
少年羈絡青紋玉，遊女花簪紫蒂桃。江碧柳深人盡醉，一瓢顏巷日空高。

21. 長安雜題長句六首·其四

束帶謬趨文石陛，有章曾拜皂囊封。
期嚴無奈睡留癖，勢窘猶為酒泥慵。

偷釣侯家池上雨，醉吟隋寺日沉鐘。

九原可作吾誰與，師友琅邪邴曼容。

22. 許七侍御棄官東歸瀟灑江南頗聞自適高秋企望題詩寄贈十韻

天子繡衣吏，東吳美退居。有園同庾信，避事學相如。

蘭畹晴香嫩，筠溪翠影疏。江山九秋後，風月六朝餘。

錦帙開詩軸，青囊結道書。霜巖紅薜荔，露沼白芙蕖。

睡雨高梧密，棋燈小閣虛。凍醪元亮秫，寒鱠季鷹魚。

塵意迷今古，雲情識卷舒。他年雪中棹，陽羨訪吾廬。

23. 李給事二首‧其二

晚髮悶還梳，憶君秋醉餘。可憐劉校尉，曾訟石中書。

消長雖殊事，仁賢每自如。因看魯褒論，何處是吾廬。

24. 念昔遊三首‧其一

十載飄然繩檢外，樽前自獻自為酬。

秋山春雨閒吟處，倚遍江南寺寺樓。

25. 念昔遊三首‧其三

李白題詩水西寺，古木回巖樓閣風。

半醒半醉遊三日，紅白花開山雨中。

26. 過華清宮絕句三首‧其三

萬國笙歌醉太平，倚天樓殿月分明。

雲中亂拍祿山舞，風過重巒下笑聲。

27. 街西長句

碧池新漲浴嬌鴉，分鎖長安富貴家。遊騎偶同人鬭酒，名園相倚杏交花。

銀鞦騕褭嘶宛馬，繡韉璁瓏走鈿車。一曲將軍何處笛，連雲芳草日初斜。

28. 春日言懷寄虢州李常侍十韻

岸蘚生紅藥，巖泉漲碧塘。地分蓮嶽秀，草接鼎原芳。

雨派潨潨急，風畦芷若香。織蓬眠舴艋，驚夢起鴛鴦。

論吐開冰室，詩陳曝錦張。貂簪荊玉潤，丹穴鳳毛光。

今日還珠守，何年執戟郎。且嫌遊晝短，莫問積薪長。

無計披清裁，唯持祝壽觴。願公如衛武，百歲尚康強。

29. 奉和門下相公送西川相公兼領相印出鎮全蜀詩十八韻

盛業冠伊唐，台階翊戴光。無私天雨露，有截舜衣裳。

蜀輅新衡鏡，池留舊鳳凰。同心真石友，寫恨蔑河梁。

虎騎搖風旆，貂冠韻水蒼。彤弓隨武庫，金印逐文房。

棧壓嘉陵咽，峰橫劍閣長。前驅一星去，開險五丁忙。

回首崢嶸盡，連天草樹芳。丹心懸魏闕，往事愴甘棠。

治化輕諸葛，威聲懾夜郎。君平教說卦，犬子召升堂。

塞接西山雪，橋維萬里檣。奪霞紅錦爛，撲地酒壚香。

丞遂三千客，曾依數仞牆。滯頑堪白屋，攀附亦同行。

肉管伶倫曲，簫韶清廟章。唱高知和寡，小子斐然狂。

30. 早春寄岳州李使君李善棊愛酒情地閑雅

城高倚峭巘，地勝足樓臺。朔漠暖鴻去，瀟湘春水來。

縈盈幾多思，掩抑若為裁。返照三聲角，寒香一樹梅。

烏林芳草遠，赤壁健帆開。往事空遺恨，東流豈不回？

分符潁川政，弔屈洛陽才。拂匣調珠柱，磨鉛勘玉杯。

棊翻小窟勢，壚撥凍醪醅。此興予非薄，何時得奉陪？

31. 送王侍御赴夏口座主幕

君為珠履三千客，我是青衿七十徒。

禮數全優知隗始，討論常見念回愚。

黃鶴樓前春水闊，一杯還憶故人無。

32. 自遣

四十已云老,況逢憂窘餘。且抽持板手,卻展小年書。
嗜酒狂嫌阮,知非晚笑蘧。聞流寧歎吒,待俗不親疎。
遇事知裁剪,操心識卷舒。還稱二千石,於我意何如。

33. 題桐葉

去年桐落故溪上,把筆偶題歸燕詩。
江樓今日送歸燕,正是去年題葉時。
葉落燕歸真可惜,東流玄髮且無期。
笑筵歌席反惆悵,明月清風愴別離。
莊叟彭殤同在夢,陶潛身世兩相遺。
一丸五色成虛語,石爛松薪更莫疑。
哆侈不勞文似錦,進趨何必利如錐。
錢神任爾知無敵,酒聖於吾亦庶幾。
江畔秋光蟾閣鏡,檻前山翠茂陵眉。
樽香輕泛數枝菊,檐影斜侵半局棋。
休指宦遊論巧拙,只將愚直禱神祇。
三吳煙水平生念,寧向閒人道所之。

34. 贈沈學士張歌人

拖袖事當年,郎教唱客前。斷時輕裂玉,收處遠繅煙。
孤直縆雲定,光明滴水圓。泥情遲急管,流恨咽長弦。
吳苑春風起,河橋酒旆懸。憑君更一醉,家在杜陵邊。

35. 出宮人二首·其一

閒吹玉殿昭華管,醉折梨園縹蒂花。
十年一夢歸人世,絳縷猶封繫臂紗。

36. 獨酌(窗外正風雪)

窗外正風雪,擁爐開酒缸。
何如釣船雨,篷底睡秋江。

37. 醉眠

秋醪雨中熟，寒齋落葉中。
幽人本多睡，更酌一樽空。

38. 不飲贈酒

細算人生事，彭殤共一籌。
與愁爭底事，要爾作戈矛。

39. 昔事文皇帝三十二韻

昔事文皇帝，叨官在諫垣。奏章為得地，齟齒負明恩。
金虎知難動，毛釐亦恥言。掩頭雖欲吐，到口卻成吞。
照膽常懸鏡，窺天自戴盆。周鍾既窕槬，黥陣亦瘢痕。
鳳闕觚棱影，仙盤曉日暾。雨晴文石滑，風暖戟衣翻。
每慮號無告，長憂駭不存。隨行唯踽踽，出語但寒暄。
宮省咽喉任，戈矛羽衛屯。光塵皆影附，車馬定西奔。
億萬持衡價，錙銖挾契論。堆時過北斗，積處滿西園。
接棹隋河溢，連蹄蜀棧剜。漉空滄海水，搜盡卓王孫。
鬪巧猴雕刺，誇趫索掛跟。狐威假白額，梟嘯得黃昏。
馥馥芝蘭圃，森森枳棘藩。吠聲嗾國獫，公議怯膺門。
竄逐諸丞相，蒼茫遠帝閽。一名為吉士，誰免吊湘魂。
間世英明主，中興道德尊。崑崗憐積火，河漢注清源。
川口堤防決，陰車鬼怪掀。重雲開朗照，九地雪幽冤。
我實剛腸者，形甘短褐髡。曾經觸蠆尾，猶得憑熊軒。
杜若芳洲翠，嚴光釣瀨喧。溪山侵越角，封壤盡吳根。
客恨縈春細，鄉愁壓思繁。祝堯千萬壽，再拜揖餘樽。

40. 揚州三首・其一

煬帝雷塘土，迷藏有舊樓。誰家唱水調，明月滿揚州。
駿馬宜閑出，千金好暗遊。喧闐醉年少，半脫紫茸裘。

41. 潤州二首‧其一

向吳亭東千里秋，放歌曾作昔年遊。
青苔寺裏無馬跡，綠水橋邊多酒樓。
大抵南朝皆曠達，可憐東晉最風流。
月明更想桓伊在，一笛聞吹出塞愁。

42. 江南春絕句

千里鶯啼綠映紅，水村山郭酒旗風。
南朝四百八十寺，多少樓臺煙雨中。

43. 自宣城赴官上京

瀟灑江湖十過秋，酒杯無日不遲留。
謝公城畔溪驚夢，蘇小門前柳拂頭。
千里雲山何處好，幾人襟韻一生休。
塵冠掛卻知閒事，終擬蹉跎訪舊遊。

44. 春末題池州弄水亭

使君四十四，兩佩左銅魚。為吏非循吏，論書讀底書。
晚花紅豔靜，高樹綠陰初。亭宇清無比，溪山畫不如。
嘉賓能嘯詠，宮妓巧妝梳。逐日愁皆碎，隨時醉有餘。
偃須求五鼎，陶只愛吾廬。趣向人皆異，賢豪莫笑渠。

45. 齊安郡晚秋

柳岸風來影漸疏，使君家似野人居。
雲容水態還堪賞，嘯志歌懷亦自如。
雨暗殘燈棋散後，酒醒孤枕雁來初。
可憐赤壁爭雄渡，唯有蓑翁坐釣魚。

46. 九日齊山登高

江涵秋影雁初飛，與客攜壺上翠微。
塵世難逢開口笑，菊花須插滿頭歸。

但將酩酊酬佳節，不用登臨恨落暉。

古往今來只如此，牛山何必獨沾衣。

47. 池州春送前進士蒯希逸

芳草復芳草，斷腸還斷腸。自然堪下淚，何必更殘陽。

楚岸千萬里，燕鴻三兩行。有家歸不得，況舉別君觴。

48. 寄李起居四韻

楚女梅簪白雪姿，前溪碧水凍醪時。

雲罍心凸知難捧，鳳管簧寒不受吹。

南國劍眸能盼眄，侍臣香袖愛傲垂。

自憐窮律窮途客，正刄孤燈一局棋。

49. 睦州四韻

州在釣臺邊，溪山實可憐。有家皆掩映，無處不潺湲。

好樹鳴幽鳥，晴樓入野煙。殘春杜陵客，中酒落花前。

50. 秋晚早發新定

解印書千軸，重陽酒百缸。涼風滿紅樹，曉月下秋江。

巖壑會歸去，塵埃終不降。懸纓未敢濯，嚴瀨碧淙淙。

51. 夜泊桐廬先寄蘇臺盧郎中

水檻桐廬館，歸舟繫石根。笛吹孤戍月，犬吠隔溪村。

十載違清裁，幽懷未一論。蘇臺菊花節，何處與開樽。

52. 新轉南曹未敘朝散初秋暑退出守吳興書此篇以自見志

捧詔汀洲去，全家羽翼飛。喜拋新錦帳，榮借舊朱衣。

且免材為累，何妨拙有機。宋株聊自守，魯酒怕旁圍。

清尚寧無素，光陰亦未晞。一杯寬幕席，五字弄珠璣。

越浦黃柑嫩，吳溪紫蟹肥。平生江海志，佩得左魚歸。

53. 題茶山

山實東吳秀，茶稱瑞草魁。剖符雖俗吏，修貢亦仙才。

溪盡停蠻棹，旗張卓翠苔。柳村穿窈窕，松澗渡喧豗。

等級雲峰峻，寬平洞府開。拂天聞笑語，特地見樓臺。
泉嫩黃金涌，牙香紫璧裁。拜章期沃日，輕騎疾奔雷。
舞袖嵐侵潤，歌聲谷答回。磬音藏葉鳥，雪艷照潭梅。
好是全家到，兼為奉詔來。樹陰香作帳，花徑落成堆。
景物殘三月，登臨愴一杯。重遊難自恉，俯首入塵埃。

54. 茶山下作

春風最窈窕，日曉柳村西。嬌雲光占岫，健水鳴分溪。
燎巖野花遠，戞瑟幽鳥啼。把酒坐芳草，亦有佳人攜。

55. 入茶山下題水口草市絕句

倚溪侵嶺多高樹，誇酒書旗有小樓。
驚起鴛鴦豈無恨，一雙飛去卻回頭。

56. 春日茶山病不飲酒因呈賓客

笙歌登畫船，十日清明前。山秀白云膩，溪光紅粉鮮。
欲開未開花，半陰半晴天。誰知病太守，猶得作茶仙。

57. 不飲贈官妓

芳草正得意，汀洲日欲西。無端千樹柳，更拂一條溪。
幾朵梅堪折，何人手好攜。誰憐佳麗地，春恨卻悽悽。

58. 早春贈軍事薛判官

雪後新正半，春來四刻長。晴梅朱粉豔，嫩水碧羅光。
弦管開雙調，花鈿坐兩行。唯君莫惜醉，認取少年場。

59. 代吳興妓春初寄薛軍事

霧冷侵紅粉，春陰撲翠鈿。自悲臨曉鏡，誰與惜流年。
柳暗霏微雨，花愁黯淡天。金釵有幾隻，抽當酒家錢。

60. 初冬夜飲

淮陽多病偶求懽，客袖侵霜與燭盤。
砌下梨花一堆雪，明年誰此憑闌干。

61. 梅

輕盈照溪水，掩斂下瑤臺。妒雪聊相比，欺春不逐來。
偶同佳客見，似為凍醪開。若在秦樓畔，堪為弄玉媒。

62. 醉後題僧院

離心忽忽復悽悽，雨晦傾瓶取醉泥。
可羨高僧共心語，一如攜稚往東西。

63. 題禪院

觥船一棹百分空，十歲青春不負公。
今日鬢絲禪榻畔，茶煙輕颺落花風。

64. 湖州正初招李郢秀才

行樂及時時已晚，對酒當歌歌不成。
千里暮山重疊翠，一溪寒水淺深清。
高人以飲為忙事，浮世除詩盡強名。
看者白蘋芽欲吐，雪舟相訪勝閑行。

65. 哭韓綽

平明送葬上都門，紼翠交橫逐去魂。
歸來冷笑悲身事，喚婦呼兒索酒盆。

66. 懷鍾陵舊游四首·其四

控壓平江十萬家，秋來江靜鏡新磨。
城頭晚鼓雷霆後，橋上遊人笑語多。
日落汀痕千里色，月當樓午一聲歌。
昔年行樂穠桃畔，醉與龍沙揀蜀羅。

67. 罷鍾陵幕吏十三年來泊湓浦感舊為詩

青梅雨中熟，檣倚酒旗邊。故國殘春夢，孤舟一褐眠。
搖搖遠堤柳，暗暗十程煙。南奏鍾陵道，無因似昔年。

68. 商山麻澗

雲光嵐彩四面合，柔柔垂柳十餘家。

雉飛鹿過芳草遠，牛巷雞塒春日斜。

秀眉老父對樽酒，茜袖女兒簪野花。

征車自念塵土計，惆悵溪邊書細沙。

69. 商山富水驛

益戀由來未覺賢，終須南去吊湘川。當時物議朱雲小，後代聲華白日懸。

邪佞每思當面唾，清貧長欠一杯錢。驛名不合輕移改，留警朝天者惕然。

70. 途中作

綠樹南陽道，千峰勢遠隨。碧溪風澹態，芳樹雨餘姿。

野渡雲初暖，征人袖半垂。殘花不一醉，行樂是何時。

71. 寄浙東韓乂評事

一笑五雲溪上舟，跳丸日月十經秋。

鬢衰酒減欲誰泥，跡辱魂慚好自尤。

夢寐幾回迷蛺蝶，文章應廣《畔牢愁》。

無窮塵土無聊事，不得清言解不休。

72. 泊秦淮

煙籠寒水月籠沙，夜泊秦淮近酒家。

商女不知亡國恨，隔江猶唱後庭花。

73. 寄崔鈞

緘書報子玉，為我謝平津。自愧掃門士，誰為乞火人？

臣陪羽獵，戰將騁騏驎。兩地差池恨，江汀醉送君。

74. 和州絕句

江湖醉度十年春，牛渚山邊六問津。

歷陽前事知何實，高位紛紛見陷人。

75. 送薛種游湖南

賈傅松醪酒，秋來美更香。

憐君片雲思，一棹去瀟湘。

76. 寄宣州鄭諫議

大夫官重醉江東，瀟灑名儒振古風。
文石陛前辭聖主。碧雲天外作冥鴻。
五言寧謝顏光祿？百歲須齊衛武公。
再拜宜同丈人行，過庭交分有無同。

77. 鄭瓘協律

廣文遺韻留樗散，雞犬圖書共一船。
自說江湖不歸事，阻風中酒過年年。

78. 寄內兄和州崔員外十二韻

歷陽崔太守，何日不含情。恩義同鍾李，埙篪實弟兄。
光塵能混合，擘畫最分明。台閣仁賢譽，閨門孝友聲。
西方像教毀，南海繡衣行。金橐寧回顧，珠簞肯一根。
只宜裁密詔，何自取專城。進退無非道，徊翔必有名。
好風初婉軟，離思苦縈盈。金馬舊遊貴，桐廬春水生。
雨侵寒牖夢，梅引凍醪傾。共祝中興主，高歌唱太平。

79. 早秋

尊酒酌未酌，晚花嚬不嚬。
銖秤與縷雪，誰覺老陳陳。

80. 春盡途中

田園不事來遊宦，故國誰教爾別離？
獨倚關亭還把酒，一年春盡送春詩。

81. 代人寄遠・其一

河橋酒旆風軟，候館梅花雪嬌。
宛陵樓上瞪目，我郎何處情饒。

82. 題木蘭廟

彎弓征戰作男兒，夢裏曾經與畫眉。

幾度思歸還把酒，拂雲堆上祝明妃。

83. 醉題

金鑷洗霜鬢，銀虯敲露桃。

醉頭扶不起，三丈日還高。

84. 贈別二首·其二

多情卻似總無情，唯覺樽前笑不成。

蠟燭有心還惜別，替人垂淚到天明。

85. 九日

金英繁亂拂闌香，明府辭官酒滿缸。

還有玉樓輕薄女，笑他寒燕一雙雙。

86. 少年行

官為駿馬監，職帥羽林兒。兩綬藏不見，落花何處期。

獵敲白玉鐙，怒袖紫金錘。田竇長留醉，蘇辛曲讓歧。

豪持出塞節，笑別遠山眉。捷報雲臺賀，公卿拜壽卮。

87. 和嚴惲秀才落花

共惜流年留不得，且環流水醉流杯。

無情紅艷年年盛，不恨凋零卻恨開。

88. 宣州開元寺南樓

小樓才受一牀橫，終日看山酒滿傾。

可惜和風夜來雨，醉中虛度打窗聲。

89. 登九峰樓

晴江瀲瀲含淺沙，高低遠郭滯秋花。

牛歌漁笛山月上，鷺渚鶩梁溪日斜。

為郡異鄉徒泥酒，杜陵芳草豈無家。

白頭搔殺倚柱遍，歸棹何時聞軋鴉。

90. 醉贈薛道封

飲酒論文四百刻，水分雲隔二三年。
男兒事業知公有，賣與明君直幾錢。

91. 詠襪

鈿尺裁量減四分，纖纖玉筍裏輕雲。
五陵年少欺他醉，笑把花前出畫裙。

92. 宮詞二首·其一

蟬翼輕綃傅體紅，玉膚如醉向春風。
深宮鎖閉猶疑惑，更取丹沙試辟宮。

93. 及第後寄長安故人

東都放榜未花開，三十三人走馬回。
秦地少年多釀酒，已將春色入關來。

94. 遣懷

落魄江南載酒行，楚腰腸斷掌中輕。
十年一覺揚州夢，占得青樓薄倖名。

95. 同趙二十二訪張明府郊居聯句

陶潛官罷酒瓶空，門掩楊花一夜風。
古調詩吟山色裏，無絃琴在月明中。
遠檐高樹宜幽鳥，出岫孤雲逐晚虹。
別後東籬數枝菊，不知閒醉與誰同。

96. 對花微疾不飲呈坐中諸公

花前雖病亦提壺，數調持觴興有無。
盡日臨風羨人醉，雪香空伴白髭鬚。

97. 後池泛舟送王十

相送西郊暮景和，青蒼竹外繞寒波。
為君蘸甲十分飲，應見離心一倍多。

98. 陝州醉贈裴四同年

淒風洛下同羈思，遲日棠陰得醉歌。

自笑與君三歲別，頭銜依舊鬢絲多。

99. 許秀才至辱李蘄州絕句問斷酒之情因寄

有客南來話所思，故人遙枉醉中詩。

暫因微疾須防酒，不是歡情減舊時。

100. 宿長慶寺

南行步步遠浮塵，更近青山昨夜鄰。

高鐸數聲秋撼玉，霽河千里曉橫銀。

紅藥影落前池淨，綠稻香來野徑頻。

終日官閒無一事，不妨長醉是遊人。

101. 寄杜子二首・其一

不識長楊事北胡，且教紅袖醉來扶。

狂風烈焰雖千尺，豁得平生俊氣無。

102. 羊欄浦夜陪宴會

弋檻營中夜未央，雨沾雲惹侍襄王。

球來香袖依稀暖，酒凸觥心泛灩光。

紅弦高緊聲聲急，珠唱鋪圓嫋嫋長。

自比諸生最無取，不知何處亦升堂。

103. 書懷寄盧歙州

謝山南畔州，風物最宜秋。太守懸金印，佳人敞畫樓。

凝缸暗醉夕，殘月上汀州。可惜當年鬢，朱門不得游。

104. 隋苑

紅霞一抹廣陵春，定子當筵睡臉新。

卻笑丘墟隋煬帝，破家亡國為誰人。

105. 牧陪昭應盧郎中在江西宣州佐今吏部沈公幕罷府周歲公宰昭應牧在淮南糜職敘舊成二十二韻用以投寄

燕雁下揚州，涼風柳陌愁。可憐千里夢，還是一年秋。
宛水環朱檻，章江皦碧流。謬陪吾益友，祗事我賢侯。
印組縈光馬，鋒鋩看解牛。井閭安樂易，冠蓋愜依投。
政簡稀開閣，功成每運籌。送春經野塢，遲日上高樓。
玉裂歌聲斷，霞飄舞帶收。泥情斜拂印，別臉小低頭。
日晚花枝爛，釭凝粉彩稠。未曾孤酩酊，剩肯隻淹留。
重德俄徵寵，諸生苦宦遊。分途之絕國，灑淚拜行輈，
聚散真漂梗，光陰極轉郵。銘心徒歷歷，屈指盡悠悠。
君作烹鮮用，誰膺仄席求。卷懷能憤悱，卒歲且優遊。
去矣時難遇，沽哉價莫酬，滿枝為鼓吹，衷甲避戈矛。
隋帝宮荒草，秦土土一丘。相逢好大笑，除此總雲浮。

106. 洛中二首

風吹柳帶搖晴綠，蝶繞花枝戀暖香。
多把芳菲泛春酒，直教愁色對愁腸。

107. 并州道中

行役我方倦，苦吟誰復聞。戍樓春帶雪，邊角暮吹雲。
極目無人跡，回頭送雁群。如何遣公子，高臥醉醺醺。

108. 寓題

把酒直須判酩酊，逢花莫惜暫淹留。
假如三萬六千日，半是悲哀半是愁。

109. 送趙十二赴舉

省事卻因多事力，無心翻似有心來。
秋風郡閣殘花在，別後何人更一杯。

110. 醉倒

日晴空樂下仙雲，俱在涼亭送使君。

莫辭一盞即相請，還是三年更不聞。

111. 後池泛舟送王十秀才

城日晚悠悠，絃歌在碧流。夕風飄度曲，煙嶼隱行舟。

問拍疑新令，憐香佔綵球。當筵雖一醉，寧復緩離愁。

112. 兵部尚書席上作

華堂今日綺筵開，誰喚分司御史來。

偶發狂言驚滿坐，三重粉面一時回。

113. 南樓夜

玉管金樽夜不休，如悲晝短惜年流。歌聲裊裊徹清夜，月色娟娟當翠樓。

枕上暗驚垂釣夢，燈前偏起別家愁。思量今日英雄事，身到簪裾已白頭。